等待黑暗，等待光明

Ivan Klima

[捷克] 伊凡·克里玛 / 著

杜常婧 / 译

广东省出版集团
花城出版社
中国·广州

图书在版编目（CIP）数据

等待黑暗，等待光明 /（捷克）克里玛著；杜常婧译. -- 广州：花城出版社，2014.10
（蓝色东欧 / 高兴主编. 第2辑）
ISBN 978-7-5360-7315-9

Ⅰ. ①等… Ⅱ. ①克… ②杜… Ⅲ. ①长篇小说－捷克－现代 Ⅳ. ①I524.45

中国版本图书馆CIP数据核字(2014)第247692号

合同版权登记号：图字 19－2011－086 号
WAITING FOR THE DARK，WAITING FOR THE LIGHT
IVAN KLÍMA
Copyright： © Ivan Klíma
All rights reserved

出 版 人：詹秀敏
丛书策划：肖建国　朱燕玲　孙虹
出版统筹：李倩倩
责任编辑：夏显夫
技术编辑：薛伟民　凌春梅　陈诗泳
装帧设计：棱角视觉 ANGULAR VISION

书　　名	等待黑暗，等待光明 DENG DAI HEI AN DENG DAI GUANG MING
出版发行	花城出版社 （广州市环市东路水荫路 11 号）
经　　销	全国新华书店
印　　刷	恒美印务（广州）有限公司 （广州南沙经济技术开发区环市大道南路 334 号）
开　　本	880 毫米×1230 毫米　32 开
印　　张	7.75　2 插页
字　　数	200,000 字
版　　次	2014 年 10 月第 1 版　2014 年 10 月第 1 次印刷
定　　价	28.00 元

本书中文专有出版权归花城出版社独家所有，非经本社同意不得连载、摘编或复制。
如发现印装质量问题，请直接与印刷厂联系调换。
购书热线：020－37604658　37602954
欢迎登陆花城出版社网站：http：//www.fcph.com.cn

等待黑暗，等待光明

目 录
CONTENTS

记忆，阅读，另一种目光（总序）/高兴 / 1
除了等待，还是等待（中译本前言）/杜常婧 / 1

第一章 / 1
第二章 / 58
第三章 / 125
第四章 / 192

记忆,阅读,另一种目光

(总序)

高兴

昆德拉说过:"人的一生注定扎根于前十年中。"我想稍稍修改一下他的说法:"人的一生注定扎根于童年和少年中。"童年和少年确定内心的基调,影响一生的基本走向。

不得不承认,二十世纪五六十年代出生的人都有着不同程度的俄罗斯情结和东欧情结。这与我们的成长有关,与我们的童年、少年和青春岁月有关。而那段岁月中,电影,尤其是露天电影又有着怎样重要的影响。那时,少有的几部外国电影便是最最好看的电影,它们大多来自东欧国家,几乎吸引了所有人的目光,是我们童年的节日。在某种意义上,甚至可以说,它们还是我们的艺术启蒙和人生启蒙,构成童年最温馨、最美好和最结实的部分。

还有电影中的台词和暗号。你怎能忘记那些台词和暗号。它们已成为我们青春的经典。最最难忘的是《瓦尔特保卫萨拉热窝》。"'空气在颤抖,仿佛天空在燃烧。''是啊,暴风雨来了。'""看,这座城市,它就是瓦尔特。"简直就是诗歌。是我们接触到的最初的诗歌。那么悲壮有力的诗歌。真正有震撼力的诗歌。诗歌,就这样和英雄主义和浪漫主义,紧紧地连接在了一道。

还有那些柔情的诗歌。裴多菲,爱明内斯库,密支凯维奇。要知道,在二十世纪七八十年代,读到他们的诗句,绝对会有触电般的感觉。而所有这一切,似乎就浓缩成了几粒种子,在内心深处生根,发芽,成长为东欧情结之树。

然而,时过境迁,我们需要重新打量"东欧"以及"东欧文学"这一概念。严格来说,"东欧"是个政治概念,也是个历史概念。过去,它主要指波兰、捷克斯洛伐克、匈牙利、罗马尼亚、保加利亚、南斯拉夫、阿尔巴尼亚七个国家。因此,在当时,"东欧文学"也就是指上述七个国家的文学。这七个国家,加上原先的东德,都曾经是以苏联为首的华沙条约组织的成员。

一九八九年底,东欧发生剧变。此后,苏联解体,华沙条约组织解散,捷克和斯洛伐克分离,南斯拉夫各共和国相继独立,所有这些都在不断改变着"东欧"这一概念。而实际情况是,波兰、捷克、匈牙利、罗马尼亚等国家甚至都不再愿意被称为东欧国家,它们更愿意被称为中欧或中南欧国家。同样,不少上述国家的作家也竭力抵制和否定这一概念。在他们看来,东欧是个高度政治化、笼统化的概念,对文学定位和评判,不太有利。这是一种微妙的姿态。在这种姿态中,民族自尊心也发挥着不可估量的作用。

但在中国,"东欧"和"东欧文学"这一概念早已深入人心,有广泛的群众和读者基础,有一定的号召力和亲和力。因此,继续使用"东欧"和"东欧文学"这一概念,我觉得无可厚非,有利于研究、译介和推广这些特定国家的文学作品。事实上,欧美一些大学、研究中心也还在继续使用这一概念。只不过，今日，当我们提到这一概念，涉及的就不仅仅是七个国家，而应该包含更多的国家：立陶宛、摩尔多瓦等独联体国家，还有波黑、克罗地亚、斯洛文尼亚、塞尔维亚、黑山等从南斯拉夫联盟独立出来的国家。我们之所以还能把它们作为一个整体来谈论，是因为它们有着太多的共同点：都是欧洲弱小国家，历史上都曾不断遭受侵略、瓜分、吞并和异族统治，都曾把民族复兴当作最高目标，都是到了十九世纪末二十世纪初才相继获得独立，或得到统一，第二次世界大战后都走过一段相同或相似的社会主义道路，一九八九年后又相继推翻了共产党政权，走上了资本主义发展道路。之后，又几乎都把加入北约、进入欧盟当作国家政策的重中之重。这二十年来，发展得都不太顺当，作家和文学都陷入不同程度的困境。用饱经风雨、饱经磨难来形容这些国家，十分恰当。

换一个角度，侵略，瓜分，异族统治，动荡，迁徙，这一切同时也意味着方方面面的影响和交融。甚至可以说，影响和交融，是东欧文化和文学的两个关键词。看一看布拉格吧。生长在布拉格的捷克著名小说家伊凡·克里玛，在谈到自己的城市时，有一种掩饰不住的骄傲："这是一个神秘的和令人兴奋的城市，有着数十年甚至几个世纪生活在一起的三种文化优异的和富有刺激性的混合，从而创造了一种激发人们创造的空气，即捷克、德国和犹太文化。"[①]

克里玛又借用被他称作"说德语的布拉格人"乌兹迪尔的笔为我们描绘了一个形象的、感性的、有声有色的布拉格。这是一个具有超民族性的神秘的世界。在这里，你很容易成为一个世界主义者。这里有幽静的小巷、热闹的夜总会、露天舞台、剧院和形形色色的小餐馆、小店铺、小咖啡屋和小酒店。还有无数学生社团和文艺沙龙。自然也有五花八门的妓院和赌场。布拉格是敞开的，是包容的，是休闲的，是艺术的，是世俗的，有时还是颓废的。

---

① 见伊凡·克里玛《布拉格精神》第44页，崔卫平译，作家出版社1998年版。

布拉格也是一个有着无数伤口的城市。战争、暴力、流亡、占领、起义、颠覆、出卖和解放充满了这个城市的历史。饱经磨难和沧桑，却依然存在，且魅力不减，用克里玛的话说，那是因为它非常结实，有罕见的从灾难中重新恢复的能力，有不屈不挠同时又灵活善变的精神。如果要用一个词来形容布拉格的话，克里玛觉得就是：悖谬。悖谬是布拉格的精神。

或许悖谬恰恰是艺术的福音，是艺术的全部深刻所在。要不然从这里怎会走出如此众多的杰出人物：德沃夏克，雅那切克，斯美塔那，哈谢克，卡夫卡，布洛德，里尔克，塞弗尔特，等等，等等。这一大串的名字就足以让我们对这座中欧古城表示敬意。

布拉格如此，萨拉热窝、华沙、布加勒斯特、克拉科夫、布达佩斯等众多东欧城市，均如此。走进这些城市，你都会看到一道道影响和交融的影子。

在影响和交融中，确立并发出自己的声音，十分重要。不少东欧作家为此做出了开拓性和创造性的贡献。我们不妨将哈谢克和贡布罗维奇当作两个案例，稍加分析。

说到捷克作家哈谢克，我们会想起他的代表作《好兵帅克》。以往，谈论这部作品，人们往往仅仅停留于政治性评价。这不够全面，也容易流于庸俗。《好兵帅克》几乎没有什么中心情节，有的只是一堆零碎的琐事，有的只是帅克闹出的一个又一个的乱子，有的只是幽默和讽刺。可以说，幽默和讽刺是哈谢克的基本语调。正是在幽默和讽刺中，战争变成了一个喜剧大舞台，帅克变成了一个喜剧大明星，一个典型的"反英雄"。看得出，哈谢克在写帅克的时候，并没有考虑什么文学的严肃性。很大程度上，他恰恰要打破文学的严肃性和神圣感。他就想让大家哈哈一笑。至于笑过之后的感悟，那就是读者自己的事情了。这种轻松的姿态反而让他彻底放开了。借用帅克这一人物，哈谢克把皇帝、奥匈帝国、密探、将军、走狗等等统统给骂了。他骂得很过瘾，很解气，很痛快。读者，尤其是捷克读者，读得也很过瘾，很解气，很痛快。幽默和讽刺于是又变成了一件有力的武器，特别适用于捷克这么一个弱小的民族。哈谢克最大的贡献也正在于此：为捷克民族和捷克文学找到了一种声音，确立了一种传统。

而波兰作家贡布罗维奇与哈谢克不同，恰恰是以反传统而引起世人瞩目的。他坚决主张让文学独立自主。在二十世纪三四十年代，贡布罗维奇的作品在波兰文坛显得格外怪异离谱，他的文字往往夸张扭曲，人物常常是漫画式的，他们随时都受到外界的侵扰和威胁，内心充满了不安和恐惧，像一群长不大的孩子。作家并不依靠完整的故事情节，而是主要通过人物荒诞怪僻的行为，表现社会的混乱、荒谬和丑恶，表现外部世界对人性的影响和摧残，表现人类的无奈和异化以及人际关系的异常和紧张。长篇小说《费尔迪杜凯》就充分体现出了他的艺术个性和创作特色。

捷克的赫拉巴尔、昆德拉、克里玛、霍朗，波兰的米沃什、赫贝特、希姆博尔斯卡，罗马尼亚的埃里亚德、索雷斯库、齐奥朗，匈牙利的凯尔泰斯、艾什特哈兹，塞尔维亚的帕维奇、波帕，阿尔巴尼亚的卡达莱……如此具有独特风格和魅力的当代东欧作家实在是不胜枚举。

某种程度上，东欧曾经高度政治化的现实，以及多灾多难的痛苦经历，恰好为文学和文学家提供了特别的土壤。没有捷克经历，昆德拉不可能成为现在的昆德拉，不可能写出《可笑的爱》、《玩笑》、《不朽》和《难以承受的存在之轻》这样独特的杰作。没有波兰经历，米沃什也不可能成为我们所熟悉的将道德感同诗意紧密融合的诗歌大师。但另一方面，需要注意的是，由于语言的局限以及话语权的控制，东欧文学也极易被涂上浓郁的意识形态色彩。应该承认，恰恰是意识形态色彩成全了不少作家的声名。昆德拉如此。卡达莱如此。马内阿如此。赫尔塔·米勒亦如此。我们在阅读和研究这些作家时，需要格外地警惕。过分地强调政治性，有可能会忽略他们的艺术性和丰富性。而过分地强调艺术性，又有可能会看不到他们的政治性和复杂性。如何客观地、准确地认识和评价他们，同样需要我们的敏感和平衡。

一个美国作家，一个英国作家，或一个法国作家，在写出一部作品时，就已自然而然地拥有了世界各地广大的读者，因而，不管自觉与否，他，或她，很容易获得一种语言和心理上的优越感和骄傲感。这种感觉东欧作家难以体会。有抱负的东欧作家往往会生出一种紧迫感和危机感。他们要用尽全力将弱势转化为优势。昆德拉就反复强调，身处小国，你"要么做一个可怜的、眼光狭窄的人"，要么成为一个广闻博识的"世界性的人"。别无选择，有时，恰恰是最好的选择。因此，东欧作家大多会自觉地"同其他诗人，其他世界，和其他传统相遇"（萨拉蒙语）。昆德拉、米沃什、齐奥朗、贡布罗维奇、赫贝特、卡达莱、萨拉蒙等等东欧作家都最终成为"世界性的人"。

关注东欧文学，我们会发现，不少作家，基本上，都在出走后，都在定居那些发达国家后，才获得一定的国际声誉。贡布罗维奇、昆德拉、齐奥朗、埃里亚德、扎加耶夫斯基、米沃什、马内阿、史沃克莱茨基等等都属于这样的情形。各种各样的原因，让他们选择了出走。生活和写作环境、意识形态原因、文学抱负、机缘等，都有。再说，东欧国家都是小国，读者有限，天地有限。

在走和留之间，这基本上是所有东欧作家都会面临的问题。因此，我们谈论东欧文学，实际上，也就是在谈论两部分东欧文学：海外东欧文学和本土东欧文学。它们缺一不可，已成为一种事实。

在我国，东欧文学译介一直处于某种"非正常状态"。正是由于这种"非正常状态"，在很长一段岁月里，东欧文学被染上了太多的艺术之外的色彩。直至今日，东欧文学还依然更多地让人想到那些红色经典。阿尔巴尼亚的反法西斯电影，捷克作家伏契克的《绞刑架下的报告》，保加利亚的革命文学，都是典型的例子。红色经典当然是东欧文学的组成部分，这毫无疑义。我个人阅读某些红色经典作品时，曾深受感动。但需要指出的是，红色经典并不是东欧文学的全部。若认为红色经典就能代表东欧文学，那实在是种误解和误导，是对东欧文学的狭隘理解和片面认识。因此，用艺术目光重新打量、重新梳理东欧文学已成为一种必须。为了更加客观、全面地翻译和介绍东欧文学，突出东欧文学的艺术性，有必要颠覆一下这一概念。蓝色是流经东欧不少国家的多瑙河的颜色，也是大海和天空的颜色，有广阔和博大的意味。"蓝色东欧"正是旨在让读者看到另一种色彩的东欧文学，看到更加广阔和博大的东欧文学。

二〇一三年十月三十一日定稿于北京

主编简介：高兴，诗人、翻译家，一九六三年出生于江苏省吴江市。中国作家协会会员。现为中国社会科学院外国文学研究所研究员，《世界文学》主编。曾以作家、翻译家、外交官和访问学者身份游历过欧美数十个国家。出版过《米兰·昆德拉传》、《东欧文学大花园》、《布拉格，那蓝雨中的石子路》等专著和随笔集；主编过《二十世纪外国短篇小说编年·美国卷》（上、下册）、《伊凡·克里玛作品系列》（5卷）、《水怎样开始演奏》、《诗歌中的诗歌》、《小说中的小说》（2卷）等大型图书。主要译著有《梵高》、《黛西·米勒》、《雅克和他的主人》、《可笑的爱》、《安娜·布兰迪亚娜诗选》、《我的初恋》、《索雷斯库诗选》、《梦幻宫殿》、《托马斯·温茨洛瓦诗选》等。

除了等待,还是等待

——

(中译本前言)

杜常婧

犹太裔捷克作家伊凡·克里玛(1931—)的作品植根于他个人的命运,而他个人的命运又与民族的命运息息相关。少年时期克里玛曾在纳粹集中营度过长达三年半之久的时光,这段刻骨铭心的经历在他心中烙下深深的伤痕。一九五六年从查理大学毕业后,克里玛从事文学书刊的编辑工作,由于积极参与一九六八年的"布拉格之春"运动而受到撤职查办。一九六九年他受邀赴美国密歇根大学担任客座教授,一九七〇年回国后已被列为"被禁作者",只能以地下出版物的形式发表自己的作品。这段时期他一面坚持写作,一面陆续做过护理员、送信员、勘测员等工作,以维持生计。历史形势掀起的巨浪令克里玛的生活接二连三地受到冲击,这迫使他在作品中不断思考社会力量对个体的干预程度，寻觅个体在社会中的独特身份，更加清醒地认识周围的世界。

《等待黑暗，等待光明》（1993）便是这样一部作品。这部长篇小说以一九八九年的"天鹅绒革命"为背景，主要讲述三个人物在历史事件影响下的命运：一位是电视台的摄影师，一位是年迈的总统（暗指捷克前总统古斯塔夫·胡萨克），一位是越境失败、身陷囹圄的死囚。随着故事的发展，他们的人生轨迹渐渐接近，不期而然地发生交集。摄影师巴维尔的生活是小说的主线。他在单亲家庭中长大，在捷克封锁国境时期曾试图逃亡，结果给自己惹来几年牢狱之灾。而后他因为总统拍摄纪录片而在"制造谎言"的电视台站稳脚跟，如傀儡般受上级的指挥去拍摄他们需要的东西，对无益的文化将占据人们的内心这一现象充满忧虑。在二十世纪七八十年代捷克的"正常化"时期，人们在形式上对政权的支持与否决定了他们能否得到较高的社会地位，他们的子女能否接受良好的教育，他们能否获得优越的生活条件。为此他们需要对外国势力的介入表现出一定程度的认可。这种心照不宣的交易最终造成一种道德困境——人们对自己的行为感到羞耻。小说每一章的后半部分插入了巴维尔以自己生活中的真实人物为原型所写的电影蓝本，里面不断出现这类作者自问自答的语句：

信念是什么？

信念是一种实现信仰的行为志向。

公正是什么？

它是隐藏在庄严而八面玲珑的法律袍子之下的一种清算。

这是出自作者之口的诘问与回答。幻想和理想已经破灭，人人内心充满对他者的不信任，相互之间形同陌路。由此可想而知，巴维尔对于政府换届将给他的生活带来什么波动而感到多么忐忑不安。他离开了电视台，以拍广告维生；由于贪杯酗酒，他和交往数年的女伴分了手；他患有老年痴呆症的母亲也在这段时间过世。然而巴维尔或者说是克里玛所等待的黑暗抑或光明并未真正在小说里降临，遍布其间的只有人物的孤独、空虚和徒劳的努力，满眼颓然的灰怆色调。他还在等待。或许这将是一种永恒的等待，或许这是一种无意义的等待，又或许克里玛正是想要通过小说告诉人们：真正的生活绝非暂时决定人们命运的政治，而是在这种强大势力压迫之下的私人领域的平凡和自在。

二〇一四年三月十三日

第一章

一

人群开始在广场下端聚拢起来,大都是些年轻人。巴维尔在类似的场合里见过他们中的一些人,他对面孔有着不错的记忆力——他意识到,有些人也认得他,他们仅在人行道上有过一面之缘,在这种状况下他们照例心照不宣。他们到这儿的原因大概和他一样,是出于职责所在,不过是另外一种职责。在离他不远处的鞋品橱窗前面,也站着个男人,拿着小小的摄影机;基于职业的缘故,巴维尔大部分人都认识,但不认识这个人。他兴许是好奇的外国人、摄影爱好者,或是某个给安全局当差的人,要把示威者的面孔捕捉下来。他和他的摄制组为什么要记录这些事件呢?拍给电视观众看吗?反正他们拍摄的东西不会向人们曝光或展示,它们同现实生活的联系少之又少。或许他是为了未来而工作。

未来是什么?

未来是这样的时代,它会对在它之前的一切发出质疑。

几个身着制服的人员站在人行道周围。一切平和得一如往常,没有人呼喊口号;没有人打算往橱窗上扔石块,把汽车掀翻,或是攻击身着制服的警卫。不过,他从取景器里观察到,大多数面孔上显露出一种紧张,至少是对什么定然会发生的事情焦躁不安的等候:冲突将分毫不差地发生,虽然并没有白纸黑字、中规中矩的纲领。

这些人为什么来,他们想证明什么,改变什么?他们所信仰的东西,会令他们心甘情愿颠沛流离,遭受监禁,失去工作吗?他们甘愿放弃任何更大的诱惑,抑或放弃消磨时光的任何兴趣、任何活动吗?

他应当问问他们的,他很愿意问一问他们,然而他随即察觉到自己同他们之间有道无法逾越的界限,这界限由滑轨装置以及他的摄影机划出,像两道铁丝网围墙一样划清了界线。边境的铁丝网便如此使这片土地同其他土地分隔开来,至少隔开了他一度徒劳地试图逃亡的地方。他时而会感到一种说不清道不明的不满,他们站的位置并不理想,同时他又很满意,没有任何人来折腾他、讯问他,也没有人向他冲水柱。

人群稍许密集起来,不过这儿始终也不过几百人。一名年轻女子眼下正把一块白色料子的条幅举过头顶,上面写着:**少吸烟,空气好**。他拍下这条涂着标语的布条,端详了片刻这个女人的面孔和手。

手小小的,几近孩童状,指甲上未擦任何东西,手指微微颤动着。女人把那块布料擎在头顶上,或许是风在不断拉扯着布料。她的面孔也像孩童似的,毫无瑕疵的稚气面孔。刹那间让他想起了阿尔宾娜。她会在哪里,正在做什么呢?可能她也站在广场的某个地方,手擎在头顶上吧。他这么久没有她的消息了!若是她出现在这儿,他会对她说什么呢?若是她看见他在人行道上努力用安派克斯的带子捕捉她以及她在此处的露面,她会怎么看他呢?

她也许会对他说:你怎么能这样?或者完全一言不发。她凭什么还会对他感兴趣呢?

他在人群中四顾。这是出于专业的考虑,他是否错过了哪个新出现的标语,还有他是否确实没有看到她。她自然不会在这儿的,人行道上仅仅增加了一些身着制服的人,喷水车从广场地势较高处缓缓靠过来。人群这会儿愈发密集,此刻他接收到的音,好似蜂群或逼近的暴风云一般的嗡鸣。

他感觉到,迎面的人群中央积聚起一股躁动。真是荒唐,好像一切都发生过似的,然而所有人都知道,事情必然会发生。那些将要攻击的人知道,那些将要挨打的人也知道。正是这种确定无疑将暴戾的决意变作类似自然法则的什么东西,每一个有理智的人都会做出的行为。就连他也吃惊地发现,自己在盼望它开场,并非因为他属意暴力,他只是觉得,反正是无法避免的事情,倒不如快些过去的好,他也就完成被指派的任务,可以离开了。

这时一辆黄白相间、装有大型扩音器的汽车从广场高处移近。它发出来的声音,与其说是威胁,不如说更加使人厌烦。广播警告道,集会是不被许可的,它还呼吁在场的人立即安静地散开。周围的嗡嗡声渐次提高。

他拍下带扩音器的车子,接着又看了一眼举着标语的女子,她无辜的样子倒是十分动人。白色条幅在她的手里抖得愈加明显。

一切结束以后,他走进一侧的巷子里,他的红色小车停在那儿。他照旧愉快地瞧了它一眼,坐上车,驶出去。和人行道一样,马路到现在还湿漉漉的,就连房屋的墙面也浸透了,可是那些往来穿梭的人,也许根本猜不到片刻之前这儿发生过什么吧。他从市中心拐出来,开得飞快。他真想开到一个遥远的地方,离所有人,离游行和高压水枪愈远愈好,可是他答应过艾娃晚上过去,他答应过她儿子会去体育场接他。艾娃的儿子要升级了,可爱的小家伙,他有责任至少对他表现出一点点父亲的样子来。晚上先向他展示一番自己的爱好,再跟他聊聊学校里的事情,肯定相当惬意。第一要紧的,当然务必是先到制片厂,看一眼他拍摄的东西,上交拍摄材料。

在编辑室,秘书告知他,今天主管已经找过他两回了。她还补充了自己的推测,多半是为了总统的生日,开会时提过的,他说得模棱两可,一定得为总统拍点什么,而除了他和索科尔,他们还能把这件事摊到谁头上呢?

他不置可否,采信了她的推测。他暗地里寻思,他们怎么会刚好将责任如此重大的任务托付给他呢,他敢断言,那是因为他和国家首脑在一桩独一无二的事情上有过交集：两人在同一年从监狱里被释放出来。

剪辑室跟平时一样闷热，空气污浊凝滞，充满烟味和劣质咖啡的味道，除此之外，狭小的空间里挤满了意欲一睹，或不得不看一看广场上到底群集成什么样子的人。工作台上立着两只葡萄酒酒瓶和玻璃杯。有人在庆祝什么事情，总能找到理由来庆祝点什么的。他从钱包里抽出一张票子，算是凑个份子钱，再买几瓶酒来。他倒上一杯酒，随即将带子交给总编。这个男人从祖辈那里继承了很相称的名字：哈拉玛①。总编播放带子，而他津津有味地注视着屏幕上要求少吸烟、空气好的年轻女子熟稔的面孔。就在这时，他注意到一个青年，站在离她一小段距离的地方，是个身穿格子衬衫的瘦竹竿。男青年面色苍白，神志恍惚地看了镜头一眼，而眼下他不甚友好的目光由他记录下来。他的蓝眼睛和我的一样，他忽然想到，和我十分神似，二十五年前的我。要是年轻上二十五岁的话，我也可能站在那里吧？

青年一闪而过，装有扩音器的汽车开过来。人群发出嗡嗡声，并没有动摇。一支武装应急部队从一侧的巷子里冲出来。人群震动了，开始退却，同时发出呼喊："你们也是人哪，你们也是人哪！"

"这段必须整个剪掉，无条件地！"哈拉玛的声音愤愤地响起来，仿佛里面的其他画面可以保留下来似的。这会儿他正努力寻找那个举条幅的姑娘，但是找不到，此刻他却注意到穿格子衬衫的青年，正用手遮住脸。到处是警棍的击打、惊叫和咒骂声。有人在他身后啜泣，他惊讶地转过身来。哈拉玛的秘书揞着眼睛，急忙摆了摆头："没事儿，没什么。"她说道，似乎在为自己的打搅而道歉。

这时喷水车正对准人群喷射水柱。又是一阵尖叫和奔逃。这里他抓到了人们面孔的细节。湿漉漉的头发，茫然的眼睛。

他瞥了一眼哈拉玛。他紧闭的嘴唇皱缩在一起，灰白的面孔显露

---

① 捷克语，意为"土包子"。

出厌烦。是针对发生的事件吗?不过更像是因为他拍的镜头没有揭露出太多东西。"这绝对不是巧合!"

"他们为什么要去那儿呢?"秘书在他身后小声说。也许这问题同他没有什么关系,然而它怎么也是个问题吧,他对自己也提出过的,但是刚好在眼下,其他什么人把它讲出来的时候,他忽然有了答案。他转过身去,同样小声地说:"他们想过不一样的生活。"

"可这么着他们是得不到的。"

"也许他们并不在意得到什么东西。"

他再次专注在屏幕上。他成功地用长镜头拍下奔逃的人群。这次突围相当完美,效果理想得如同安排好的场景。

他逃了已将近三十年。并非有人手持这种警棍在追捕他,如果那场示威游行没有任何意义,谁都不会聚集到一起的。为什么要逃呢?他几乎答不出来。也许是因为父亲抛下了母亲,而他感觉无法在空荡荡的屋子里待下去。而且他也想要旅行,去看看印第安纳州、尤卡坦半岛①和金字塔。他找到墨西哥使馆,毛遂自荐免费当差。他们问他,他会做什么。他会摄像,懂一点西班牙语。他们说,可惜这样的人太多了。哪怕他是医生也成呀。于是他决定逃亡,和彼得一起。

他是偶然认识彼得的,当时两人都在动物园的爬行动物馆里拍照。怎么会刚好想到要拍蛇呢?于是他们攀谈起来。他很想拍野生生物的影片:沙漠上的常春藤,丛林里的老虎,灌木丛地带的袋鼠,在岩石上取暖的响尾蛇或沙蛇。彼得对蛇很推崇,认为它是一种象征。"蛇类可是所有陆地动物里最聪明的,这是上帝的旨意。"它曾引诱人类对全知全能产生好奇和欲望,从而成为罪恶与邪恶意志的象征。尽管并非每时每地都是如此,彼得总喜欢灌输这样的想法,一些埃及法老把铜铸的蛇戴在额头上,他们相信,它能佑护他们不受邪恶侵

---

① 位于墨西哥湾与加勒比海之间,有着众多玛雅文明的遗迹,是古玛雅文明的摇篮之一。

袭，而一些非洲人和印第安人，甚至将有羽翼的蛇视为神祇。彼得意图钻研神学，一切同人类和上帝，或者同任何凌驾于其上的力量之预兆相关的事物，他都兴致勃勃。他讲话的语气真有那么几分像布道者，仿佛始终在传达什么紧迫的事情，不过他的嗓音很尖，听起来让人不太舒服，这或许会对他的布道使命造成妨碍，不过在他们的交谈中，这并不重要。最为关键的是，他也盼望旅行，游历圣地和罗马、雅典、科林斯湾①和以弗所②，以及卢克索神庙和帕伦克遗址。他们一交换各自的秘密愿望，便竭力拿自己知道的事情互相震慑。然而谁都不抱希望能够一睹他们梦寐以求的某个所在，他们甚至连国境边上的任何地方都去不了，那里可都围着铁丝网哪。铁丝网在他们看来也是一种象征。难不成他们要一辈子在铁丝网圈起来的国家里过活，有所认识，有所成就吗？他们开始设想出逃的计划，起初只当是说笑，然而渐渐地，他们越来越陷入自己的想象——完美而紧凑的步骤的魔力之中，最终竟不得不奔赴目标。这项影响两人命运的行动，谁对谁的怂恿更多一些呢？他更加务实，虽然他也会担忧，有所保留，但他的想法要实际得多。彼得则毫无顾忌，他不仅对此信心满满，甚至对于他们即将迫近的行动的意义抱着一种渎神的傲慢，认为上帝的仁慈和守护之爱将会眷顾他们。无论他多么不着边际，只要谈到他们将会得到保佑和佐助，他便会受到煽动，也开始有些半信半疑了。

那么他们究竟相信什么呢？

人不能就这么漫无目的地活着，他必须顾及自己行为的后果，他的生活不能给别人造成伤害或苦痛。他必须为自己留下什么印迹；这印迹将是他的作品。其时他并不完全肯定，这一作品具体会是什么，

---

① 希腊历史名城，在新的圣经中译为"哥林多"或"格林多"，靠希腊伯罗奔尼撒半岛北岸。

② 古希腊人在小亚细亚建立的一个大城市，位于加斯他河注入爱琴海的河口。现在的以弗所废墟为土耳其的著名景观。

不过他很笃定的是，他有足够的能力去造就它。

逃亡的最终计划貌似简单到极致。在北方的某地跨越国境线，那里没有铁丝网包围，一路直到海边，他们已经备好了船。非法乘船溜走，在他们看来要比剪断铁丝网、翻过围墙或泅渡过河容易得多。可惜事情并不像他们想象的那般容易。在彼得的幻想中于他们头顶擎着护佑之手的上帝，显然完全被全宇宙范围的琐事缠身，他们俩是挤不进众生的队伍里去了。

带子播放完毕。画面上只余下胜利者、水洼，还有几个男人，他们从人行道上以专业的态度察看着。他努力记住他们的面孔。为什么呢？以防万一。

哈拉玛兴味索然地站起身。还是有人在他身后斗胆鼓起掌来，其他几个人加入其中。他们是为他的成绩鼓掌，还是为胜利者？为水洼，抑或被驱散的反对者而鼓掌呢？

我们所有人为一切而鼓掌，我们畏惧一切。

二

小家伙身穿黑色运动衫和黄色短裤——美洲豹的颜色，守门员的标准着装。就他这个年纪而言，他长得相当高挑，可还是扑不到射向球门横梁下方的球。

他站在球门后方，询问战况。

"暂时还不错，算是我运气好。他们的球向我飞过来，"小伙子冲右边示意，"我连球都没摸到。你能来真好，巴维尔。我总是不知道该在什么时候冲过去。"

"当机立断。等到绵羊和貘蒙头大睡，错过逃跑的最佳时机，美洲豹就能把它们一网打尽。"他意识到，他对小家伙表现得有点做作，甚至故意卖弄自己的经验。

选手们移近球门，他很高兴可以不用出声了。他什么时候才能学会判断呢？有一回他们把他缠住，拖延时间，从那时起他总想躲开。可能动物在生命或自由受到威胁的时候，能够即刻察觉，可是人类能够发觉吗？他想象自己在为自由而奔跑，然后他冲进包围圈的中心。"就是现在，就是现在。"他朝小家伙喊道，身穿黄黑运动服的少年在球员间奔来突去，幸而他截住了球，用两手把它挡回场地上。他在石灰粉画出的粗粗的边界线旁边逗留了片刻，凝视着越跑越远的一群人。

"你觉得怎么样？"小家伙折返回来，想知道他的看法。

"太棒了，罗宾。你接住了第一个球。"

"我需要你站在这儿，始终给我指令。"小家伙说。

他想对小家伙说，他只能断了这个念想了，不过他及时把这句十分理智的话吞了回去。

他的小家伙现在有多大呢？当然他还是个小男孩，然而他一想到这个孩子，就像想到自己儿子一样。他该如何教导他呢？他会照顾他吗？

也许我能照顾得很好呢。这会儿我去把车开过来，再来给他参谋什么时候应该冲上去。不过我也知道，我可能随时离开他母亲，离开他，无论他发生什么事情，都不再会让我感到不安。可惜他不是我儿子，永远也不会是我儿子，就好比他母亲不是我妻子，也绝不可能成为我的妻子。

比赛过后，他等着小家伙冲个澡，换身衣服。待他们坐进车里，他注意到罗宾手指上金属材质的戒指熠熠发光，和他的牛仔装一点儿也不搭配。多半是艾娃在哪儿捡到的便宜货。这是她的东西，他们两个的，除非必要，他从来都不会多问。

艾娃住在塔楼的第七层。公寓有一个大房间、两个小房间，小房间里较大的一个至今还住着她的前夫，一个安静的讨人喜欢的人。他是装配工，因而大部分时间都不在家里。他是很有可能弄到一套新公寓的，不过大概他根本就不想要，唯有如此他才能跟自己的儿子亲近些，或许他也想跟自己的前妻更亲近些吧。

她从来没对巴维尔讲过，为什么离开自己的丈夫。他只能揣测，这位仁兄让她觉得不够成功，人又太过平庸吧。在她眼里他要好得多，成功同声誉一样，是十分相对的事情。是艾娃自己找上他的。两年前，她给他写了几句话：她看了他的关于离异夫妻和离异家庭的孩子的电影，她也有类似的问题，请求他见她一面，给她一些建议。

那部电影是他自己导演的纪录片，他甚至在里面亲自披挂上阵，探讨这个他自儿时以来就接触到的问题。他感到很欣慰，有人愿意同他谈谈，于是他给她回了信，并写明回函地址。几天后的傍晚，她按响门铃。她做了自我介绍，用略微有些结巴的声音询问道，她是否打搅了他或他的夫人。她穿着蓝紫色短裙，紫黑相间的绒线衫，暗紫色高筒马靴，染成粉色的头发上缚着青色发带，硕大的碧玉坠子在耳边摇曳。他让她放心，她并未打扰他，他没有妻子，而母亲少见地出去泡温泉了。这显然令她很高兴。他甚至还没发出邀请，她便径自进来，每走一步都款款摆动腰肢，手上的镯子随之叮当作响。她坐到他对面的沙发椅里，一条腿搭在另一条腿上，这么着她的裙子便撩了起来，她以贪婪的目光凝视着他。他问道，不知他能帮上她什么忙。她说，他同意见她，已经帮了她的忙。她真不想拿自己乏味的故事来烦扰他，她不过是和这么个男人生活在一起，她并不敬重他，而她在没有爱情的前提下嫁给他，只是因为她怀了孩子。她始终以一种奇怪的方式讲话，在句子中间忽然卡住，有时候竟不去讲完它。她的面孔并不吸引人，然而在她的每一个动作，甚至是每一个注视中，都有一种毫不掩饰的挑逗。然后她沉默下来，让人觉得她是在等他来抱住她。然而他没有这么做，她站起身，走上前来，向他发出邀请："您来和我做爱吧。"

当他打开门的时候，阿尔古斯从公寓里冲出来，扑到他胸前，舔着他的脸颊。接着艾娃出现了，和平时一样打扮得神清气爽，描着嘴唇，眼睛周围的暗影重新画过，粉红色头发梳得高高的，直接就可以出镜了。他亲吻她的嘴唇时,不得不略微弯下身去。她朝他露出微笑。她所做的一切,都是为了将他同自己绑在一起。她竭力表现出温柔的样子,常常对他微笑,容忍他的异想天开,他的躲闪,他的沉默。她甚至偶尔和他一道去拜访他母亲,她从不会忘记带上花,尽管她一走出公寓,母亲就把她给忘了。

艾娃也给他洗衣服,煮饭,和他亲热,在他同她分享什么的时候,侧耳倾听,但凡有时候他久久默不作声,她便抱怨说,他很少和她讲话。他们一起到底都谈些什么呢?

当然,谈生活。

生活是什么?

生活是一团乱麻,一大堆抹布,瓶瓶罐罐,搅拌机,生了锈的管道,耗子在里面钻进钻出。还有线缆,灯具,镜子,摄影机,带子,剪刀和喷水车。

他脱下毛衣,走去房间。

电视屏幕依旧在角落里空闪着,不过声音调成了静音。他注视了片刻两手随旋律摆动着的哑默的女歌手,在她身后,波涛无声地拍打着岩石,海鸥从上方飞过。不消说,一点意思也没有。这种东西有什么主张、什么观点可言呢,谁不想做一份体面的工作呢?虽然历尽艰辛,他还是盼着他们允许他真正按着自己的想法导一回……

"你知道晚上吃什么吗?"小家伙走向他。

他摇摇头。

"炸鸡。这可是你喜欢的!"

"我什么都吃。"

"连土豆泥也吃。"

"土豆泥我就免了,我咽不下去。"他做了个被噎住的鬼脸。

小家伙笑了。"爸爸喜欢吃。"他踌躇了一下。"他昨天来了,"他局促不安地说,"给我带来这身牛仔装。"

"还有戒指?"

"也是他给的。你觉得它适合我吗?"

"让我看看!"他拿起小家伙的戒指。"我从不戴这种东西。"他避而不答。戒指上有个标记,应该是传家宝,小家伙的爷爷还拥有工厂的时候从父辈手中得来的。工厂国有化了,但是显然珠宝得以留存。或许艾娃认识自己未来丈夫的时候,正是对可能得到的珠宝心存幻想吧。然而珠宝要么是不够多,要么是没法抵消其他继承人无力偿还的债务。

他什么都没能继承。他们逮捕他的时候,他身穿破旧的阿尔斯特宽大衣,口袋里有二十马克,背包内是地图。德国、比利时的地图,还有四十年前的墨西哥地图。他弄不到更新的。您要墨西哥地图有什么用?我想用它来换当地地图。他被捆了一巴掌,让他别扯谎。然而几天来他都死扛着。他们对他说,否认是没有意义的,彼得已经招供了。他认为这很有可能,说谎不符合彼得的性格。彼得说,实际上是在他们告诉他,巴维尔招供了以后,他才承认的。他们用了最常见的伎俩,而他俩太傻,太缺乏经验了。

当他偶尔回忆起自己生命里的这段挫败期时,他意识到,最糟糕的并不是囚禁的大门,甚至不是狱警的咆哮、食物不足,还有人们的互相算计,而恰恰是无处不在的谎言,每一个字,每一个暗示、承诺或是微笑,都潜伏着背信弃义。他后来才明白,这段时期正是一个最佳准备期,为在外面等待他的生活所做的准备。所有人都必然以某种方式历经这一准备,至少他以简练的形式快速走过了这个时期。

小家伙跑开了。艾娃打开柜子取桌布的时候,他瞥见格层里的几件彩色毛衣,装在透明袋子里。"那是什么?"

"这是昨天他们送来我们店里的,我留下几件。肯定会卖得很好,这可是设德兰群岛①风。"她从架子上抽出一件,打开毛衣的包装。

---

① 位于大不列颠岛以北,英国领土的最北端。

"我知道,你有自己的主顾。"

"主顾比商品多得多。"

"等哪天你有了自己的店,就不用这么夹带回家了。"

"你这么认为吗?"她开心地笑了,好像他在跟她示爱似的。她自然是开心的,然而她无法想象,除了这个,她还能投身于什么事情中。人们大都无法想象与自己所过的不一样的生活,只能去梦想不一样的生活,乃至为它示威游行,然而他们仍旧无法想象它会是什么样子。

艾娃的微笑使他想起影片《延森的丈夫们》里蒂塔腼腆的笑。他被打动了。也许,他应该再多包容她一些,多疼疼她,毕竟除了他,她一无所有。她正在柜子旁边躬着身子,他抚了抚她的头发。

她惊讶地看了他一眼:"怎么了?"

"没什么,没事儿。能有什么事呢?"

她走去厨房,片刻后端着饭菜回来了。他的情绪暂时消退,她同蒂塔没有任何相似之处,最不可能的就是腼腆。此外他很肯定,比起恩爱,他的女伴更加看重成功。成功意味着懂得买的艺术,会买比会卖更重要。他是个再单纯不过的样本,显然他无须表现得和她多么恩爱,也能赢得她的心。他懂得如何推销自己的能力,甚至是推销他自己。

艾娃担心发胖,只吃了几口,虽然她没有一丝发胖的迹象。她身材紧实,小小的乳房,窈窕的腰线,修长的脖颈。他为她拍过几回裸体写真,大部分照片看不到她的面孔。她的脸很适合站柜台,但却不适合做杂志封面。她缺少点什么,也许是与众不同的特征,伤疤或是雀斑,总之她就是缺乏特色。

"看样子,我又得拍一些咱们最高元首的东西了。"他向她吐露心事。

"这不是很好吗?"

"我更喜欢拍动物,而不是人。大型动物,"他详细解释着,"不过他不再那么高大了，也不够苍老。他压根儿就不适合拍摄。"

她讶异地看了他一眼，她还不太习惯类似的论调："你推掉它了？"

"他们暂时还没向我提出任何计划。"他们第一次将这份差事托付给他的时候，他感到很荣耀。事实上，他获得了相当高的权限，树立起他从来都没把握能够达到的地位。此外，总统的生活充满诸多逆转，这对导演来说是一种诱惑。最近几年来，情况自然发生了许多变化，总统的影响力受到撼动，也波及到任何与他有关联的人的地位。若要回绝可能出现的提议，他怎么也得讲出很好的理由才行。可他能说什么呢？工作太累？心绞痛？医生可能会为他开证明。然而一想到其他什么人走进他以前出入的电影制片厂，他也不乐意。总统毕竟是会换届的，即使是代替现任总统的新一任总统，也将需要自己的摹写师。他会选择谁呢？技巧最为娴熟，经验最为丰富的一位。人一刻也不能脱离角色。要紧的事只有一桩，就是能够适时看清楚，什么时候结束旧游戏，扮演新角色。

他狼吞虎咽地吃着饭。不过无论他们委派他还是其他人，反正那些任命他的人不会允许任何人拍出非公式化的作品，留下什么真正的证据。"广告有什么回音吗？"他换了个话题。

"有的，"她欢喜地应道，"你想看看吗？"

她渴望拥有一栋家庭别墅，正在为此攒钱，还以为他也在帮她攒。眼下她试图起码换掉这套公寓。或许她坚信，日后她会为自己赚得一套公寓，甚至也会得到他——他最终将娶她过门，之前和他分手的任何一任都会放弃自己的权利。他对她的一厢情愿既未肯定，也没有否认。他浏览广告，偶尔同她一道去看房子，按响某户陌生人家的门铃。走运的是他都可以宣称这些看过的房子太难看，或是不宜草率做决定。若是事情顺利，他便不得不和她一起建立一个真正的家，对于这种牢笼他可没有一丝渴望。

他拿过皮制文件夹，扫了一眼文件。

"你看中哪个了?"

他耸了耸肩。

"库切拉昨天来了,"她总是以姓氏称呼前夫,"不得不跟他见面,我觉得不大自在。"

"罗宾告诉我他来过了。"他从桌边站起来,但是没有地方可去。他来这儿两年了,他在这儿生活了两年,却没有找到属于自己的一个角落。

她也站起来,面向他站着,等待他来拥抱她。"有时候我觉得,其实你不想和我待在一起。"

"我从不会跟哪个不愿相处的人待在一起,"他回了一句电视连续剧里的话,此刻这个回答令她略感安慰,或者至少让她认为掩饰得很好。

和某个人厮守意味着什么呢?

他点着烟,等着。小家伙跑过来道晚安,艾娃铺好沙发,走去洗漱。

他已经很久没和任何人厮混了。他曾有过几个朋友,不过随着时间的流逝消失不见,被同事所替代。其中一些人对他阿谀谄媚,另一些则伺机而动,等他捅出什么娄子来,好接替他的位子。最近他起码还去看看自己的母亲。不过母亲老了,她遗失了时间概念以及对自己周围世界的兴趣,有时候又无缘无故、出人意料地咄咄逼人。他为她感到痛惜,但已经无法和她待在一起了。

他觉得十分烦躁。他想去什么地方,做点什么,改变些什么。回到哪里去?

他拉开酒柜的小门,那里总摆着酒瓶和玻璃杯。不过这儿的白兰地终归只是为他而准备的。他拔开瓶塞,直接对着嘴喝起来。

浴室空了。他去洗漱,接着踮着脚尖悄悄绕过她前任丈夫居住的寂静无声的房间,溜到艾娃床上。他搂着她,熟练地一言不发地爱抚她,和昨天一样,和一年前一样。随后他把手掌放到她的腹部,因为他知道，她喜欢这样，很快就能入睡。此时他看到先前灯火通明的街上一片漆黑，就连对面公寓楼的窗户里也是黑漆漆的。他觉得自己睡不着。最近一段时间他睡得越来越差。哪怕他有什么事情可以想一想也好，可是眼下没有任何值得在意的事。去想这种不断重演的画面和一成不变的故事吗？他宁可想一点新东西！只不过在夜里的这一刻，他太疲乏了。此外，最近这段时间他不论何时开始想象一个故事，故事还没结束自己就先厌倦了。

他被派去外科手术室拍摄，因为他们准备将国家奖授予主任医师。主任医师不准他根据需要打灯，觉得线缆消毒得不够彻底。这可惹恼了他，他恨不得把一切付之一炬，掉头离开，或是转过身背对着摄影机。然而姑娘递器械的手吸引了他，这是他十分喜欢看的面孔，是他喜欢的类型，虽然她整个人罩在袍子底下。他只看得到高高的额头下面墨蓝色的、忧郁的眼睛。它的蓝色是如此不同寻常，让他感觉有一种异国情调。他在这儿谁也不认识，于是悄声向一个身穿白袍子的小伙子打听。"她是阿尔宾娜。"这人说道。

"名字真怪。"

"很适合她。"

她出现在他生命中有多久了？这个场景上演过多少回了？这没什么要紧的，只要能让他睡着就行。那是个秋天。叶子在门房里盘旋。他一眼就认出她来，因为她不再是一身白了，风卷起她的红裙，她宽阔的嘴唇让他觉得很性感。

"您好，阿尔宾娜小姐，能打扰您片刻吗？"

"您是在哪儿认识我的？我不认得您。"

"今天下午在那边的手术室里——那个镜头后面的人，就是我。"

"您找我有什么事？"

"其实也没什么事。"

"那么恕我不能奉陪了，我在赶时间。"

"我可以陪您走一段吗？"

"谢谢,我一个人走吧。"

"至少我可以等您不忙的什么时候再来吧?"

"我总是很忙的。"

这样的对话让人如鲠在喉。最常见的是第一句话,然后便是最后一句。再配上脸部表情就更噎人了。当时她极力表现得很坚决,很不乐意,不过这丝毫不曾减损她曲线的婀娜。他凝视着她渐渐远去的身影,仿佛一步步蜷缩起来似的,于是比起实际的样子来,她显得娇小得多,精致得多。或许因为冷,她瑟缩了一下。开始下雨了,而她没有雨衣。

第二天在医院里已经是他们的最后一回拍摄,而她不当班。他从昨天透露她名字的同一个医生那里了解到,她晚上才来。

于是次日早上,他拿着一束玫瑰在门口等她。

为什么这么做?原因连他自己也说不出来。多半是由于自尊心受了伤,他不愿承认自己会遭到拒绝。

"我不能接受您的花。"

"可我是为您送来的。"

"为什么?"

"我以为您会高兴。"

"为什么您想要我高兴,我就得高兴?"

"大概是因为我喜欢您。"

"但我不喜欢电视台的人。"

"这是职业歧视。"他抗议道。

"我不喜欢制作这个电视节目的人,"她说得更加明确,"要怪就怪您的工作。您的节目所拍的人,比方说我们的主任医师——他不是什么好人。"

"那您为什么在他手下干活呢?"

"因为我是护士。在他来之前,我就在手术室做事了。"

"您不能调走吗?"

她沉默了一会儿。"这是不一样的。您大概是没觉得他有什么不妥。可我不知道，我为什么要跟您解释这个。"她对他耸了耸肩膀，走掉了。他把花拿给了母亲。一个星期后他又试了一回，他给她在门房里留下演唱会的票，附上一张写着四个字的卡片：**恳请您来**。然而她并没有来。

再过几星期他就四十五岁了。他究竟做成了什么呢？他拍过几部短片，大量转瞬即被遗忘的纪录片，其中大部分连他本人都不记得。他改造了小木屋，这是他在不久前的流亡（生活充满吊诡）之后便宜购入的，里面塞满他并不怎么特别得意的家什。他有过不少情人，但没有成立家庭，也没有任何女人为他生下一儿半女。

艾娃睡得很沉，大部分楼房的窗户也都熄了灯。他穿好衣服，踮着脚尖悄悄溜出房间，带着一丝轻松离开了公寓。

街巷仿佛夜里的墓地，而墓地让人觉得一切都是枉然。他坐进自己红色的菲亚特里，夜里可以开得飞快，半个小时就能到小木屋。

他去那里做什么呢？

他可以接着处理自己的几个电影短片，一些短片由他自己编剧，兴许他还是可以把它们写完，进行拍摄的；他可以思考一下自己的未来，或者探究一下自己的过去。一成不变的画面。

站在脏兮兮的房间中央，他回想起主考官的办公室。那位官员在阅读什么文件，十之八九是他的材料：他的行为、过失、罪状、资料、惯用语、指控和谎言的全集。他总算抬起红彤彤的眼睛来，底下是深黑的眼袋："那么您想在电视台工作？"

那时候，在十七年前，他点了点头，从此他决定跻身于入选者之列，取代那些被除名的人，那时他还很同情他们的失业。

然而这并非清醒的决定，他完全是为了谋份差事。这个职位相当不体面，相当无足轻重，他不明白自己为什么没有拒绝它。另外，他就此向母亲、彼得，甚至向爱丽丝征求过意见。母亲认为，他应该接下它；彼得说，他绝不能踏入制造谎言的工厂里去；爱丽丝提出不同意见，这终归取决于他将在那里做些什么，表现如何。每个人都有权做他擅长的事情，他希望做的事情，尽管周围的其他一些人并不具备拥有这个权利的条件。我们所有人都生活在各种关系中，然而他不想卷入什么关系，甚至想逃开这些关系，但他办不到，他只是令生活长期地复杂化了。爱丽丝是理解他的。

于是他作为摄影助理开始任职，牵拉线缆，依照指示布置灯光。

当然，这是他的意愿。他相信，他会得到提拔，制作自己的节目、自己的电影。

他抱负不凡，耐力十足，他知道，他们最终会承认他的，而他等到了，尽管一等就是数年之久。

天赐良机。两个年轻人劫持了运载孩子的学校大巴，他们要求被放行，越过边境。自他逃亡之时的短短二十年来，世界上不曾出现过更暴力的跨越边境的方法了。

边境哨兵向劫持者承诺，只要他们放了孩子，会让他们得偿所愿的。劫持者答应了条件，但边境哨兵没有兑现诺言。他们封住大巴的路，展开枪战。其中一名劫持者被击毙，巴士司机也丢掉了性命。

他查到，他以前的同学竟然参加了这次行动。这是个不错的理由，他可以借此提议尝试拍摄有关这一不同寻常的事件的报道。主编果断地点了头，就连他的同学也同意和他见面，甚至许诺走的时候给他带上一捆鱼。

此话不假，他一抵达事发地，还没来得及开始叙旧，就拿到了鱼钩和高筒水靴。接下来他们沿着警示牌走，甚至经过布满铁丝网路障的地带，一直来到边境的溪流处。尽管从他试图逃亡起已经过去了将近二十年，在这条路上每迈出一步仍令他浑身颤抖。

小溪顺着浅浅的树木丛生的山谷蜿蜒流出，所以在这里看不到铁丝网。他的同学这时已经当上少校，他站在一块平坦的石头上，投下鱼钩，开始向他讲起钓河鳟有多难，它是一种滑不溜手的鱼。好像他们当真只是因为钓鱼才凑到一起的。

他也投下鱼钩，不过他没有注意浮子，而是凝视着靠近边界的土地，他人生中头一回触手可及的地方。他看向边界的目光已经丝毫不带渴望，而是带着更多的好奇，仿佛在期待从这儿冒出个把密探、迷了路的游客，或是那种不招人待见的边境哨兵，蹚着溪流涉水而行。溪水的主流流向边界。

一个人也没有。少校从石头上爬下来，在下面顺着水流慢慢移动。"当心点，巴维尔，"他说，"可别滚到另一边去。就是不小心也不行！你永远不会知道那边的松树后面埋伏着什么。"

他点点头。他知道他穿制服的同学会为此而惹上麻烦。就连他也得提醒自己，千万不能跨过想象中的那道线。虽然同学知道他的事情，但还是带他来到这里，多年前他试图逃到另一边去，而当时正是这些穿制服的拦截者抓住了他，现在他就穿着这样的制服。不过他肯将巴维尔带到这儿，是因为事情早就过去了，一切都发生了变化。他带他来这儿，主要是因为巴维尔可以拍摄关于他的影片，讲述他英雄事迹的影片。他相信，一旦上级在电视上看到他，就很有可能提拔他。

"你经常来这儿吗？"

"我恨不得每天都来，"这位穿制服的同学回答道，"但是怎么可能呢？我一个月也就来一回而已。最让人受不了的是，每次大人物们来了，我也想带他们来这儿，可是他们喝得酩酊大醉，谁愿意照看他们呢。这还不算，他们每一个都想钓上至少一百公斤的鱼。我们在这个地区也为他们备有池塘，不过还在更靠近铁丝网的地方。在那边你只要一下钩，就可以收线了。那哪是钓鱼啊，简直是屠杀。"

"那两个人的事，就不是屠杀吗？请原谅，我知道这是你们的职责所在。"

"很抱歉司机丧了命，第二个混蛋却没事，你想象不出我有多恼火。"

"非如此不可吗？"

"你这是什么意思？"

"我只是问问，趁着我还没开始拍摄。我没带摄影机，而且在这里没有人听得见我们的谈话。"

"或许我们应该放他们过境？"

"我问的就是这个。"

"他们有枪，把守着坐满孩子的大巴。"

"可他们放了孩子！"

"那是在我们承诺允许他们过境以后。"

"的确如此，你们对他们做出过承诺的。"

"难不成你认为我们应该信守诺言？"

"我不过问问而已。"

"我们要是放过他们，一星期之内就会又有两个人来以身试法。接着再冒出四个人来。总有一天他们连孩子也不会放过。不然就是车里的哪名人质开始失去理智，他们给他来上一枪。"

"我只不过问问。"他开始懊恼来这儿了，懊恼自己偏偏被这个机会所诱惑。还让他感到羞愧的是，他只是询问，任何争辩的话都说不出来。如果边境是开放的，他以前就无须坐牢了；也不会有任何人劫持坐满孩子的大巴，只是为了到另一边去。

穿制服的男人纹丝不动，稍后鱼钩扎进了鱼嘴。在清澈的溪水里，可以看见鳟鱼徒劳地试着从不远处的卵石底下逃走。它动弹不得，一筹莫展。若是我们吞下了鱼钩，还有什么希望逃脱吗？我们能认识到这一点吗？

这时他的老同学说道："是他们先开火的，他们扫射我们哨所的窗户。孩子们被迫叫嚷着：放我们过境吧，不然他们会打死我们的！这下子，我们还能怎么办？他们认为我们不会朝人群开枪。我到这儿以来，这种事情还是第一次发生。此外我对这个事件无法定夺。将军驾临了，还有检察官和其他区县的长官。这些人同他们谈判，向他们做出承诺，然后向我下令：不许过境！一切早就另有安排。"老同学指向天空高处，那里自古以来就执掌生杀予夺的大权，是决定我们命运的权力的所在。

他转下主路，穿过小树林和安睡的村庄，又拐上一条小路，路两边的苹果树果实都已熟透。几分钟后，他停在自己的住处前面。它伫立在一片荒凉、凄清和幽暗之中，月光倾泻在环绕着它的草地上。

他走进屋里，呼吸到熟悉的混合着霉味儿、吸附在墙上的烟气，还有枯萎了的植物的气味。他打开灯，放下百叶窗；拉开写字台的小门，倒上一杯水；打开立在巴洛克式小桌子上的电视机，坐进扶手椅里，看了一会儿音乐视频。他看过才证实了自己的想法，视频是观点的产物，至少这些符合近期时尚的视频是这样，制作人的目的在于，长久地把观众淹没在大量彼此不相关联的信息和怪异的奇形怪状的设计里，直到我们承认世界就是不可理喻、反常倒错的混乱之所。

最近一段时间，无论他什么时候探望母亲，刚打开电视，她立即说道：这个我已经看过了。无论电视上播放的是电影首映、新闻还是体育转播，她都已看过。从实质上说，她的无知几近于智慧。他又关上了电视。凌晨两点半，他可以去躺一会儿，不过反正也睡不着，他可以坐到电脑桌前，继续整理剧本，但他太疲倦了，做不了这个。他带着几分欣赏观察了一会儿写字台小门上的镶嵌物。它雕刻的是一个男人，一只鹦鹉立在他的头顶。最近，他的同事、网球伙伴索科尔拿出带有类似图案的梳镜柜让他买。不过他开的价钱太高了。怎么个高法？一分钱也不能减。假如他有一栋真正的房子，不像这种乡下的僻静之所，总也挤不出时间来住，他会把梳镜柜买下来的。可是他没有房子，就算是有，也不会有任何人和他共住。除非是母亲。只是母亲已经根本不可能意识到这是他的房子，她只能看出这里那里有了变化，这会让她不舒服的。上星期去看她的时候，他在那里发现了父亲的相片。她充满疑窦地看着那张小照片："你在那儿手里拿的是谁的照片？"

"好像你不认识他一样。"

她当真迟疑了片刻，然后说："你爸爸以前是个相当帅气的小伙子。你可以把它拿走了！"

他带走了小照片，把它藏进写字台的一只抽屉里。这时他站起身，拉开它。他一开始学会照相很快就自己动手给父亲拍了照。对于初学者而言，这张肖像照不算太糟。照片的材质相当硬，父亲的面孔看起来像是由木头雕刻而成，他的职业本能让他一眼就看出来了。

父亲学会了木工，闲暇时除了其他爱好，他还从事雕刻。他也喜欢摘录名人传记，多亏了父亲的藏书，他读完了卓别林、爱森斯坦①、胡斯②、巴尔扎克、亨利八世③、不幸的马克西米利安一世④的传记，甚至还有更为不幸的安妮·博林⑤的传记。他轮流阅读这些传记，除了最后两位，他希望能和他们中的每一位多少有些相像。

在他失去爸爸的时候，他放弃了阅读，彻底不再学习，而开始往电影院跑。遗憾的是电影为数不多，大都单调沉闷；影片号召提高工作效率，以革命者的生活为楷模，或是反映劳苦大众的贫困：在国界的另一边，以及在我们过去的情形。不过《双胞胎》⑥——关于人类的女儿——的故事，让他很感动，和《一个大兵的叙事诗》⑦一样，他看了许多遍。那时候他觉得，除了执导电影，他不知道其他更值得从事的职业了，可能也是因为这个缘故，他还不能去见上帝吧。有一阵子连电影也让他意兴阑珊，可他不喜欢窝在家里。他沿着城郊的林

---

① 谢尔盖·米哈伊洛维奇·爱森斯坦（1898—1948），犹太裔苏联导演，电影理论家。
② 扬·胡斯（1369—1415），捷克宗教思想家，哲学家。
③ 亨利八世（1491—1547），都铎王朝第二任国王，后成为爱尔兰国王。
④ 马克西米利安一世（1459—1519），神圣罗马帝国皇帝，奥地利大公（1493—1519年在位），亦是哈布斯堡王朝鼎盛时期的奠基者，一生充满挫折和磨难。
⑤ 安妮·博林（1501或1507—1536），英格兰王后，伊丽莎白一世的母亲。安妮·博林原为亨利八世第一任妻子的侍从女官，1533年与亨利八世秘密结婚。两人关系在1536年恶化，同年5月安妮·博林被捕入狱，关进伦敦塔，5月19日被斩首。
⑥ 美国导演巴斯特·基顿拍摄的喜剧短片，1937年上映。
⑦ 俄罗斯导演格里戈里·丘赫莱伊拍摄的电影，1959年上映。

间小路漫游：有时候和朋友们一起，更经常的是带着自己的牧羊犬，它的名字顺理成章叫作"恋人"。小狗追逐着真实的抑或假想中的野兔，而他则构思着以自己为主角的故事：强有力的，不受奴役的主人公。

随后他决定将自己漫游途中看到的画面记录下来。器材他自己来制造。不仅仅因为从母亲那儿大概弄不到钱买新器材了，而且他对装配仪器很有兴趣，他也盼着能拥有一些其他人已经有过，或可能有的不一样的东西。他做出了平板仪。他用上了雪茄烟盒，镜头是由旧的眼镜镜片制作的。起初他把看到的一切都拍成影片。当影片在他看来比较成功时，他让母亲看，她只是敷衍地看了一眼："不怎么样，这是器材拍的，不是你！"他受了打击，险些放弃摄影了，不过后来他决定证明给妈妈看，影片是他拍的，不是器材。他集中精力拍摄云、动物和老人的手的画面。为了拍手他还跑到养老院去。他在那儿自然也能获得脸的肖像，但当时他对脸部肖像并不特别感兴趣。任谁都能把面孔记录下来，就连最微不足道的电影里也塞满了它们。

找动物必须去动物园，他在那儿结识了彼得，他们尝试一起逃亡。说到底是他最先引诱自己的伙伴这么干的，彼得自己绝没有胆量做类似的事情。他没有勇气给父母造成痛苦，他知道他们需要受到尊重和认可。他没有成家，只和母亲生活在一起。母亲是这么一个人，她总感觉生活辜负了她，而且还将对她变本加厉。她把自己的孤单、失眠以及糟糕的健康状况都归咎于生活。

他又倒上一杯水，点着烟，打开柜子，里面的架子上是他精心编好序号的带子。

他从里面找出一盒，将电视转到录像频道。他把带子放进机器，又坐进沙发椅里。

公路，边关，森林。载着孩子们的大巴的影像，当然这是另一辆大巴，另一群孩子。接着是年轻人静止的图像，幸存下来的那一个。他没有找到死者的照片。身穿制服的男人出现了，他指着身后的什么地方:"他们从那边开过来。"

"你们事先汇报了吗?"是他自己的声音在询问。

"当然汇报过。"

"你们事先有什么计划吗?"

"大巴里坐着的是孩子,很难做出什么计划。我们的目标是:把他们给弄出来。"

"要是办不到呢?"

"只要孩子们在里面,我们就不能冒险开枪。"

"那你们会放他们通行吗?"

"只在极端的情况下。"

"什么意思?"

"不管走到多远都要拦住他们,跟他们谈判。这是从国外学来的经验,一旦开始谈判就赢了一半。他们不会开枪的,尤其不会对孩子开枪。"

"你们在什么地方截住了他们?"

"我们拦住他们两回。"

穿制服的男人指向路障:"谈判是在这里。等他们放走孩子,我们就撤掉路障,不过这期间已经准备好封锁公路了,并且安排了狙击手。"

画面移过去。穿制服的男人指出埋伏狙击手的地方,然后他指了指被子弹打坏了树皮的树木。

树皮脱落了,露出的木头颜色较浅。

"那第二个人没出什么事吧?"

穿制服的男人在画面外答道:"没有,他一根寒毛也没伤着,就快上绞刑架了。"他发出一阵大笑,"我希望你们别播这段。"

他关掉机器,抽出带子。他再也没有发布这段影片。

早上三时四十五分。他倒上最后一杯水,他的头有些隐隐作痛,他感到心脏收缩性的疼痛加剧了。

他的床在另一个房间。这儿的架子上立着巴洛克式圣女和圣徒的雕刻品，也有父亲的非圣女或圣徒的雕刻品。所有东西里面父亲最喜欢刻鸟。有一次他对巴维尔说，动物比起人来有一个巨大的美德：它们并不伪装，最主要的是你在它们面前也不必伪装。近些年来他屡屡回想起这句话。他喜欢动物，他拍的关于动物的影片大都比关于人的影片要成功。

他脱下鞋子，脱去裤子和衬衫，钻进被子里。窗户后面的草地上方浮起一团雪白的雾霭，然而天空依然布满亮晶晶的星星。

随着时间流逝，他淡忘了那个拒绝了他的，名叫阿尔宾娜的护士。未曾想他竟遇见了她。他在滑雪索道的队伍里等候，她站在队伍末端。她的头发和脸的一部分藏在红色兜帽底下，所幸他对这张脸印象深刻。

"您看看，"他对她说，"我还是把您给找着了。"

他们坐在一只吊椅里一起向上移动，聊着无关痛痒的事情，但是他察觉到，她在犹豫是否应该将这次偶然的相遇视为命中注定。接着他们滑下来，又来等待索道。他在谈话中对于自己的职业多少有些躲闪，于是他提到他们离边境仅有咫尺之遥，谈起自己早年的逃亡，很不幸恰恰是在这里无疾而终的，甚至谈到了接踵而来的牢狱之灾。他就这么将自己的生活成功地蒙上一层令她感到诱人的神秘色彩。至少她丝毫没有拒绝他陪着她，一直走到她所住的疗养所的门前。

第二天他们共进晚餐。他们始终还是聊着无关痛痒的事情，但他毕竟感觉到，她的世界和他的不同，里面有一股令他难以置信的力量，以及对于无所不在的神明的信仰，仿佛来自另一个星球的神灵之力，表现为各式各样的征兆，而他觉得，这会给他的生活带来好的变化。

三

  星期天午饭后,他去探望母亲。不久前他还定期来和她一起过节、吃饭,不过最近一年来她大部分时间已经不做饭了,由保姆给她带吃的来。于是他推迟了自己探访的时间,但他下不了决心彻底不再来,任由母亲陷入自己的寂寞里。况且这里始终还是他的固定住所;他永远都找不到其他地方,可以把自己的一切物品都移过去。比方说,直到今天他的床和写字台还摆在这儿,旧信和旧本子至今在他的抽屉里发霉,想来绝不会再有任何人去翻开它们。在两只柜子里,老照片模糊不清的底片略微变淡,而在前厅的柜橱内,他的旧衣服日渐腐烂,十之八九也绝不会再有任何人来穿上它们了。

  几个星期前,母亲的最后一位闺中密友过世,因而除了他,她在这世界上已经没有任何人可以依靠了。她整天坐在公寓里,只要他不和她一起出去,她就不肯离开房间。她在他眼中变得越来越阴郁和反复无常,对她越来越无法理解的世界充满疑心。很长时间以来,有她在场他便感觉不自在,但凡有母亲在场的时候,他就没办法放松。他还记得童年时期那些惬意的时刻。父亲喜欢打趣,他一逗她,她就笑了。夏天里,每逢假日她都和父亲打网球和排球,她也会兴致勃勃地谈论她工作的地方,剧院里的事情,尽管她只负责打理服装。就算是那段她在舞台上得不到固定角色的时期,那时候在所有工作中她最常做的,是缝制俄罗斯式男衬衫或矿工制服,若是父亲留在她身边,她过的可能完全是另一种生活。如果什么事都没有发生的话,他的生活也很可能迥然不同。

  "是你吗,小巴维尔?"她带着一丝惊喜迎接他,这种情绪也许是真实的,她已经不太有时间的概念。

  "我给你带了点东西来!"他从包里取出红色的荷包花,"它里面长着茸毛哪!"

"你怎么这样不小心呢?"母亲弯下身子,动作灵活得让他惊讶,她将花摆好。"它会开得很漂亮的。"她十分欢喜,站直了身子。她比他矮一头,非常娇小。他的身高遗传了父亲,不过身材更像她。

"我给你泡点茶!"她张罗着。

"谢谢,咱们还是到外面走走吧!"

"我买了好吃的小圆饼!"母亲蹒跚地走去厨房,这会儿工夫他走进她的房间里。他打开五斗柜,从一摞毛巾后面掏出装茶的铁盒,母亲把自己的全部积蓄都藏在里面。他掀开盖子,往小盒子里添进两张绿色纸钞,将盖子盖上,把盒子放回原来的地方。

母亲从来不数钱。他青春期的时候常常利用这一点,不时拿些他需要的零花钱,买电影票或香烟。母亲一点也没看出来,或者她发现了,却丝毫不露声色。现在每次偷偷给她放钱的时候,他只当在偿还旧债罢了。

"你在哪儿,干吗呢?"她的声音从另一个房间传来。

茶壶在磨旧了但很干净的桌子中央冒着烟,母亲正往小圆饼上撒糖。"你最近在忙什么?"她问道。

"我拍了一场示威游行。后天我要去总统府!我们在准备为总统拍摄影片。"

"哪个总统?"

"我们的。他快过生日了。"

"多大寿辰?"

"七十五岁。"

"他比我小,"她说,"我已经老了,是吧?"

"有些人比你还老呢。"

"我已经不愿意去看镜子里的自己了。"

"我也不愿意去看自己。"他说,为自己的潜台词做了个鬼脸。

"我说不好,也许你还是拍点什么关于普通人的东西比较好,"她的话题回到他的工作上,"要是他不喜欢拍出来的影片,这会毁了你的。"

"可要是他喜欢呢?"

"不喜欢他的人也能毁了你!"

"为什么有人一定要毁了我呢?"

"因为世事无常,别这么大声,"她放低声音,指着墙,"隔墙有耳。你的衬衫脏了,"她责备道,"你那位怎么不给你洗干净呢?"

"她给我洗了。另外她不是我那位。"

"我听不懂。"

"我们还没明确在一起。"

"什么叫没明确?"

"你知道的,她不是我妻子。"

"就算这样说出来也难听,"母亲说,"和小伙子在一起却不跟他结婚。"

"这不是她的错,是我不想结婚。"

"你不够爱她?"

他耸了耸肩。

"你总归得定下来吧!你也不愿意老是孤家寡人的啊!你还要等多久,我还能活几年?"

"妈妈!"母亲没有谈论过死亡,不过最让他吃惊的是,她还在为他考虑有谁能使他摆脱孤独,"我们去散散步吧?"

她看向窗外:"我觉得冷。我的腿也几乎没感觉了。我们待在这儿好了。你不赶着去哪儿吧?"

"晚上我跟人约好打比赛。"

"拜托,和谁比?和你爸爸吗?"

"妈妈!和一个编辑。他叫索科尔。那个当时和我一起去墨西哥的人。"

"墨西哥的事情我压根儿就不知道,"她脱口而出,"还有你爸爸也打网球。"

父亲十年前过世了,她没有去参加他的葬礼。他抛弃了她,所以他欠她的。大多数人都欠她的,就连儿子也欠她,在她需要他的时候他企图逃开,所以他更加重了折磨着她的痛苦。当然这是他的生活,他有权把父亲留在自己的想象里,但是就算对她解释也没有用。在他已经没有多少记忆的战争时期,他们把她的父亲关起来,送去集中营,他就死在那里。她的痛苦显然来自这段经历,而和她后来的经历毫无干系,他没有说出来是因为他没有根据。

"昨天他来我这儿了。"母亲的声音响起来。

"谁?"

"我们谈的是谁?你父亲呗。他为了安抚我,竟然给我带来了戒指。可我没有戴戒指,大概是我拒绝了他吧,我已经不记得了。"

他应该纠正她的幻觉,可是这有什么意义呢?她的幻觉于任何人无碍,也许还让她很舒畅呢。

"你不应该再到处跑了。你看起来很累,肯定是太拼命了!"母亲收拾起茶杯,走去冲洗。

"我就叫您'护士小姐'吧。"在山上的时候,他向阿尔宾娜提议。

"所有人都这么叫我啊。"

"不过我这么做的时候,想的是另一回事①。"

"您想的是什么呢?"

"对我来说没有任何比你更亲近的人了。"

"您根本都不认识我,怎么敢这样肯定呢?"

"我是认真的。除了这个称呼,我也喜欢这个词儿:小妹妹。"

"请别这样!"

"您喜欢那里的工作吗?"

---

① 捷克语"护士"也有"姐妹"之意,巴维尔指的是"小妹妹"。

"您指在医院？我不知道。我想不到任何更好的工作了。"

"有一大堆其他的职业呢。您没必要在那里看着人们死去。"

"死亡是生活的一部分。而那些濒死的人，最需要有人在他们身边，因为……大部分人都没有做好心理准备。"

"您怎么会这么想呢？"

"他们活着的时候并没考虑过死亡。当这一刻到来的时候，他们忽然感觉受了欺骗，他们还没有享尽人生，还没有认识生活是什么，死亡就不期而至，所以他们无法安然地离开。"

"您觉得您会安然地离开吗？"

她回答说，她不知道，但她会努力活得尽可能完满。

生活的完满取决于什么？

取决于不将光阴虚度。

这不算是答案。不虚度光阴意味着什么？

和自己喜欢的人在一起。

可要是没有这样的人呢？

那就必须找到他。

奇特的是，在人们第一次表达爱意的时候，他们同时也谈到死亡。莫非这是命中注定的？抑或只是出于一种彼此不能分离的意识？年初时他们已经同居，驾车到租来的小别墅去。沿路他留意到草地中央小岛般的树丛，接着又看到将这块地方包围起来的摇摇欲坠的颓墙。在墙上并不难找到一个可以钻过去的洞。他们一挤过灌木丛，便看见仍埋在地里，被雨水所侵蚀的古老石碑，另一些石碑已经折断，躺倒在草地上。从石碑上可以辨认出犹太字母的痕迹。他从提包里拿出相机，给断裂的墓碑拍张照。

"你怎么拍这个？"她问他。

"职业习惯。"

"你要出售墓地的照片吗？"

"不是，我只想在这里留个纪念。"

"死者应该得到安宁。"

"也许我没打扰到他们呢,我又没把这些石头挖出来。"

"那也没必要什么都拍。"

"你从来都不希望留下什么让你感动的画面吗?"

"不是以这种方式。"

"那是什么方式?"

"在心里。"

他气不打一处来:"那我就没有饭碗了。"

把画面留在心里意味着什么?

怀揣对隐藏于事物表面之下的实质的真实感受,只能以自己的目光流露出来的感受。

这些照片会引起谁的兴趣呢?

同样无拘无束的人。

怎么才是无拘无束?

"巴维尔,"母亲的声音在他身畔响起来,"你怎么这么长时间都不说话?"

"我喜欢坐在你身边,我可以什么都不说。"

"可你为什么陪我坐在这儿?毕竟跟我在一起没什么意思。"

"你是我妈妈啊!"

"是呵,"她说道,似乎他的回答让她很惊讶,"我是你的妈妈。"

一小时以后,他已经身着白色服装走进网球场。他的对手几乎比他大十岁,虽然如此,但对手健壮得很,在比赛和生活中都惊人地活跃。不过灵活性并未让他稳赢比赛,他缺乏缓冲感,如同他在编辑工作中缺乏语感一样。然而在工作中,他能嗅出在看似一成不变的社会表象之下发生的事情,以此弥补了这点不足。多亏这种嗅觉,他不仅能够猜中时下的需求,还能猜到不远的未来观众即将需要什么话题,因而能够构思出适宜的主题。他常常活力四射,一面又对不能直接给他带来成功的一切事物抱着完全冷漠的态度。他喜爱美食甘寝，他们一起在墨西哥的时候，他常常把海滩或拉芳达旅店的小杯龙舌兰酒摆在工作前面。他可以和他走着走着，忽然想到什么就掉头离去；他很适应这种共事风格，因为他不会对他有任何羁绊。

和平时一样，他还没感到疲劳就迅速将自己的同伴击败了。

"我琢磨着，"他们冲澡的时候，索科尔顺便提到，"开一家公司挺不错。你觉得办个广告社怎么样？"

"我？"

"可以一起出资嘛。"

"咱们能做什么广告呢？"

"一旦私人公司运转起来，"编辑先生点醒他，"广告随之而来。没有广告就没有生意，所以广告将会是极好的生意。而所有广告里最重要的就是电视广告。"

"广告不是我的专业。"

"宣传也不过就是广告。"

"难道你觉着，我做的事情，是宣传？"他不快地问道。

编辑先生在毛巾里咕噜了句什么。他不喜欢争辩，也不喜欢直接回答直来直去的问题。

自然他说得对。我们一辈子都在做广告，如果拿去卖，谁也不会买账的广告。要是有得选的话，我也不会买账。就连这一点他也说对了，这并不是多么差劲的生意。

"我压根就没有过这样的念头，"他说，"在这里能办什么样的私人公司，拍什么样的广告呢？"

"说不定会有改朝换代的一天？"

"要是改了朝换了代，咱俩在这儿也就赚不到钱啦。"

"为什么？就算环境变了，生存只和你的能力有关系。有谁能把这份差事做得比你更好呢？再说广告就是点子，是一门手艺。"

如果说这只和他的能力有关，他宁愿在其他方面、以其他方式一试身手。他想拍摄自己的电影剧本,他敢肯定能比那些看价钱拍戏、领薪水的人拍得要好。

他们从淋浴室出来,每人倒了一杯伏特加,聊了一会儿改朝换代的可能。索科尔的话并非无稽之谈,他描述了一连串自上而下按部就班的变动,这些变化将发生得迅疾有力,没有任何人能左右它们的动向。即将发生的一切变化都将影响深远,他们所生活的世界将会天翻地覆。

他仔细听着这些推论,让他感兴趣的是他的同事在这一天翻地覆之后为自己所设想的处境。他随即想到,他在很早之前就想象过这些变化,毕竟他也有过这样的梦想。在监狱里,他曾如此执着地渴望着它,几乎对它信以为真了。现在他对于变化不抱任何幻想,恨不得将它抛在脑后。

他们分手的时候,索科尔顺便提了一句:"下星期我们去总统府拍摄。"

他显然并未料到自己之前所说的变故会成为现实,否则他肯定会想法子找到什么人代替自己去总统府的。

四

拍摄结束了。也许可以说拍得很顺利。他一定是给灯光施了魔法,为总统多少做了修饰——老人的左手已经不听使唤了,同时令他的脸庞柔和了几分——使他的严厉收敛起来。他的任务要轻松一些,索科尔的就麻烦了,因为要从这位国家首脑口中挖出什么个性化的表述,可没那么容易,更别说是想法了。他基本上长年累月地重复着一样的话:他还未实现的愿望是,让人们接受也许只有他本人还一直相信的目标和价值,就算他们是根据自己的经验而接受的,不是因为他。有一刻他显然打算说出什么秘密了,"我们曾经学过宗教,"他回忆道,"人啊,你要相信你的信仰可以拯救你。我们改变了这个古老的教义，你应相信自己的理智。可是……"他顿住了，一挥手。索科尔只能在心里挥一挥手吧。访问没谈到任何事情、半点思想。总统对自己的思考挥了一下手，他从不放松自己在电视屏幕上的形象。

若是一个人做了这么多年的总统，应该会表现出一些有意思的或至少是吸引人眼球的画面：骑马，打网球，或是训话。据说他曾经做过榨工。当时他还在坐牢。那时候无疑没有人为他拍摄，而现如今他宁愿对自己生命的这一阶段绝口不提。当然还是有一些旧录像带保留下来，内容大同小异：这个闷闷不乐的男人站在麦克风旁边，讲述着他和一位政客握手的时候，或与其他人亲吻的时候，手有多么抖；他如何检阅仪仗队，如何登上飞机，如何从上面下来；他怎样拥抱出访时为他送行，回国时忠贞不贰地为他接机的同志们；他如何向欢呼的群众挥手，如何接受身穿民族服装的村民们的敬意，以及战战兢兢的小姑娘们的花束。在某些画面中，还能看到他年轻时的样子一闪而过，充满活力和帝王气质。不过这一切都沾染着一成不变的沉闷气息。

沉闷从何而来？

满是相聚的画面并没有在我们心里留下印迹。

要是他身边能有什么独特的、当真属于自己的东西就好了。比方说饲养蛇的玻璃容器、填充小熊或是笼子里的鹦鹉。他身边要是有几个有趣的人就好了。可是他直接接触的只有一个上了年纪的女佣和两名男佣，女佣从他年轻时起就陪在他左右，甚至比他的两任妻子活得都长。他还有一队无法隐藏的随从，曾为他密谋夺权，他的所作所为和他们绑在一起，他已经再也离不开他们了。

灯光师卷起线缆，把镜子搬走。房间再次变为平和而高贵的空间。尽管他不愿意承认，但他感觉很自在，甚至可以在这儿自由走动。通往几个相邻房间的双扇门敞开着，他注意到，城堡整个一翼均有华美的水晶吊灯奢华地大放光彩。

老人站起身，朝他们走过去，他先握了握索科尔的手，然后和他握了手，试着露出一丝笑容。"谢谢你们。谢谢你们的努力，"他明显犹疑了一下，说道，"不知你们是否想喝一杯……"

这个邀请让他吃了一惊。这是断然不能拒绝的。

老人向他们做了个手势，他们跟随他来到隔壁房间，恭恭敬敬的服务员已经在那里端着玻璃杯等候他们了。

总统坐到沙发上，那么他们也可以就座了。他们甚至可以对总统说点什么；眼下坐在他们对面的老人，定然有权力实现他们的任何愿望。不过他为何要动用自己的权力满足他们的愿望呢？

"为健康干杯，同志们！"总统举起杯子。

我的愿望是什么呢？升职？这个时机不合适说这个。拍我自己的剧本？也不是合适的时机，而且这位领袖立刻就能看透我的剧本的。告诉他，最近我的上司禁止我拍无伤大雅的关于疯人院生活的电影？比起讲述疯人院的电影来，其他的严肃电影已经够多了。他只要交代什么人复查禁令，查问我的诸位上司，最终使结局反转就好。

"你们说说，形势怎么样？"老人问道，他从厚厚的眼镜片后面凝视着他们，摆脱了他一个人说话的局面。他想听他们说什么呢？实话，还是每天都能听到的许许多多令人安慰的白色谎言中的一个？

"你们电视人是怎么想的呢？"所幸他既没有等他们回答，也没有立即忘记这回事，他不依不饶地发问，这一点让他想起了母亲。不过母亲不当政，也没有服务员围着她团团转。

"形势并不算太好，"老人接着说道，"很遗憾，看起来我们没能维持人们过去习以为常的生活水平。要知道，人们常说，心比天高，命比纸薄。我只能尽力而为。一天工作十六小时。我需要三条命才够，而不是只有这一身皮囊！"他竖起的那根手指像是在提醒，他们周围的一切是多么来之不易。"做善事，改变世界，这是我们必须做的，可还有谁愿意这么做，还有谁做得到呢？我们年轻的时候，那时的热情是不一样的，耐力也不一样，我们也会挨饿，但是我知道，我要为正义而战，为更公平的秩序而战。我也有不吃晚饭，把钱省下来买火车票的时候,火车将载我去见彻夜等着我的同志们。"

"是去学习吗?"索科尔问道。

"去学习,向他们学习,和他们一道学习。有时候学得好一点,有时候差一点,但学无止境。在我年轻的时候,"老人的目光现在凝视着空气,"我们不论春天还是冬天都打着赤脚。早上起来,光着脚一落地,那脚都是麻得失去知觉了。不过谁也不在意这种事,所以我一次也没有提起过。我穿的是姐姐穿过的鞋子,"他无法放下回忆,"不过我只能在礼拜天穿它,到教堂去。"像开始时一样,他猝然停住,仿佛说了什么不该说的事情。

他总算谈到自己了。可惜的是他没有在镜头前面讲。以前他一谈到自己的童年,就会提起他家乡的村庄。他会从什么地方翻出自己爸爸妈妈的相片,据说他们只是做零工的。这么看来他的履历并没有为塑造总统的传说而掺假,总统可是来自于人民,服务于人民的。不过母亲在他很小的时候撒手人寰,显然他的童年并不美好。

"这怎么也比后来的日子强,那时候同志们还很忠诚,就算面临酷刑也不会互相出卖。而且我的第一任妻子当时尚在人世。"他的声音里出乎意料地流露出一丝遗憾,他赶紧去拿杯子,借此掩饰,"然而后来一切都变了。我被关进大牢,卖命干活。最可怕的是,他们约见了我,我是我们里面最优秀的,他们独独约见了我。他们至少还有所伪装,口蜜腹剑的。我给他们写信,在信里证实自己是无辜的,他们没有回复。我要求他们至少拿出证据来,但杳无音回。为此这些刽子手给我安排了单独监禁。六年的单独监禁,与外界不通音讯,不得与家人见面,六年来除了他们这些刽子手的脸,我没见过其他面孔。你们觉得他们现在会在哪儿?"他又喝了一口酒,"他们,"他说道,一下子恢复了精神,"他们以为事情不会再改观了,眼下只要把稍许相关联的人拆散即可。万一他们把事情弄砸,就竭力把一切都推到我身上,像他们一贯所做的那样。不过会有那么一天,他们要让我重见天日。"他干巴巴地笑了笑,又说道,"我们挺过了酷刑,却被金钱给腐蚀了。他们为了金钱什么都可以出卖，想法，甚至互相出卖。"

当人们说到"他们"时，通常指的是那些长官。职位最高的人提到这个词会想到谁呢？他会想到他的下属。他会想到所有在他周围的人。他会想到所有其他的人！

服务员又出现了，端着托盘。

总统摇了摇头，于是服务员将托盘端给他们，但是主人没有喝完，他们也不敢拿下一杯。

"等片子好了，别忘了给我寄过来！"总统向他们提出要求，"我不是想审查你们，你们要知道，在我这把年纪，什么事都等不得！"

"我一定寄过来。"索科尔承诺。

总统站起身。友好的接见结束了。它没有达到任何目的。可能接见根本派不上任何用场，在这些场合里，生活和权力只是表面看来光鲜。它们究竟驻留在何处呢？

他想不明白，这个疑惑让他心绪难平。

五（电影小说）

从市政厅门口拥出一群参加婚礼的人。一个拿着器材的男人在他们前面一步步后退。这个人身材颀长，若想将他们都收进镜头里，他必须略微弯下身子。不过他想收进镜头里的不只是他们，还有广场的其余部分，因为在广场地势较低处即将举行游行。

太阳从塔后面露出来，参加婚礼的人挤着眼睛，极力摆出祝贺的表情。

"请不要停下来，请你们别因为我停下来。"

新郎是个小个子，已经有了些年纪，新娘要高出半个头来，至少比他年轻十五岁，她和摄影师一样，长着浅得近乎发白的长发，说不定还是他的亲戚，不过这也可能只是一种巧合，或者是把摄影器材搬到这个地方来的一个借口。

"现在请新娘站到中间,新郎到左手边。"他迅速按下快门,接着换了镜头。

新婚夫妇从取景器里不见了,这时男人观察的是游行的人群、身穿制服的维安人员以及民兵队。

"谢谢你们。现在其他人最好稍微向后退,新郎往右一步。就这样。好的,谢谢。"他按下快门。随后他微微倾身,和参加婚礼的人一一握手,然后离开。他一转过街角,两个男人就朝他走过来,他们中年纪较大的那个服装稍显过时,看上去像是个小官僚,另一个穿着牛仔裤,留着长发,让人联想到地下乐团的鼓手。

他们中的年长者出示了证件:"怎么回事,弗卡先生,您在这里拍什么哪?"

摄影师瑟缩了一下,他恨不得把器材藏到什么地方去,然而无处可藏:"婚礼。"

出示过证件的男人指了指器材:"我以为您拍完了。"

摄影师这时把器材拿到身后,他孩子气地认为,只要眼睛看不到,就当真会消失不见:"我一直要工作到晚上。"

"我们来核实情况吧!您拍摄的是谁的婚礼?"

"我一个熟人的。"

"您能跟我们说说,他叫什么名字吗?"

"不行,我不懂为什么要这么做。"

"我们要落实一下嘛!您肯自愿把胶卷给我们吗?"

"不行,我为什么要这么做?"

"这样您就省得跟我们走一趟了。"两个男人等着他的回话。摄影师环视四周,好像想看看有没有希望逃脱,但是广场上布满身穿制服的人。于是他耸耸肩,问道:"就是说我被逮捕了?"

年轻那位第一次开了口:"怎么能说逮捕就逮捕呢?难不成您问心有愧?"

"可惜,"他回应道,"良心并不作数。它算不上行为。"

"这么说您宁可跟我们走一趟了?"

摄影师耸了耸肩,胶卷大概是保不住了,不过他不会主动交出来,他们无权要求他这么做。

他们把他带到一座不起眼的公寓楼内昏暗污浊的一个房间,在那里向他逼问各种问题,他大部分都没有回答。他们想知道他的当城堡管理人的朋友和他妻子的事情,甚至还问到现在和他住在一起,但没有嫁给他的女友。

"您要是表现得聪明点,"两人中的年长者说道,"就不必溺死在旅馆里,可以死得更体面。怎么说您也是从电影学院毕业的。您还拍过几部关于动物的影片。我没说错吧?"

"表现得聪明点是什么意思?"

"您身边的聪明人应该不少,您可以和他们学学。""鼓手"说。

"您断然不该拍摄游行活动,这是我们国家的敌人组织的,"年长者劝说他,"可能几家机构为这些照片向您许诺了一大笔钱,但我可以向您保证,您这是得不偿失!"

他说,没有人向他提供任何钱,照片不会卖给任何机构,也不会卖给私人,他拍照只是为了娱乐。

他们又给了他一份文件,上面证明他们从他的器材里取走了胶卷,然后放了他。

晚上,他向自己的女伴抱怨他们拿走了他的胶卷。可惜的是胶卷里除了婚礼还拍了游行。他们为这件事有些怏怏不乐。

"你应该再谨慎一些。"他的情人说。这和他今天得到的建议大同小异。

"我已经足够谨慎了。"

"也许你应该做点什么!"

"你的意思是?"

"一个女人常在我那里买东西,"他的女伴说,"她那位在电影资料馆做事,他为政府部门和那类公职人员挑选影片。他也为总统府服务。"

"一般选什么样的电影?"

"听说他喜欢关于动物的影片,尤其是蛇,"她说,她强调了"他"这个字,免得他不相信她谈到的这个男人出入过总统府,"要是给他寄去一部你的电影,他说不定会喜欢的。"

"他喜不喜欢对我来说都一样。"

"可是他会帮你的忙。"

"你以为别人就没有其他事情可做吗?"

"不直接通过他也行——这个资料馆的小伙子肯定认识各路有影响的人。他会安排的!"

"别说了。"

"我只是想……"他的女伴沉默下来,他从桌边站起来,走去另一个房间。他在那儿像只笼中的兽一般来来回回走了一阵子。然后他在窗边停下来。他凝视着院子,院子后面停着汽车,乱糟糟地摞着金属废料堆。院子让他想到边境的栅栏。他背过身子,想起他曾经爱过的一个女人,唯一一个他真正喜欢过的女人。他看见她穿着白色的护士服,走过医院长长的走廊,他喊着她听上去像外国名的名字。他喊着,几乎像在恳求:阿丽,阿丽诺①!然而女人走远了,没有听见他的呼喊,或者至少她表现得像是没有听见似的。

六 (电影小说)

牢房里射进一束窄窄的太阳光。自从给他判了绞刑以后,他们就将他移到条件更好的房间。当踮起脚尖时,罗伯特甚至可以看到某个山冈的小圆丘。只是他们把加博——杀害小女孩的凶手——和他安排在一起,一想到等待着他的将会是什么,他便汗毛直竖。除此以外,

---

① "阿丽"、"阿丽诺"均为阿尔宾娜的昵称。

每一张脸都让他想起米拉这个笨蛋，他让他卷入这一切，然后无声无息地死了，任由他落入这般田地。当一个人将被处以绞刑时，没有人会去打扰他；他既不用干轧弯铁板的活儿，也不用加工螺帽，不过这么一来他也失去了赶走无聊而恼人的念头的方法。

他和加博一样领到一册书、几本有图片的杂志以及象棋。象棋随便塞在哪里都行，他们里面没有一个人会下。他和加博没什么话可说，与其和他干坐着，不如试试向他说明一下每一枚棋子移动的规则，不过加博的木鱼脑袋理解不了这么复杂的游戏。加博也不识字。在这里，他一起床就洗漱，擦完地板后，再没有一丁点事情可做了。于是从起床号到熄灯号，他在牢房里踱来踱去，走到门边，又走回来。他只偶尔停下来，要么给自己塞几口吃的，换上便鞋，要么合拢自己长着斑的大手，他就是用它们扼死了那些可怜的人。有时候他会就杀人的前因后果无关痛痒地说上几句，不带丝毫悔恨，好像在讲其他什么人的事情，或什么实际上无足轻重的小事。不过他最常见的是吼叫，声音像狗悲鸣、汽笛拉响一般尖细。

这种室友会让人神经紧绷，然而不知怎么回事，一段时间下来，罗伯特习以为常，不再在意他了。他试着读书。值得庆幸的是一本书能撑上一个星期。穆克洛夫斯卡图书馆提供给他们的绝对是净化心灵的出版物，图书管理员派发的大都为长篇历史小说，因而罗伯特有生以来头一次了解到完全和自己的生活不沾边的事物：荒山野岭，古风古德，宾客宴饮，骑士比武，刑讯室，断头台，以及浪漫的爱情，古怪的外国名字，譬如罗伯斯庇尔、甘地或安妮·博林。后者的故事引起他的兴趣，国王如果想除掉不称心的女人，无须扼死她，只消处决她就行了。他试图将这一认识告诉加博，但他根本听不明白。至少读书不会让他想到米拉，想到所有令他百感交集的事，他们无可救药地搞砸了的事。他把一切对加博又讲了一遍，因为就连这个傻瓜也清楚，他们的计划没有问题，只是米拉把一切给搞砸了。他们看了一眼坐满孩子的大巴，谅谁也不敢朝它开火，他们轻而易举地端着自己的猎枪钻进里面。他朝司机吼了一句:"我们去边境,发动你的车!"这句话已经在他心里重复了好几遍,他一坐下来就脱口而出了。

女孩们开始在他们身后发出尖叫,但他甚至没有向她们转过身去,只是盯着行车的方向。

半小时以后,大巴遇到了拦路杆。他们打开车窗,砰砰摇了几下瞭望亭,好让这些军官明白,这不是什么恶作剧。他们马上就了解了情况,开始在周围聚集起来。军官们怕得要命,请他们先忍耐一会儿,这才去通报他们的上级长官。

随后一个身着便服的上将露面了,开始和他们套近乎。他们很清楚他这种人,上将嘛,不过是满足他们要求的人。米拉开始跟他谈条件,胡说一气,也许是他表现得太好了,上将在他面前只有听话的份儿,瑟缩成一团,答应他的全部要求,只要他们把孩子放走。长官越来越多,所有人都拿自己的信誉担保,他们能够穿越边境,他们可以留下司机,一名人质对他们来说足够了。米拉信以为真,他们两个都信了。他俩怎么能相信他们的阴谋诡计呢,他们玩弄策略从来没有羞耻感可言,这种人一辈子没有讲过一句真话。米拉深信不疑,愿意让步。他忘记了自己的那些遭遇,他被打折过腿,打架的时候挨过刀子;在孤儿院里,两天没有饭吃;待在收容所的时候,没有人向他伸出援手,没有人拿他当人看,虽然他当时完全是个小孩子,丝毫不比他们劫持的这辆大巴里的孩子大多少。不过他和孩子们相处得不错,他们喜欢和他聊天,答应称他们为"先生"。于是他们说道:好吧!他们让所有人下了大巴。随后挡杆真的抬了起来,他们高兴得直吼。可是过了一段路,他们就被路障拦下了。他们还没意识到中了圈套,烈焰便开始从四面八方喷涌过来。

除了在电影里,他从未在现实中见过这种场面,火柱持续不断地喷射进来,他只愣了一眨眼的工夫,便扑通一声栽倒在车厢底板上。他还能意识到米拉的身体在自己身旁倒下来,米拉发疯般地吼叫,而他凝视着前窗玻璃上突然出现的一个个圆孔,随着玻璃粉碎,圆孔向四面八方迸射出裂缝,他的惊奇大于恐惧。他看到司机的身体在方向盘后面慢慢弓起,忽然间浑身是血,倒在米拉旁边。

这时他的恐惧感才越来越大,他根本无法思考应该做些什么,他挪向车门,滚到最低的台阶上。后来他才想到,往低处走是个好主意,因为这些混蛋是从上面往窗户里、座椅上放火。于是他翻滚到下面,一动不动地躺在关闭的门旁边。"你们这些混蛋,你们这些混蛋。"他拼命叫喊着,尽管在呼啸声中他完全听不见自己的声音。等到终于一片寂静之时,他没有勇气移动,没有勇气环视四周,甚至不敢看看自己有没有事。接着他听见越来越近的脚步声,一个混蛋把门砸开,他一眼就瞥见了冲锋枪的枪口。有人大喊着让他举起手来。然而他非但没举手,还跌到地上,跌进一摊从爆炸的油箱里流出来的汽油里。

米拉已经咽气,司机一直还在呻吟。他们拖着他,把他带去海关。

他已经坐过两回牢了,最多不过是进监狱,他能熬过去的。现在他们把他扔进只有他一个人的牢房,只不过为了方便审讯。他们要查明是谁派他来并操纵着他的,起码得证实他是朝无辜的司机——两个孩子的父亲——开枪的恐怖分子和杀手。他大部分时间都保持沉默,因为反正说了他们也不会明白,他只想离这个该死的国家远远的,这里所有人只关心一件事,那就是每时每刻地彼此监视,同时表现出很幸福的样子。他们随后给他判了绞刑。

罗伯特已经不知道再说点什么好了。如果和这个傻瓜聊下去的话,他们说不定会策划起越狱来,虽然他根本想象不出怎么从这些牢房、走廊里溜出去,怎么穿透五米厚的墙,怎么穿过由院子里每个角落的机枪把守的围墙。不过他们至少可以试着设想一些方案,而不只是干等着,直到门打开,狱警叫着他们的名字:收拾好你们的东西,或者留在这儿也成,反正你们不再需要它们了!

门锁一阵喀喀声,接着是门闩响,门打开了。他惊恐万分,心脏都停止了跳动,每次狱警在日常作息时间表以外的时刻出现的时候他总这样。他会摆出立正的姿势,注视着守卫冷漠的眼睛,听他宣读命令。不,还不到时候。况且他提交了赦免申请,毕竟他们不会这么快就予以驳回,就算他们驳回请求,也会提前通知他的。

狱警给他戴上手铐,然后让他从牢房里走出来。走廊上等候着另外两名狱警,他们向他打了个手势,示意他跟他们一起走。这也许就是他唯一能够逃走的时刻了:手上戴着手铐,身后跟着两名护送人员,走在封闭的走廊里。

除了他们要把他带去哪里、为什么偏偏带走他以外,眼下他没有气力去考虑其他事情。就算他们驳回了他的申请,难道他们会对加博心生怜悯吗?他不过想越境而已,对他们来说竟然比勒死小女孩的人还可恶吗?这时他们将他带到庭院,这里可能正是执行他该死的绞刑的地方。

他们走进电梯,下到一楼。他的律师在见面室等着他。这是他们指派给他的律师,律师还是个年轻小伙子,长着高高的红润的额头,一讲话额头上便青筋毕露。罗伯特当然不知道他是个好律师还是个混蛋,看上去更像是后者;不过当他试着让这个身穿长袍的骗子相信,他——罗伯特——从没想过伤害任何人,他同意让所有孩子都下车这一点就可以证明,律师倒是有些信服了。

律师一看见他便站起身来。律师是个身材修长的人,起来得慢而无声,他迎向他:"我只有几个小问题。"律师称呼他为"巴尔道什先生",这种称呼很不常见,在这种地方听上去甚至有些讽刺。"我们寄出了申请,预计在四周内得到答复。"

"怎么样?"

"我们抱着希望试试吧。不过我给您带来两个好消息。"律师说。

他充满期待地看向他。

"上一回我询问了您的具体出生日期,那是因为我认识一个从事占星学的人,他尝试建立您的天宫图。"

"什么意思，我不明白您弄这个做什么。"

"您不知道什么是天宫图？"

他摇头。

"它试图从人的生辰那一刻星座的位置推算出人的命运。"律师向他解释着，"可惜的是我们不知道您出生的准确时辰。"他不无遗憾地说。

"妈妈从没有对我说过。我很小的时候他们就把她拖走了，要她做工还债。她回来时已是一具尸骨。"

"我知道，"律师抢着说，"我的朋友也大致绘出了您的天宫图，他在图里准确无误地得知了这件事。对您来说去年一整年都非常不顺，特别是在五月和九月，不过今年您的图上显示出几个充满希望的节点。"律师突然朝他俯下身去，几乎是在耳语，"我们发现它关系到可以决定您赦免请求的男人。这非常重要，您知道的。"

"谢谢。"他说。律师从来都不有话直说，要想弄明白他到底是怎么想的可真难。

"我们抱着希望试试吧。我们尽力把一切能做的都做到，余下的事就托付给上帝的力量了。您相信上帝吗，巴尔道什先生？"

"我不知道。"律师今天真奇怪，眉开眼笑，亲和得过了头。这把他吓着了。

"您应该相信的。信仰肯定会让您的等待变得更轻松。"

"我对宗教一无所知。"他尽量回答得客气些。

"是啊，这一点我想过。其实我也不想让您期望太高。您没有什么疑问吗？"

他摇摇头。

"很好，"律师点点头，"我们必须相信这个机会。您必须相信，巴尔道什先生。这个天宫图，"律师的声音再次压低，"同可以批准您赦免申请的男人有关系。我看您的事相当有希望。"他的声音陡然升高，"虽然还没有任何人对您透露一丝风声，您不妨设想一下天赐的赦免。在这种形势下，人是可以自己领悟出来的。必定有什么人凌驾于一切之上，凌驾于世界、公正、历史之上——您懂我的意思吧？"

他没有说话，看着自己面前的桌子。有人在上面刻了几个菱形，菱形底下显然还写着什么字。监狱管理人员尽量刮去字迹，不过菱形留了下来。

律师向他俯下身去，悄声问道："现在，我想一切都谈妥了，我们又都已经准备好了赦免申请，我想问问您，巴尔道什先生，您为什么要做那些落在您头上的被指控的事呢？"

其实这只是一个小测试，是检察官交给律师的任务，看看能否在最后一秒钟从他口里套出什么供认来。"我已经对您讲过了，我们想离开这儿！"

"是的，"律师点点头，"您讲过。可是理由是什么？您凭什么认为他们会在那边接应您？您以为到了那边就不用坐牢吗？"

"我根本没想过这件事！"他的脸颊因愤怒一下子变得扭曲，"而且已经落空了，妈的！"

七（电影小说）

车队由两辆黄白条纹的警车、三辆大型装甲黑色轿车，还有一辆警车组成，白色窗帘遮住了轿车的侧窗。

大门的装饰栅栏打开来，车辆从门口鱼贯而入，经过一排侧柏和玫瑰色的花圃，停在城堡入口前面。服务员已经在第一级台阶前等候。他鞠了一躬，走向一辆车子，打开车门："劳动光荣。晚上好，总统同志！"

车里孤零零地坐着一个老人。他的身材一定曾经很高大结实——现在随着年纪增长驼了背。他深色的眼睛几乎陷在浓密的眉毛底下，透过眼镜片茫然凝视着车门旁边的男人。接着它们忽然有了意识。老人转过身，拿起放在他旁边座位上的公文包，把它递给服务员，然后从车里伸出腿来,重重踏在地面上。"好的,就是这样。"他说道,他的目光无意识地盯着自己前方,登上台阶,从正门进入大厅。他猛地在大厅中央停下来,迟疑了一下:"几点了?"

"刚到八点,总统同志。"

"我从半夜起就没有睡过觉。我们接下来做什么?"

"需要我给放映技师打电话吗?"

老人立即明确地摇了摇头。

"叫来图书管理员?或是您的女佣?"

老人犹豫了片刻,然后摇摇头,穿过大厅,走入冬园,那里的玻璃池里养着蛇。他停在加蓬蝰蛇的居所前面,感觉它低低的脑袋正从巢穴中心观察着角落。"我妻子喜欢它们,"他说,"她啊,我的亡妻。"他的脸上滚下泪来。他并没有转向跟着他的服务员,命令道:"备茶。送到书房来!"

他工作室的四面墙有两面被书架占了去,而他近来已经没有时间读书了。现在他穿过书架,站到桌子旁边。在桌子上的两台电话之间,一丝不苟地摆放着整理好的装着文件的文件夹。他打开上面那几个,随意翻着,而他的目光在房间里飘来飘去。他又翻开文件夹,走向一扇窗户,倚在窗台上,用窗帘将自己遮挡起来,凝视着花园。覆着白沙的小径在修剪过的草地间汇集、交叉、散开,在地势较高的地方,开着灌木丛花和紫色的杜鹃花,在地势较低处巨大岩石群的岩块间,三个男人的身形摇摇晃晃地移动着,好像在把什么埋到地里去。

也许他们是真的园丁,他从来不知道出现在他周围的都是些什么人,他们真正的身份是什么,他们又扮演了什么样的角色。

他思考了片刻,要不要走到花园里,哪怕和他们之中的一个聊上几句,问问他真正的职责或真实的想法是什么。你对我们的新社会有什么想法?你期待的未来是什么样子?

无论他们实际上是不是园丁,他们都不会对他据实相告的。他们是被严格挑选,受过严格培训的。他们所受的训练和花花草草没有任何关系,而是当他们碰上他的时候,该如何做出回答。

这时其中一个男人走到路上来,手里握着一把白色花束,携着它移近城堡。他目不转睛地盯着,直到这男人消失在门口,随后他转身从窗边走开,坐到把自己深深陷进去的沙发里。他伸手取过片刻之前放下的文件夹,翻阅着,察看着糊在一起的一团团单词,单个字母的形状已经看不分明。

有人敲了敲门,老人请他进来,服务员迈着悄无声息的公猫步走进房间,拿来了花和茶,以优雅的动作将中国陶瓷材质的杯碟放到玻璃茶几上,然后将插着白花的花瓶摆在窗台上。服务员是个瘦削的小个子。从他灰黄的面孔上看不出什么表情来,也不知他是做事殷勤还是为人热忱。

"你拿了什么来?"

"您最喜爱的白牡丹,总统同志。"

"怎么是我最喜爱的呢?"总统低声说,"是我妻子喜欢,我可怜的妻子。她常喜欢看它。我已经……"他讲不下去了,然而他还是接着说道,"最近一段时间我忙得焦头烂额。他们想给我动手术,"他指了指眼睛,"只不过我要是住了院,这里会变成什么样子呢?再者说那些给我开刀的医生,能担保他们是真的医生吗?"他不讲了,因为他说的这些话只能说给自己的妻子听,他改不过来,还一直当作她在自己身边似的和她说话。他接过茶杯,向服务员做了个退下的手势。

说真的,自从他妻子不幸去世以来,他和她说话的次数更加频繁,比她尚在人世的时候还多。也许是因为她现在总有时间陪在他身旁。

这时他又对她抱怨起来,反对他的同志制造的阴谋越来越大,他们故技重施,在群众中间造谣中伤。

他的亡妻会认为,他应该做一些赢得民心的事情。比如降低物价、施行特赦。

特赦谁呢？他想不出人选来。

难不成他忘记了，数年前当他掌权的时候，许多知名人士拒绝承认他的统治，他不得不把他们拉下马？难道他忘了，他换掉大部分之前的政客，遣散指挥官，从高校内除名教授，进行舆论监管，甚至免去一些记者、摄影师的职务？在这些人中，一些不屈不挠的人逃到境外，一些人终老狱中，不过大多数人藏身到昏暗的仓库、门房、大篷车或类似贫民窟的地方。要是他想起了里面的哪几位，向他们表示自己的善意怎么样？这样的话他肯定也会令其他许多人萌生希望的，这样他就能削弱他们的反抗力量，破坏自己宿敌的统一阵线。他还可以为几名死刑犯颁布特赦令，这也会对提高他在国外的声望益处良多。

近来一名恐怖分子被判处死刑，他们劫持了满载孩子的大巴。这种情况很难特赦，毕竟在枪战中死了一个无辜的人。他回想起曾几何时自己也是一身清白，在牢房里等着庭审，他以为一定会判死刑，并不指望会有其他任何好结果。而后他被判处终身监禁。

奇怪的是，当时他既没有思考死亡，也没有回味自己的命运多舛，而是相反：他仿佛看见自己走出监狱，回到同志们中间。虽然敌人的阴谋离间了他和同志们，但他很笃定，他将继续自己的道路，他将站在路的尽头，成为所有人里的佼佼者。他寻思着，等他将统治权握在自己手中时，要如何传唤所有那些亏欠过他的人：那些为了从他口中诱导出没有意义的供认，在漫长的日日夜夜里折磨过他的审讯员；那些让他饥寒交迫，因为一点点过错就把他拖去阴冷的单独禁闭室，让他常年在那里发霉的监狱看守；当然还有亲爱的检察官，对他——民族和劳动人民忠实的儿子——提出指控，把他当成叛徒和卖国贼一样疾言厉色地斥责；还有假证人和八面玲珑的参议院主席，后者毫不犹豫地对他布下终身监禁的诅咒。所有这些人都应该被召集起来，加入大厅的队列里，与这些人迥然不同，大厅还将接纳外国的外交官和国家首脑。他会向他们问道，那么，你们现在说说看：你们认为我怎么样？而他会看着他们吓得汗水淋漓，辩白得舌敝唇焦，直到向他证实他们始终都很欣赏他，他们的所作所为只是为得到一个印证，与他们的言论相悖的证明。

出人意料的是，他实现了自己的第一部分幻想，无疑也是较为困难的一部分：他坐上国家的第一把交椅。然而审判过他的法官仍旧在判案，审讯过他的审讯员们无疑也依旧在审讯，他可以不去干预他们的命运，不过他清楚，所有这些开罪过他的人所做的事，任何人处在这个位置上都做得出来，只不过他们没有得到这样的机会而已。和其他人不同，那些真正愧对他的人，现在已战战兢兢地变成他坚定的追随者。

他的亡妻在等待回答。好吧，为某个人颁布特赦令，不过等到合适的时机再说吧。明天还有个不知来自哪个国家的黑鬼要来，他完全不知他是何方神圣。他还必须阅读他们为会面准备的文稿，另外得核查菜单，看看他们是否忘了产自磨坊附近的鳟鱼鱼排和薯片。

他会颁布特赦令的，不过即便如此也达不到什么目的，所有人都只等着他犯下差错，然后对他落井下石。这可真是妒贤嫉能，人们全都不择手段了。他们想群起而攻之。但如果他们做得出来的话，他怎么会放过他们！为了达到目的，他们能把自己的家夷为平地，使大桥荡然无存，公路只剩下铺路石，机器唯余轮轴，他们能粉碎一切，使骸骨化作齑粉。他们不惜放火焚烧，火是他们的热情。他在学习历史的时候，认识到人类天生就是纵火犯。他们一看到教堂、城堡和宫殿，便幻想着火焰在它们上方燃烧。

他此时孑然一身，站在他们所有人的对立面。他身边余下的只有司机、园丁、服务员和医生，他不能确定是否是真的司机、园丁、服务员或医生的人。

老人流下泪来。随后他恢复平静，按响电铃的按钮。服务员几乎眨眼之间就走了进来，就像是紧贴在门后跪着，蓄势待发似的。

"我想喝点酒，"他吩咐道，"我们这儿那种上好的白兰地还有一点儿吧？"

"当然有的,总统同志。"

"来两杯。"他下令。他看着服务员打开隐藏在书架中央的小冰箱门,不知从哪儿抽出一只贴着褐色标签的大肚瓶子,瓶内的液体呈淡红色。两只大大的高脚杯杯脚不一样高。较高的那只是他的。服务员给两只高脚杯斟上酒,候在一边。

"你坐下来嘛。"老人吩咐他。

"谢谢您,总统同志!"

服务员靠在真皮座位上,但是坐姿很僵硬,似乎准备好随时重新一跃而起。

"你叫什么名字呢?"

"卡雷尔·侯斯卡,总统同志。"

总统点点头,这名字他听起来很熟悉,甚至还问起过几回。"喝点酒吧!"

服务员抓起玻璃杯,郑重地说道:"要是您允许的话,总统同志,为您的健康干杯!"

服务员只是呷了一口,而他将高脚杯里的酒一饮而尽。他当然知道这么喝不合规矩,若是参加官方宴会是不成的,就是在这里他也不应表现得太过粗鲁。"这才够劲儿,不是吗?"

"是的,总统同志!"服务员将手里的酒瓶朝他伸过去,为他满上酒。

"你自己也倒上,"他命令服务员,"你有妻子吗?"他问,虽然他不确定他们是否已经熟到能够问这个问题了。

"有,总统同志!"

"她不介意你做这份差事吗?"

"她已经习惯了,总统同志。"

"那么以前呢——你也有过其他工作吧?"

"以前我做过侍者。管的事情少,可干的活儿更累。"

"你很满意这里的工作,嗯?"

"我感激不尽，总统同志！我很珍惜自己的工作。"

"有没有那种向你问东问西的人？"他忽然想到这个问题。

"也许有人会打听，不过没有任何人知道我在这儿效劳。"

"你妻子呢？"

"连我妻子也不知道，总统同志。"

"连妻子也不知道，"他重复了一遍，"你不跟她说？"

"总统同志，能和女人讲的事情，就是大家都知道的事情。"服务员的脸上始终不动声色。

"来喝酒吧！"他邀服务员举杯。

服务员郑重地举起高脚杯，顷刻将它举到额头高处，接着喝了一口。

"那你有孩子吗？"

"有的，总统同志。两个孩子。"

"上学了？"

"已经毕业了，总统同志。一个是士兵，另一个是工程师。"

"不错嘛，"他称赞服务员，"当兵不错，当工程师也不赖。他们的职位可好？"

"他们没什么可抱怨的。他们的条件很优厚。"

老人满意地点着头。这位服务员是个十分不错的家伙。他知道他的服务员里面有一个和善、正直，又不怨天尤人的伙计，也许正好就是这一位。传闻中的服务员大概有两个孩子，这位也有两个孩子，至少他自己是这么说的。"你身上有照片吗？"

"我刚好有，总统同志，"服务员从自己做工完美的夹克里掏出黑色皮夹，里面夹着两张照片。

他用不置可否的目光打量着，看着两张陌生的脸。"帅小伙，"他说，"你应该为他们感到高兴！"

他听到自己身后响起微弱的噼啪声，回头去看。实际上他不过是漫不经心地转过头去，似乎只想确认一下，图书全部都在原位。

书自然都在。在图书室前面，几乎像每一晚一样摆着那件东西，它尖利的支腿刺进地毯松软的茸毛里。那是棺材。今天只有一具。夜色这么浓，几乎什么都看不清，每到这种时候就会出现这样的东西。今天他们只送来这一具。躺在里面的是他的妻子。他几乎能从一尘不染的白被单底下辨认出她脸庞的轮廓。他们从来不准他掀起床单，情状据称很可怕。听说她的身体从高处摔下来后完全支离破碎。虽然大伙一门心思地折磨他，把他一步步往死路上赶，他总是一再凝神倾听他们的话。因而他们也就一而再，再而三地拿她和所有其他人的亡灵压抑他的情绪，后者他大部分根本就不认识，同他们的死也完全没有关系。就像上个星期天送到这里的那九名预备下葬的矿工，有些连残缺不全的面孔都没有给好好蒙上。他该如何对他们的死负责呢？也许他可以规定星期日为非工作时间？即使他做出这样的规定——大家可能又会抱怨煤不够用吧？他总是无法做到尽善尽美，不是忽略了什么，就是遗漏了什么，一有纰漏便会造成人员伤亡。人们可能因水污染中毒而死，因毒气窒息而死，爆炸时被卷入气流中，受放射性物质辐射而死。尽管专业人士向他保证，没有人会受到辐射，还是有人丧生了，他们要么是因为服用了有问题的药品，要么是因为得不到任何药物治疗。然后他们就被塞到他这里。不光是这里。上一回他和上将一起离开宴会的时候，整个走廊都挤满担架，因为数量实在太多，他们把担架一个挨一个沿着墙像铺位一样铺开，一直摆到四楼。真是惨不忍睹，叫人颜面尽失！而他和所有其他人一样艰难地从他们中间挤过去，装作什么都没有看见。

服务员又给他添上酒。

"给你自己也倒上，小伙子！"他想命令服务员把她搬走，可天晓得服务员到底是什么人，是不是也和他们同流合污，"你来这儿之前是做什么的？"

"我当过侍者，总统同志。"服务员回答，挺起胸脯，就像战士别上徽章时一样。

"侍者……很好，很好。你妻子呢？你有妻子吧？"

"我有妻子，总统同志。她在火车上做乘务员！"服务员侧身移了移，不动声色的脸上起了点变化，也许是想起了什么，或者是出于尴尬。

"是乘务员，"他念叨着，"乘务员可以周游世界。这是我以前一直盼望的：周游世界。"

"您已经做到了，总统同志。"服务员说，他挺着胸脯，仿佛是自己为他实现了愿望一样。

"我们来看看世界上发生了什么新鲜事吧。"他忽然想到。在服务员轻手轻脚走向电视机的同时，他不露声色地瞥了图书室一眼。图书貌似各安其位，但他清楚得很，再没有比往上千册书里偷塞进一两本书更容易的事了，做了手脚的书上安有监视孔和隐藏式辐射器，不间断地朝他发光。一旦仪器分毫不差地聚焦在他身上，书脊下部的绿色剧毒分子便会直接渗透到他的头部，当一声毁掉他的大脑。

屏幕亮了，知名播音员熟悉的嗓音正在评述："这是唯一正确的道路，通向……"人们在鼓掌。两个男人互相拥抱，接着他们中的一个登上飞机。他还转过身来挥手。不过他并不在这些男人之中，所以他一点儿也不感兴趣。

服务员回到座位上，恭谨地凝视着屏幕。"我们的社会还从没有这么接近过像目前这般伟大的目标……"电视里那位播音员断言道。

服务员略微挪了挪身子，害怕他会察觉到他的漠然。服务员瞥了一眼老人的脸，但什么都看不出来。"不错，"他说，"不错。还是老样子，今天、明天，长年累月，无休无止。你可以把它关上了，小伙子。"当服务员转向电视的时候，总统匆匆瞄了一眼图书室。一本书几乎被明目张胆地移了出来。他一看便知道，他们把监视孔装在书脊上时该有多么仓促。棺材还在这个地方，现在旁边又出现了一具，空的。是给谁准备的呢？给他——当然了。

服务员从熄灭的屏幕那边回来了。他坐到座位上，脸上没有一丝表情。

"小伙子,你来这儿以前到底是做什么的?"

"我当过服务员,"他几乎有些自豪地宣称,"我上菜、上饮料。"

"也许你本不想再做这一行了,是吧?"他忽然想到这个问题。

"能做这份差事我感到很幸福,总统同志。"

"你成家了吗?"

"是的,总统同志。"

"你妻子身体好吗?"

"很好,托您的福。"

"她连牙疼病都没有?"

"有时候会牙疼。这是她的老毛病。"

"她没有其他烦心事吧?"

"并不常有,总统同志。"

"你这样想可不对,"他说道,"小伙子,你不应该让妻子有任何烦心事。你觉得我们可以怎么帮帮她或安慰她一下吗?"

"我不敢劳您在这种小事上费心,总统同志!"

"你只管说吧!"他命令道。

"要是您能留意一下一份赦免申请,她会很感激的。"

"怎么,"他觉得奇怪,"你妻子申请免刑?"

"不,并不是,总统同志。我妻子挂心的是劫持大巴那两个人中的一个。这件事让他被判处死刑。"提出这个令人难以置信的请求时,服务员的脸上依然不动声色。

"不过他们不是她或你们的……那两个人?"

"不,绝对不是!"

"有意思,有意思,"他说,"那你妻子为什么会为他们担心呢?"

"咳呀,您了解女人的,总统同志。她听到了些什么,或许看到了什么,就操起心来。也有可能,"服务员略一踌躇,"她只是远远地关注着这件事。您了解女人的。她们对任何事都充满关心。"

"不能让你的妻子担心，"他做出决定，"我们来看看那份申请吧。"

"要我为您记录吗？"

"你来记录！"他吩咐道。

服务员站起来，走向桌子。现在是最佳时机。服务员将背朝他写字，他可以神不知鬼不觉地从房间里溜出去，然后从后门逃到花园。在花园最偏僻的一角有一棵风景树，树枝伸到栅栏外。这是棵法国梧桐，足够他爬上去。然后他一跳——就自由了。

那些傻瓜考虑的是有人会强行从外面闯进来，于是他们砍倒了所有栅栏外面的树。他们想不到的是，有人——甚至是他本人——会从这里逃到外面去。

他兴奋得呼吸急促。他小心翼翼地从沙发上抬起身子，接着站起来，他始终轻手轻脚，不敢掉以轻心。他跳过软绵绵的地毯，沿着书架疾走。这时他瞥见了他。他挤在紧挨门边的书架之间，被一本本厚厚的大书包围着，事实上他只能瞥见他的头部和他的身体被挤得变形的几处——刺客藏在那里。他立刻认出了他。他没有睫毛的眼皮化着脓，满嘴黄褐色的牙齿。

他们能让他溜进来，真是胆大包天，只不过他们还没有十足的把握，因为他们几乎用书墙把他挡得严严实实。现在他识破了他，让这个恶人大吃一惊，正想办法脱身。

此时他是否应该朝服务员呼救，跑去打电话，召开政府紧急会议，或是宣布突发状况？那么这个恶人和所有效尤者就会被送到属于他们的地方去了——站在行刑队面前。不过他没有这么做，他决定不以暴力来控制局面。

"总统同志，"服务员的声音在他身后响起来，"您要不要躺一会儿？"

他一下子摔到了地上。

服务员在他上方俯下身来，帮他重新坐回沙发上。他们再次面对面坐着。在防弹玻璃窗后,夜色更浓了。

他不能再喝酒了。医生严格叮嘱过他,饮酒不能超过两杯。不过话说回来,医生——医生究竟是什么人呢?他对面的这个小伙子究竟又是什么人?他可以问问他:叫什么名字,来这里之前做过什么工作,有无妻小。

然而不论这小伙子如何回答,反正这都只是众多谎言里的一句谎话。

第二章

一

　　示威游行——更确切地说是集会演讲——这一回被批准了。这是二十年以来头一次反对派的集会。他从取景器里看着那些面孔，他大部分都认识。他认得这些面孔，它们属于所谓的敌人。这些人此刻站在演讲台上，向敢于前来集会的人群进行演说。这意义非凡，也有些令人担忧。现在容许他们在市郊的小广场上集会，一两个月后政府就得批准他们在市中心的广场上集会，就算不批准，他们也会不请自来，而且来者众多，谁都制止不了。政府要么用强硬的手腕来压制，要么做出妥协。那些既没有进行压制的强硬手腕，又没有勇气达成妥协的人，姑且寄希望于维持中立，但这只是他们虚妄的幻想罢了。

　　这一天十分寒冷，演讲者的嘴里冒着白气，不过似乎没有人意识到冷。甚至连那些一圈圈包围住演讲台的人，显然也沉浸在听到的话语所形成的微温的雾气里，竟然脱下手套，摘下了帽子，而周围楼房里的住户为了听得更清楚，毫不犹豫地将窗户大敞四开。

　　演讲者轮流上阵，而今天只有他一个人在这里拍摄——索科尔生病了，除此之外，他的上司认为，对这种集会表现出太大兴趣是政治上不正确的。

　　如果他去找某位演讲者，请求做个访谈怎么样？他会遭到拒绝吗？抑或相反，演讲者乐于接受采访，同他进行对话？在当前的形势下,演讲者乐于接受采访的可能性更大,人们缄默无言太久了,不会不利用这个机会谈一谈的。

您认为我们国家的人权状况怎么样?他们允许你们组织这种集会,您有什么看法?您认为这是好的转变吗?您是否期待这种集会将组织得更加频繁?您的近期目标有哪些?

然而他们也只能谈论这些。录音还要交送他的上司审核的,而高层明令禁止做这种访谈。他们会因为他违反禁令而解雇他吗?可能不会,也可能会,他不该自以为是地认为,既然那些人可以全身而退,他也可以全身而退。那些在演讲台上的人受到国际保护,连一些国家首脑都知道他们的名字,而他的名字只有本国这位首脑知道,假如他对它有印象,又能够记得住的话。不管怎样,这种访谈对他自己,甚至对其他任何人都不会有什么帮助,那么他为何要以身试法呢?

他拍摄着一段段演说,这绝对要比官气十足的政客演讲有意思多了,那些面孔也让他觉得更有生趣,它们尚未丧失面部表情或激情。

在他已经打包好自己的器材时,一个长着鹦鹉鼻子的陌生老人悄悄走近他:"您觉得怎么样,导演先生?"

他耸耸肩。他无心同任何人打开话匣子,更加不会与一个彻头彻尾的陌生人谈论这次集会。

"真理终于得到大声疾呼!"

他惊讶地看了他一眼,作为煽动者他有些太老了。

"真理可以被压制许多年,有时甚至是几个世纪,但它大白于天下的一刻终究会到来。您相信吗?这句话我已经说了好多年了。"

老人没有得到回应,又解释道:"起初我只是说给自己的小鸟儿听,但我脑子里的话已经到处都是了。在有轨电车上,小酒馆里,甚至在会议上!我曾是一名专职教授,对我来说学生是第一位的,其次是笼子里的鸟,再次是这里的鸟儿。"他指了指额头,近乎郑重其事地掏出一张折起来的纸,显然这是证明他无责任能力的文件。

"文件不错,"他对老人说道,"肯定很有用!"为了摆脱老人,他飞快地钻进车里。

他将带子送去编辑室,大约一小时以后,他已经爬上旧公寓楼的楼梯,这儿离举行集会的广场只有几个街区。他在这栋楼里出生,在这片街区上的学,先是他父亲从这里跑掉了,接下来试图逃跑的是他。与父亲不同的是,后来他又回到这里,直到现在他也不时回来。

母亲深深陷在窗户底下的沙发椅里,眼下是秋天,房间里已几乎透不进任何光线来。她睡着了。最近一段时间,她几乎不曾从沙发椅里起来过。他为她在沙发椅对面摆上了电视机,不过母亲已经不开电视了,就像她不再翻开摆在架子上的书一样。她也不再做针线活了,缝衣针太细,她没法用手指头捏住。她余下的最后的爱好和感受,统统从她的生活里被清空,她的脸颊变得僵硬,她的手上绷起一条条血管,像是做工粗糙的木雕,而她本人则越来越让人联想到头部雕刻完美的老妪提线玩偶。总有一天,也许这是不久后就会发生的事情,当他对她说话,甚至触碰她的时候,提线木偶会一动不动的。

这会儿母亲还会动,她透过厚厚的眼镜片凝视着他:"是你吗,小巴维尔?"

"是我。"

"你来这儿做什么?"

"我在这附近工作。"他解释说。

"你总是有事做。"

"反对派在这儿举行游行。"

"我听不懂你说什么。"

"人们聚集在那边,进行演讲。"无论他再怎么跟她说明都已经没有意义了,她听不懂他的话。要么是事实上她没有在听他说什么,要么是她听着一个个词语,但组不成传达意义的句子了。这么多年来,他习惯于向她讲述自己的生活,尤其是自己的成就。她倾听他的话,尽管大部分时间她都沉默不语,甚至可能抱着怀疑的态度,但她毕竟是他忠实的听众。眼下他实在不愿意接受这个事实,他为这个听众而来,而他竟已经失去她了。

"你能来真好。你一直都在忙些什么?"

"我拍完了那部关于总统的影片,下个月即将发行。"

她点点头。她并不知道是什么样的影片,关于哪位总统。她经历过许多位总统的统治,现在早已对他们不感兴趣了。就连对他她也不再感兴趣。假如她还对什么人感兴趣的话,只能是她自己。

"我做点什么好呢?"她问道。

"咱们可以散散步。"

"不行。"

"为什么不行?"

"不行就是不行。"她又补充说,"外边很冷。"

"你可以拿上件大衣。"

"我没有大衣。"

"我帮你找。"

"我就是不能去,我的腿不中用了。"

她的腿很健康,逐渐萎缩的是她的意志。

她闭上眼睛。桌子上摆着盘子,里面是吃剩下一半、凉透了的食物——几个倒上红色酱汁的土豆,剩饭发出的味道让她很不舒服。

"我做点什么好呢?"

"你觉得你可以做点什么呢?"

"我不知道。所以才问你嘛。"

"我给你打开电视吧?"

她听不懂他的话。另外,他知道她并没有留心去听。电视不过是替代品,给孤独寂寞的人带来安慰,这样的人不和任何人来往,也不会和身边的任何人交谈。他拿起盛着残羹冷炙的盘子,端到厨房的洗涤池。水管的龙头关不严,从里面流出细细的水流。洗涤池上方的墙上挂着几只廉价相框,里面装着他过去拍的照片:他十八岁时的自拍照;某位老妇人的手,她肯定早就过世了;还有挂在旁边的大麦町的肖像，它名叫邱戴德，它也已经死了。邱戴德的意思是城市。那时候这个词对他来说意味着对远方城市的渴望。他想象着远方的城市，试图逃亡。他坐牢的时候，母亲常常来看他，总给他带来细心准备的食物包裹。一次探视时，他问她过得好不好。她说：我怎么能过得好呢。我自己一个人。所有人都抛下了我。就连你也想抛下我！

他把剩饭倒进垃圾桶，清洗盘子，然后取来工具，开始拆卸龙头。

"我喜欢过一个人。"当他们一起开车去租来的小别墅时，阿尔宾娜对他说。他等着她再对他讲些什么，但是她不再说话，只凝视着他，仿佛她已经说得太多，而现在轮到他来表达自己的想法了。

"他是谁？"于是他问道。

"这不重要，反正你不认识他。我只是想让你知道这件事。我们本该结婚的。"

"但你们没有结成。"

"他越境了。你没有办到的事情，他办到了。他比你逃亡的时候年纪要大。他的尝试并没有多么浪漫。他卖掉所有家当，勉强获得了担保。可是他一个字也没对我说，后来才给我写信。"

"他给你写的是什么？"

"信上说我们还会见面的。"

"你想和他见面？"

"永不！"

这个"永不"听上去异常坚决，但当时让他很受用，因为这份决绝与他没有一丝一毫的关系。

"现在他在哪儿？"

"我不知道。"

"这是什么时候发生的事？"

"这无关紧要。只是我不知道，自己还能不能完全信任什么人。"

"你可以的。"

"你怎么知道?"

"我能感觉出来,从你身上感觉得出来。"

他到底感觉到了什么?她是个热情似火的生物,却压抑着自己的欲望。

一个人能将自己的欲望压抑多久呢?

很久很久,直到他明白,压抑欲望将导致自我毁灭。

"我不过随便说说,"当时她说,"你怎么会听得懂呢?"

"我不会从你身边逃开的!"

还是同一个晚上,她问他:"你怎么会做这种事情呢?"

一开始他没明白她所指的是什么,其实她说的是他的工作。"你知道他们播放的东西都是谎言。而你却为他们效劳。既然你都不介意这种谎言,我怎么能相信你呢?"

"可这风马牛不相及啊。我拍的是和动物有关的影片。"

"只和动物有关?"

"我喜欢动物,"他并没有正面回答,"关于这一点我没必要说谎。"

"我不知该不该相信你。"

"我没有说谎,"他说,"我可以向你保证,我绝不会说谎。"

他们本想在那幢租来的小别墅里度过整整一周。他们就那么一起过了五天,日日夜夜在一起。他并不习惯这样的生活,到了第五天,一股疲倦甚至是焦虑感占据了他,他看起来像是陷入困境、被锁在笼中,似乎又一次被关进了监狱牢房,尽管有她温柔体贴地陪在身侧。等到第六天,他已经无法克服对变化、对其他的声音以及伙伴的需要。他天一亮就起来了,这时她还在睡,他看了一会儿她的脸,对他来说它忽然显得那么陌生,那么拒人于千里之外:软趴趴的头发贴在额头上,她性感的嘴唇在失眠时变得干裂,细瘦的脖子上留着他的唇印。他踮着脚溜出房间,逃之夭夭,连一句耳语也没有给她留下,留下的只有弄皱的床铺和一只斜底葡萄酒瓶。

他逃到雾蒙蒙的草地上，霎时间感觉无比自由。

自由是什么？

它意味着有权为自己的行为划定一个空间。

这种权利由谁赋予？

我们生而自由。当第一次奔向边境，然而没能成功越境的时候，他便想说这句话。他们剥夺了他的权利。这是他与生俱来的权利。

他修好水龙头，放了几次水，又再关上，直到确定万无一失了，才给圆螺母涂上机油。他为母亲泡上茶，走回房间。

"你给我端来了早餐？"她很意外。

"是晚餐。已经到晚上了。"

"怎么会呢？"

"你看看嘛。"他指指墙上的大钟。

"它指的时间总是一样。"母亲用目光瞥了一眼钟，她已经完全不会看时间了。"十一点一刻？"她猜测着。

"差一刻六点。"

"这没有任何分别，反正外面总是黑乎乎的。"

等他回来的时候，天已经黑了，开始下起雨来。他喝醉了，醉得东倒西歪，但还没醉到足以无视自己行为的失礼和可鄙。他远远看见亮着灯的窗户。那么她还在这儿，她没有开车离开，她在等他。他甚至说不清自己是开心还是不开心，但至少他有个睡觉的地方，可以晾干衣服了。

她坐在地上，膝盖支在下巴底下，凝视着壁炉里燃烧的火焰，眼睛红红的：被烟熏的，或者因为哭过。

"对不起，"他说，"我很后悔。"

她穿着黑色裤子，白色带斑点的毛茸茸的毛衣，活似桦树皮。她看起来很美,他非常想抱住她。"对不起,"他翻来覆去地道歉,"我不得不走。我喜欢你,可是我必须见见其他人。"

"你没必要向我解释任何事。"

"我给你带了点东西。"他把手伸进口袋,但是里面空空如也,他只摸到了一个洞。"对不起,"他第三遍说道,"我没有准备礼物。"

"你回来干什么?"

"我喜欢你呗。"他坐到床上,脱下鞋子,"我原想早点回来的,可没能走成。那里有这么个人,长得有点像我爸爸。"

"你就不想多看我两眼?"

"不想。"

"那你还说喜欢我?"

"我需要休息一下。你身上有种莫名其妙的紧张气息,在你旁边没办法放松。"

"你没必要向我解释任何事。"

"要不就是我身上有种莫名其妙的气息。我需要变化。我一产生被封闭的感觉就必须逃走。"

"我们可以开车离开。或者你开车走,如果你愿意的话。"

"不用,已经没事了,"他躺到床上,"我很开心又在你身边了。之前我只是需要休息一下。你没有过这种感觉吗?"

"要是我有这种感觉,我也会离开。只不过我会事先告诉你。"

"对不起。我知道应该给你留张字条。我没有料到会回来得这么晚。"

"我以为你愿意和我待在一起的。既然几天的时间我都能让你厌倦,你怎么忍耐得了一辈子呢?"

"但毕竟以后多少会不一样的。在这里只有我们两个人。我们太亲近,又太孤单了。"

"你的意思是,以后我们不再这么单独在一起?"

"我们毕竟生活在人群中,每天都要上班。再说也会有孩子的。"

她没有说话，突然哭起来。

"你怎么哭了？真该死，我怎么这会儿又把你弄哭了？"

"你可以走了，你走吧，既然和我在一起这么难受。"

"我和你相处得很好。"他站起来，拥抱她。

"你总是会离开的！"

"我也总会回到你身边来嘛。"

"除非你自己愿意。"虽然这么说，但是她抱住他，自顾自地开始吻他。

也是在那个晚上，她第一次提到，在她小的时候，她当医生的母亲被派遣到印度，她们在恒河城里生活了将近两年。一天早上，她跑到外面，看到街上躺着一堆堆面容枯槁的人。接着，身穿脏兮兮的浅色罩衣的男人们开车过来，把这些面容枯槁的人装上车。许多年后她才明白，这些人都是死尸。"有时候我会想起这些人来，那个场景始终还历历在目。"

"为什么你偏偏现在想起这件事？"

"大概是因为你身上的这种焦虑感吧。每当看见人们一股脑涌向什么地方，白费心机地追逐什么的时候，我大都会回想起那个场景来。"

"你是不是觉得我好像生不如死？"

"别瞎说，你知道的，我希望你好好活着。我只是有点怕你。"她又说，"你太在意外物，很少留意自己的内心。"

"什么是内心？"

"这没法用言语来描述。"

"我怎么能专注于一些无法定义的事物呢？"

"上帝也是无法定义的。"

"我可没说过我信仰上帝。你认为内心是可以看透或多少做出形容的吗？"

"我不知道。你怎么这么问呢？你在嘲笑我。"

"没有啊，这可是你起的话头。"

"印度人常说，内心由意识和灵魂交织而成，由生活和眼界交织而成，由大地和水流交织而成，由光明和黑暗交织而成。它是人内在的天国。"

"那里的人告诉你的？"

"我曾拜过一位老师。"

"你认为动物也有灵魂吗？"

"是的。"

"这倒不错。我就不喜欢人类总要压过动物一头。"

夜深了，一直下着雨。他起身往壁炉里添上木头，屋子里充满烧火的味道。

他回到她身边。他们并排躺在宽大的床上。他将与她共度一生吗？他能忍受和什么人一辈子亲密无间地生活在一起吗？

"你不舒服？"她问。

"怎么会呢？"

"我感觉你在这儿不舒服。要不要我开开窗户，或至少把灯打开？"

"别动，待在我身边。我这样很好。我喜欢黑。"他抱着她，"也许我这一生都在等你，在等这一刻。"

"生活是等待光明，不是等待黑暗，"她说，"这是我的那位老师说的。她是个盲人。"

"我已经很老了，是吧？"母亲的声音响起来。

"不算太老，"他像平时那样回答，"还有更老的人呢。"

"我到底多少岁了？"

"你就快七十八岁了。"

"不知道，"她说，"不过昨天他们把我叫到办事处，问我是不是已经超过自己的尺寸了。"

"什么尺寸?"

"我的尺寸呀。七千八百公尺。"

"你怎么对他们说的?"

"我说就是正常的尺寸。那块料子合适得很,不用再量了。他们记了下来。他们量得很准。他们的计量器很不一般。测量、剪切,他们坐在那里就是干这个的。"

"要不要我给你读点什么?"

"我不知道。几点了?"

他站起身来。他的书还留在书架上,有长篇小说,竟然还有几本诗集。这些书是阿尔宾娜给他的,她常常给他诗集,然而诗歌并不是适合他的读物,他无法专注在诗句上,寻找隐喻之间隐藏的联系。

他从桌子上拿起一册书,这是去年的福音日历,他翻阅了一会儿,寻找一段符合心意的文字,但没有任何能够吸引他的,于是他像读诗一般胡乱读起来。

他瞥了一眼母亲的脸。

她并没有在意他。

妈妈,你的灵魂在哪儿?你可怜的灵魂,你的光明在哪儿?

二

他还没到编辑室就被自己的上司拦了下来。哈拉玛早已看过他的带子。"干得好,"他说,"看得出来,你拍摄时是带着同情的。也许他们有一天会拉你入伙的。"

"我做的和平时没什么两样。我不会逢场作戏。"

"那得看你都能拍到些什么。"

"他们没什么水平,就算你盯上一年,也等不来什么高智商的话。"

上司猝然一笑:"你把全部带子都上交了吗?"

他对这个问题耸了耸肩。

"是啊,无所谓。反正他们那边也有自己的摄影师,"上司说,"我看过他们的新闻视频。很快我们就会有两套新闻节目,两个政府和两个国家,共存在一片土地上。遗憾的是他们的新闻节目比我们的好得多。不是在技术上,而是他们关注的内容。"

"这我也能做到。"

"当然,"上司说,"要不是我限制你的话。你可能会开始为他们工作!总有一天他们会拉你入伙的。"

"我不需要任何人拉我入伙,"他愤愤地说,"他最多承认我的本事,不然我会对他不屑一顾。"

上司已不再听他说话了,他在一堆纸里翻弄了一会儿,然后说:"现在看来,我们手头的材料还真不少。你构思了几个很有意思的主题,赶紧整理一下,我们来看一看。"

什么可以放到屏幕上,什么不能放,做决定的首先是他本人。即使只是小房子上的卡片,那也得由他说了算。一张卡片掉下来,小房子马上就倒塌了,他怎么会不知道呢?"我有一堆主题,一个比一个有意思。"

"那么赶紧整理一下,交给我!"

"我认为还得等一阵子。"

"那是因为你认为自己还没老。"

"或许恰恰相反。"

"除了这些事,你去拍摄那个化工厂的会。考虑一下我对你说过的话。假如凑巧出现什么真正的讨论,尽量别出去吓人。既然你要到那里去,顺便说一句,他们的苯胺是致命的。"

"所有东西都能使我们致命。"

女人在公寓里不耐烦地等着他。他已经在这里出入两年,把这儿当成自己的家。他平时表现得就像她儿子的父亲一样,尽管真正的父亲就住在门后,紧挨着他的卧室。小男孩状况很差。他发烧了,她打不通急救站的电话。

"没问题，我送他过去。"

"你真的不介意吗？我不知道还能怎么办。"

男孩躺在自己的小床上，脸烧得滚烫。他试着露出微笑："真倒霉，明天是我们最后一场冠军赛。"

"你还会遇到数不清的比赛呢，"他安抚男孩，"怎么回事，你怎么病得这么重？"

"大概是我训练时着凉了吧。"

"天气太差，"他对男孩说，"空气里的污染物增多了，超过了我们的承受能力。"

急救站换了新电话号码（她应该想到给问讯处打电话的），医生刚好出诊了。罗宾因畏寒而牙齿打着战。他为了不额外耽搁时间，于是载他到医院。医院的急诊室空荡荡的，护士承诺打电话叫医生。男孩倚在母亲肩上，艾娃抚着他汗湿的头发，她无疑很疼爱男孩。可她算是他的什么人呢？

她待他就像对那些和她睡过觉，给过她钱的男人一样，就像对那些给她钱，因此可以和她睡觉的男人一样。

他爱什么人吗？

父亲死了，母亲变成了提线木偶。

阿尔宾娜现在在什么地方？她可能离他仅有咫尺之遥，只要他走到正确的厅馆里。"我去外面车里等着。"他向艾娃提议。

"你在外边会冷的。"

"我不喜欢医院候诊室。我会打开汽车暖风的，至少我们回程时会暖和些。"

在母子俩从急诊室出来以前，他还有些时间。他可以先去外科厅，打开通往明亮走廊的门，候着，不信没有护士过来。

"您找什么人吗？"

"我只是想打听一下，之前有位瓦兰道娃护士在这里工作。阿尔宾娜·瓦兰道娃。"

"阿尔宾娜？不知道，我没听说过这个人。我来这儿的时间不长。"

"一定是这样，这已经是好多年前的事了。她一定早就离开了。我以为这里的什么人会凑巧知道她去了哪儿。"

"我们护士室可能有人知道，你可以明天过来问一问，那边的人应该知道。"

"谢谢。我会来问的。"

在小别墅里，第二天仍然一直下着雨。"我明白你的感受，"早餐时她忽然说道，"在我很小的时候，我一做错事，妈妈就把我关进储藏室的小房间里。"

"是在印度的时候吗？"

"不是，当时我们已经回国了。那是个普普通通的小房间，然而架子上立着数不清的瓶瓶罐罐，从里面似乎发出光来，我害怕这些瓶子。我也害怕会有无头骑士或是别的什么鬼魂闯进那里。我不好意思尖叫，但是我哭了，还一直挥着手臂想吓走那些鬼魂。后来我忽然想到可以闭上眼睛，想象自己逃了出来，想象自己就在外面，好比在花园或公园里。"

"有勇气逃走是件好事。"

"我只会在心里想想。"

"现在你会这么做吗？"

"现在才不，我很开心能和你在一起。"

"我们可以一起逃走。"

"如果你想这样的话，如果这里让你感觉不舒服的话。"

"你会选择逃到什么地方去？"

他们俩出来了。"是急性肺炎，"艾娃显得惊慌失措，"我们拿了抗生素。"

"过几天就会好的。"他抚了抚男孩的头发。

"你对我们真好,我们永远不会忘记的。"在他开车驶回他现在的住所时,她说道。

三

一名副经理早已在大门前面等着他们,他很抱歉地通知他们,电视台的车不能进入工厂里面,它必须先安装废气过滤网才行;他们可以暂时坐他的车,参观一下工厂,起码他可以带他们看一看,他们可以拍些什么。不过他事先声明,其实什么也拍不了,因为这儿的一切都是机密。

"我们已经发现一些有意思的东西了。"他说道。他向副经理介绍自己的助理,所有人都叫他"小伊文思"。尽管除了和那个心地单纯、痴迷于先锋派艺术的荷兰人①相仿,肯定还有各种不同的原因使他得到这个绰号,"小"指的是个头,而"伊文思"则是因为他拍过苏联共青团。

大门处长着苔藓,铁门上布满铁锈,地上覆着一层不知是什么的白色粉末。寒冷的空气里散发着氨水的味道。

副经理亲手为他们打开自己的车门,他提醒一众随行人员,在工厂区域内不允许吸烟。他希望他们的相机不要用闪光灯,他干巴巴地笑了笑:"这样灯泡才不会炸碎。你们知道,有时候只需一个火星儿。"他在他们呼吸着的、混合各种物质的发臭空气里挥了挥手。

副经理面色阴沉地向远处望去,努力表现得亲和一些。他是个彻头彻尾的烟民,在这儿只能极尽忍耐。当他们坐进车里的时候,作为开场白,他谈到了他们此行的原因。会议将选出新任经理,这里的所

---

① 指尤里斯·伊文思(1898—1989),荷兰纪录片导演。

有人都认为新国企不会换掉旧的领导班子。规模这么大、这么知名的企业毕竟得由经验丰富的专业人士来管理。不过设备已经老化得惊人，倒是应该更新的，但这也不能算是领导班子的过错，企业耗资打造现代化的工厂，可是这些钱不知流失去了哪里，说得更具体点，他们把资金胡乱投在文化宫和水坝上，反正他们造成的损失大过收益，而且……他停住了，似乎意识到自己其实不清楚是在和谁谈话，或者他多少知道自己是在和谁谈话，所以打住了话头。

离开会还有两个钟头。电视上的会议一般都冗长乏味，譬如国家元首作别接见的使节或政客。遗憾的是，做新闻的人恰恰需要这样的镜头。观众是否觉得无聊，他们并不关心。他们清楚，反正大部分人也没有其他节目可看，只好一直盯着屏幕，哪怕电视上播的只是冒着烟的烟囱。有时候在参会者中也有一两张有趣的面孔，但这往往是例外情况，而且这些面孔从来都不会属于发言人。发言人一般长得肥头大耳，说话圆滑。在剪辑室，要想从他们的话里挑出哪怕一句有实际内容的话来，都是白费心机。

车子在崎岖的路上上下颠簸。工厂像是一座小城，它有自己的街道、十字路口、铁轨、医院、食堂、树林，自己的标牌、禁令和彩色板子上的指示。

他注意到，一些建筑物的窗户是破的，虽然这些建筑至今仍在使用中。

"是这样的，"副经理说道，"即使慎之又慎，这里不时也会发生爆炸，装玻璃的经费几乎不够用。"

"死的人多吗？"索科尔问。

"多什么呀！其实我们就像生活在火山脚下。世界上到处都有火山，火山周围的人们并不惧怕在山脚下建造自己的村庄，这是很自然的事情。我们没有火山，那么我们就自己来造一座吧。"副经理做作地笑了笑。显然这不是他第一回说这句俏皮话。

"在火山下生活意味着一种勇气，"索科尔评价道，"建造火山总比腐化堕落要好。"真可惜，他在镜头前面永远也说不出这种话。

他们把车停在大楼旁边，这个建筑美观新颖，在一众楼房之中显得鹤立鸡群。副经理迈出车子，打算带他们进去。索科尔已经准备好尾随其后。然而比起纸上谈兵，摄影师对地形更感兴趣。于是巴维尔提出请求，说他更愿意稍微观望一下这里的火山。

副经理略为迟疑，预备再一次坐进车里。

"我可以步行，"他提议道，"我更喜欢走路。在车里什么都看不到。"

"可我不能把你们单独留在这儿，导演先生。这儿的车间很危险。您大概是想在这儿拍点什么……也许我可以安排，但不是马上。"

"没事的。我没有把摄影机带在身上。"

"那就好。您身上带火柴了吗？"

"我用打火机。"

职工们兴致勃勃地看着副经理怎么盘问他。

"您应该在大门处交出来的。"

"我不会打火的。"

副经理被说动了，他承诺会派他的专职秘书下来，接着走进大楼。其他人跟随他鱼贯而入。在巴维尔参观工厂期间，他们要拉出线缆，布置好镜头，稍后他会指导他们换换位置，免得让他们以为他可有可无。

剩下他一个人了。他注意到，围绕着一栋栋建筑的大部分树木都没有树梢。建筑物虽然有屋顶，但是看起来也没有多么赏心悦目。

一辆运麻袋的车从附近开过，警示牌上写着运载的是危险品。不知从何处响起短促而尖厉的爆炸声。他每吸进一口气都感觉空气在他的喉咙里摩擦，让他透不过气来。在这里，拍下画面和声音是不够的，还须捕捉到淹没一切的有毒雾霾的气味。

又一辆带标示的车子经过他身边，这一回装的是金属桶。他们这儿也生产一种极尽完美高效的塑料炸药：无色，无味。这种爆炸物很难被查出来，所以全世界的恐怖分子都觊觎它。他很有兴趣看看它是如何生产的。不过反正他们是不会让他看到生产过程的，没准还会举报他越俎代庖。

秘书总算来了。他向她做了自我介绍。她也说了自己的名字，他立刻写了下来；她的名字和她的外表一样平庸，他马上就会忘记的。她说，她随时可以带他去看看有什么可以拍摄，尽管实际上这儿没什么能曝光的。有意思的地方不允许参观，允许参观的地方，又没有意思。而且这儿也没有任何上镜的景物。

"你们这儿生产苯胺吗？"

她点了点头。她长得有点像艾娃。她的妆化得过浓，妆容盖住了所有本来的特征，假如她有特征的话。她显然也偏爱紫色，走路的时候腰肢款款摆动。"大厅只能展示到这里，不能再往远处走了。很多女工在那边方便。"

"有多少女工生产苯胺？"

她惊讶地看向他，好像听到的是什么无礼的话。

"相当多，肯定有几百人。至少得有四百名女工吧。她们必须签字证明自己清楚会发生什么情况。这指的是健康状况。"

她带他走进一个仓库，向他介绍了大胡子仓库管理员。这座大楼很旧，墙壁很久不曾粉刷，有几处裂开了，各式各样的警示标语挂得到处都是。天花板下面，巨大的抽油烟机风罩嗡嗡作响。宽敞的货架上摆着一排排金属桶。管理员为他讲解如何处理爆炸物以不致发生事故。后面的两名女工用起重车把金属桶举到最高的货架上。"要是她们摆好的这些桶里有一个掉了下来怎么办？"

管理员做了个鬼脸："那得花上一周才能把您拼到一起，不过反正也拼不全的。"

"时而会发生这样的事情，"秘书补充道，"人们找到戴着手表的手，可是那只手所属的身体已经不见了！"他们再次走到外面，秘书带领他在低矮的房门之间穿行。他瞥见房屋后面是双层铁丝网围栏，那边传来阵阵爆炸的巨响。

工地宿舍一下子在他眼前冒了出来。他曾被迫住过这种地方,一个无法逃脱的地方,除了一身囚服,他一无所有,没有狗,连自己的摄影机也没有,只能默默期望有朝一日这一切将会结束。那时候他想好了,一旦到了外面,他要好好再试一次,然后永远不再出现在这个被铁丝网圈起来的土地上。他并没有做到,始终还待在这里,只能在大厅里拍摄无声无息、弥漫着死亡气息的会议。

他举目四顾,看在什么地方是否也能瞥见瞭望塔和监狱的条纹服,然而只有两名身穿蓝色工作服的工人在远处缓缓走着,其中一人肩上扛着金属杆。那时候,他们的工作就是切割金属杆、生锈的旧铁杆和金属板。他们把他分派到加博所在的一队,加博被关在那儿,是因为他睡了自己十三岁的妹妹。他并不在意加博的罪行,介意的只是加博无法完成日常工作。由于达不到指标,他们那份应得的、可怜兮兮的配给口粮被一减再减。

爆炸声越来越近了。

"您要知道,"她解释说,"这里总在进行一些会发出巨响的实验。那边的林子后面在试验硝酸甘油炸药。您想去看一看吗?"

"我进得去那里吗?"

"要是我陪您一起去的话,说不定能看上一眼。"

"要是您能和我一起去就太好了。"

她微微一笑。"我当然愿意,"她露出迷人的微笑,"您在那边的仓库里询问的时候,我就这么想。在这里,一切都可能爆炸。您看到在您前面的那些小棚房了吗?走进去看一看,您会大吃一惊的。为了确保安全,他们购买了新机器,却把屋顶盖得轻飘飘!一旦发生爆炸,屋顶就飞走了,人也一样,但是墙壁和旁边的棚屋却留了下来,"她的话开始多起来,或许是想回报他彬彬有礼的谈吐,"那边正在生产硝酸甘油,满屋子的自动化设备都能进行液体混合,一切可由远程监控,然而您知道他们是怎么混合的吗?放着那些自动化设备不运转,徒手!只要工人们慢上一拍,所有人都得炸飞,"她指指天空,"您看过《恐惧的代价》①吗?就是那个情形。但是没有人拍摄关于我们这里的影片,也不允许拍!现在您大概会问,既然如此,他们为什么要在那里干活儿?理由很简单:为了津贴。可我们付出的代价是惨痛的。我妈妈得了肺气肿,病痛缠身,哥哥的女儿躺在儿童肿瘤医院里。最近一年来从我们的棚屋里拖走了三具尸体,没有一具超过四十岁。您可以去我们这里的墓地看看那些日期。入土以后还要那些津贴有什么用呢?可是每个人都认为自己的生命不会这么快就在那边画上句号。毕竟我也是这么想的。"她又娇俏地笑了一下,"不过这些事您自己知道就好。"

小路通向树林,这儿空无一人。如果此时他抱住她亲吻,她大概也不会反抗吧,但是接下来怎么办呢?

树木高耸入云,树枝光秃秃的,树梢也被炸掉了。铁丝网现在近在咫尺,他甚至能看到在这儿巡逻的士兵绿色的制服。

"快看那个小家伙。"她突然喊起来。一只松鸦沿路蹦蹦跳跳,扑闪着自己唯一一只翅膀,徒劳地试图飞起来。

可怜的小鸟因为我们的所作所为而受苦。真可惜,他没有随身带上摄影机,不然他能拍到这只松鸦的。"恐怖的林子里的失翼松鸦",假如什么时候他拍摄一部关于文明终结,或是关于某场灾难过后的世界的电影,这种镜头会很合适的。不过他永远不会拍这类影片,直至这种鸟儿灭绝的时候都不会。他想喝点酒。他想让她带他到一家小饭馆去。他将请她喝上一杯,至少算是小小报答一下她的陪同,然后呢,然后看情形再说,他还得多留心记一记她的名字。

她朝松鸦俯下身去,成功地把它捧在手掌里。"你这个小东西,别害怕。您看到了吗,您看到了吗?"她向他转过身去。

"它活不久了,"他说,"除非您愿意把它带回家。"

---

① 法国导演亨利-乔治·克鲁佐 1953 年执导的电影。

她摇摇头:"不成的,我绝不能把它带回去。"

"给我看看!"他从她手里接过小鸟,咔嚓一下结束了它的痛苦。随后他用脚后跟移开树叶,把小鸟尸体放到空地上,再将叶子盖好。

他意识到,这里的工厂不过是整个国家的缩小版:破旧不堪、摇摇欲坠的建筑物被双层铁丝网围栏包围着,人们的生命岌岌可危,就连鸟类也无法存活。而空气里存在着一些易爆物质,只要一个火星儿,一切都会飞上天。

谁会在这儿点着火星儿呢?谁能在这次爆炸后幸存呢?

"反正我挺羡慕您的,"她的声音响起来,"晚上您就准备动身,再也不必出现在这里了。"

四

他开下主路的时候,时间刚过午后。道路向森林延伸,缓缓爬升。他还不清楚到底要开去哪里,他需要前进,到哪里都成,只要不停下来;他需要回到某个他认为能够成家立业的地方。

昨天,当会议按照预先筹备的议程结束以后,他请秘书去喝了杯酒,而后作为回报,她又将他带到某个别墅聚会上。令他惊奇的是,别墅前面停着几辆美式豪华汽车,它们的主人则在别墅里面开怀畅饮。尽管他也喝了很多酒,但他敏锐地觉察到这些陌生面孔带有生活在火山脚下的印记。他是她的客人,秘书十分引以为豪,把所有人都介绍给他。他根本不想认识这些人,也不想知道他们的名字,更不需要去记他们的职务。

这儿还有很多令人侧目的女人,或者说她们穿得十分暴露,不过她们身边总是有人陪伴。他听到几桩坊间传闻,突发性爆炸、猝死事件之类的,谁能够预料得到呢,天有不测风云。在这儿,或许唯有生与死之间的界限被抹得一干二净,像所有这一界限无足轻重的地方一样,其他底线也被轻易地打破了:贪婪、欺诈、无耻、无礼,还有绝望,后者最容易被掩藏在所有其他底线之后。

何为贪婪、无耻,何为悲惨?

贪婪是无底洞,是装满用不上的破烂儿的多余房间,是怀里紧拥的没有爱的情人。

夜深了,人们渐渐无所顾忌。可惜没带摄影机,他注意到一个手打着战的年轻人努力在给自己注射,但是扎不到静脉上;半裸地舞动的一对儿舞到角落,舞姿变换为爱意绵绵的拥抱;一个男人呕吐到大型中国花瓶里的红色星形花串里。

无耻为美德的替代品,如今这个年代,美德已乏人问津。

稍后一个红发女人吸引了他,她显然不属于任何人,她迷离的视线不离不弃地追随了他很长时间。她的眼睛红红的,要么是被烟熏到,要么是刚刚哭过。他邀她跳舞;起初她摇着头,然而后来她还是勉为其难地站了起来。"您可别生气,"她提醒他,"我今晚大概不会是个好搭档。"

"您是指舞伴?"

"您可只邀请我跳舞来着!"

"要是您没有兴趣,我们可以不跳。"

悲惨是这样一些人的命运,他们既没有足够的能力变得高尚,又没有勇气变得卑鄙,他们只能拼尽全力保持中立,这种命运堪称悲惨。

她显然更有兴趣谈谈心。她将他带到一侧的房间,这里除了一个睡在皮椅上的醉鬼,一个人也没有。她给自己和他倒上白兰地,这酒本就是为熟悉这里的客人预备的。她向他吐露心事:五年前她嫁给一家企业的商务经理。她本身是律师,在他的部门工作。她丈夫常常出差,出差时便将她带在身边。就这样她去过许多国家,见过相当多的异国城市：的黎波里①、达喀尔②、安曼③、拉戈斯④，还有一些他们听都没听过的名字；假如没去过那里，很难想象当地的氛围。大海，幽暗的小巷，阳台上有游泳池的酒店。在那种独特的光线里，仿佛一切都在闪耀。她还见过棕榈园和清真寺内华丽的地毯，小村庄里的房屋好似涂成五颜六色的白蚁巢。足以逛上几小时的小市场还能讲价，这里什么都买得到，从华美的刺绣品、金子、宝石和锻造铜件，到奇异的护身符、哗啷棒儿⑤、木琴；这里充斥着想都想不到的各种声音，号子、音乐和汽笛声，弥漫着各种各样的气味。接下来，晚上在星级酒店里进行上百万生意的谈判。也会发生无法设想的状况，比如有人临时爽约，无色无臭的炸药当天跌价。当然这和市场上的砍价不一样，这可是上百万的生意。之后他们会将装着那笔数额的支票的信封插入口袋，你简直无法想象……

"您先生现在在哪儿？"

"他还能在哪儿？不知在哪个妓女身边呢。只要他掏钱，就可以随心所欲。尽管他装作离了我就活不下去的样子，他压根儿不在乎我。但他清楚自己必须多加小心，因为一旦我说出他生意上的那些事，就算是高人也救不了他。"

"您从来都不害怕吗？"

"怕什么？"

"您知道这么多事！"

她耸耸肩："他们最多不过把我给杀了。反正我早晚都会死的。"

不过他觉得她并不害怕。很有可能她也是高人，至少她的分量值得上一上电视。

---

① 地中海港口城市，利比亚首都。
② 塞内加尔首都。
③ 约旦首都。
④ 尼日利亚首都。
⑤ 一种儿童玩具。

"您愿意详细谈谈这件事吗？"

"改天吧，但不是和您。"

她明显对房子熟悉得很，虽然已经喝得烂醉，她还是找到了一个没有人的房间，她从里面把钥匙插进锁孔里，这么一来竟把门给锁上了。这儿没有沙发床，没有床榻，也没有长靠椅，她和他就在地板上做爱。她和他做爱很可能是为了报复自己的丈夫，那个有权有势的富商，他什么女人都买得起。

他为什么要和她做爱呢？因为她漂亮，有一点忧郁；因为她一直在向他证明她的地位和她的经历有多么稀罕，这些确实超乎他的想象；还因为他不知道她叫什么名字，这意味着他再也不会见到她。

车从森林里驶出来，道路一侧是深深的山谷和河流。转动方向盘的念头纠缠了他片刻，他往前直行，眼前浮现电影里的那个俯冲，汽车飞跃起来，车轮翻转向上，然后猛烈地翻腾，擦过岩石。一阵轰鸣声，夹杂着金属板摩擦石头的尖锐声响。爆炸和大火。永远结束了。他不再赶往任何地方，不再抱有任何期待，不再遇见任何人，他心中一片澄明，不再服从任何人，也不再对任何人卑躬屈膝。

他一如既往地从远处看了一眼彼得做了十年管理人的城堡，它耸立在秋日的雾霭之中。

结束牢狱生活后的第一年，他们时常联系。他们甚至利用政治解冻，在同一年获得远程学习的权利。由于神学院不开放远程课程，彼得决定和他选同一所学校。毕业的时候，彼得拒绝得到某个被不公正开除的人的职位。最有可能促成他这个决定的人，几乎可以肯定是爱丽丝，她对他说了自己的看法。于是彼得做了几年铺地板革的工人，后来获得城堡管理人的职位。城堡就矗立在他们两个曾经一起尝试越过边境之地的不远处。

肯定很难找到比照管贵族宅邸更棘手的行业了，然而彼得不曾有过怨言，他反而表示，他的工作至少在精神上赋予他独立感。那时候巴洛克艺术或思想已不再让任何人受刺激了。只要不从事钻法律空子的活动,他甚至可以拥有内心的平静。他和爱丽丝也希望保持精神上的独立:根据自己的思考与人接触、读书,遵从自己内心的想法。

他在城堡下方村子里的小超市买了五瓶红酒(他们只有唯一一种牌子)和三条带给孩子们的巧克力。他还想给爱丽丝带点什么好东西,不过他在这儿看不到任何拿得出手的礼物。

当他离城堡大门越来越近的时候,他的胸口突然一阵阵绞痛。他倚在墙上。他应该少喝一点酒,少吸一点烟的,他完全可以按另一种方式安排自己的生活。电视台的工作使他筋疲力尽;不是工作本身,而是他的工作条件,还有他必须置身于其中的环境。但如果他决定离职,他能做什么呢?他可以当街头照相师。不过做这种决定的时机早就错过了。他本该歇歇脚的。可是到底该如何选择合适的时机呢?

他按响门铃。狗在里面吠叫起来,接着走廊上方的窗户打开了。一个女人惊喜地喊道:"是你吗,巴维尔?"

"是我,爱丽丝,我刚好路过。"

狗吠声迅速移近,接着钥匙在锁里嘎吱转动。两只拳师犬扑向他,作势要舔他的脸。

"我刚好路过附近。"他又说了一遍。

"你去哪儿了?"她只穿着印有卡通图案的家居短裙。

"我在这附近摄像来着,在化工厂。"

"是不是熬夜了,"她说,"还是一直拍到早上?"

"我大概显得很狼狈吧,"他承认道,"这阵子太累了,我也喝了点儿酒。"他注意到,她也显得很疲惫,甚至有些心烦意乱。

他们走过昏暗冰冷的走廊,墙面上挂着装饰版画。她迈步走在他前面。从第一次见面起,她修长的双腿便让他心动。即使生过三个孩子,她依然苗条,几乎称得上纤细。而且她差不多和他一样高,绝对比彼得要高,她的金色头发一直垂到接近腰部。

二十年前他们两人同时认识了她,当时他们在示威游行,反对外国军队的侵略,而外国军队伪善地将自己的入侵宣称为抵抗并不存在的敌人的援助行为。女孩站在电台大楼下面,身穿男式衬衫和牛仔短裙,挥动硕大的旗子,和其他人一起徒劳地发出呼吁,要求撤兵。他注意到她有着墨蓝色的眼睛,因为他从未见过这种颜色的虹膜。

"您知道他们是可以开枪的吗?"他向她问道。

"你为什么问我这个?"她说,"我知道的可能比你还多。仅昨天一天,我们就有八个人受了伤!"

随后他们谈到伤者,谈到那些为他们其他人挨了子弹的人,甚至谈到接下来会发生什么事。所有人都将负隅顽抗视为理所当然,甚至做好赴死的准备,尽管他们没有说出一句这样的话来。不过这一回,对方没有射出一发子弹,因此他们全都安然无恙。

他们和爱丽丝一起随人群走向广场下方,集会游行;多年以后再踏上这个地方的时候,他已经深谙谨言慎行。当时素不相识的人们为他们提供茶点,令他们感觉格外亲切,亲近感使他们摆脱了那一刻的绝望。晚上他们一起送她回去,她住在医院社区内,她也在医院工作。告别的时候,她吻了他们俩。那个吻没有任何意义,算不上任何承诺。然而他一想到那一吻,便想起她。她的模样和性格他都喜欢。她为人热心,古道热肠,不过他感觉她的内心很封闭,几乎深不可测,这一点很吸引他。

之后他时不时去找她,甚至以为她也同样爱上了他,直到后来他才确定,她并非他命中注定的伴侣。他宁愿忘掉这段回忆。

即便在他们在一起的时候,彼得也经常加入进来。他们一块儿坐在城郊的剧场或各式各样的放映厅里,观看演出对于爱丽丝来说是享受,对他们而言则是责任。

他自始至终都确信,在他和彼得之中,爱丽丝更适合他。然而她后来显然不再这么认为,或是感受到了彼得的性格更忠诚、更坚定,主要是更纯真。他错过了自己的机会。假如他是她的枕边人,他会成为什么样的人呢?

"也许你刚好路过,也许不是,你能来真好。"她向他微微一笑。

她对他表现得很亲近，好似他们之间没有发生过任何破坏他们关系的事情。

他们沿楼梯上楼。"你等一会儿才能见到彼得，"她说，"中心在我们这儿进行检查。他们正在一个房间里来回忙活，挖空心思要在这里查出什么不妥之处，或是找到什么不该有的存货。不过他们是没机会的，他们没有理由抓走他。"

"他们为什么要抓他？"

"没什么，"她一下子显得很沮丧，"他对违法的事敬而远之，只做法律允许的事。他自己也知道，这是个几乎可以为所欲为的地方。"也许是被自己说的话吓着了，她赶紧补充说，"可他们就是不肯让他安宁。他们上个月就来找了他两回，说他们是刑事警察。自从我们搬到这里以来，一直有人盯着我们不放。"似乎是为了尽快换个话题，她在一扇门前停下来："你等等，我给你看样东西！"她打开门，他看到城堡的会客室，里面立着几件包在透明薄膜里的巴洛克式家具。墙上的一幅壁画覆着一层霉斑。有几处地板鼓了起来。

"谁能想到会发生这样的事，"她说，"事情发生在去年年底。暴风突然来袭，刮走了一块屋顶。从那时起我们就开始找能修补窟窿的人。彼得试着用硬纸板盖在上面，可下雨的时候，还是会漏雨的。可惜你不是泥瓦匠。你起码拍几张照片嘛，我们可以把它寄到部委。拍一部影片也行。"

"恐怕他们不会许可我拍这样的影片。"

"我给忘了，你做一切事情都是要申请批准的。"

"我可以拍几张照片。"他坐进抵着发霉墙面的沙发里。墙上的壁画表现了维纳斯的诞生。女神长长的金发垂至腰间，让他联想到站在他身畔的女人，两者的神情均极为高贵。画上的一大块褐色污渍从已经溶掉的天空处往下漫延，显见一天比一天与女神更加接近，即将吞没她的轮廓。

不知从哪里传来孩子的哭声。他注意到她变得急躁不安起来。

"你去忙你的事情吧,给孩子弄点吃的。不用管我这个不速之客。"

"你可以跟我过去。"

"我留在这里吧。我可以看看发霉的壁画。"

余下他一个人了。墙壁后面的某处演奏着轻柔的音乐,狗在外面吠叫。他在这儿到底要做什么呢?他为什么要开车到这里来?

因为他没有自己的家。

他像流浪歌手一样从一幢房子游荡到另一幢房子,从一座城堡游荡到另一座城堡,只是和抱着鲁特琴的流浪汉不同,他没有可以献唱的曲子。

他当个流浪摄影师怎么样?

他可以提供拍照服务。

拍什么照?

所有能够捕捉下来的画面:手、脚、云朵、蛇、标语、发霉的女神、总统、面孔、警棍、裸体、花、注射器、围栏、剧烈爆炸。

照片是什么?

照片是对运动的一种静止的记录,是生活的僵滞形态。照片是佯作不朽的死亡之吻。

他是不是该悄悄离开?反正他是不请自来的,反正他知道自己不属于这里。但哪里是他的归属呢?

在老照片堆里。

他是自欺欺人。他来这里并非寻找家,这只是他的借口。假如有朝一日他可以对谁倾诉的话,假如有人对此感到好奇的话,他可以说:我不曾为自己落魄的朋友感到羞耻。这还是谎话。他来这儿是因为他需要偶尔看一眼爱丽丝。

维纳斯哀伤地凝视着他。她的金色长发在风中飘扬,花朵在她周围飘落下来。

忽然响起一阵闷闷的呜咽声。他哆嗦了一下:"出了什么事?"

安静。

"你哭了?"

安静。呜咽声。

"为什么哭?"

"你说过,等有了孩子,一切都会不一样的。"

"就因为这个?"

"亲爱的,要是没有孩子怎么办?"

"现在咱们不去想这个问题。"

"不会有孩子的。总之我早就想跟你说这件事。你一定得知道。咱们俩可能要孤独终老了。"

"你怎么会这样想呢?"

"我就是知道。"

"你肯定吗?"

"要怀上孩子,除非发生奇迹。"

"孩子的事我不过随便说说。我从没想过自己会有孩子。我的梦想多得数不清,比如成为印第安酋长,可我从来没有想过我会成为父亲。"

"只是嘴上这么说。"

"我是说真的。"

"可以后你会难受的。"

"我不知道以后会怎么样。我们为什么要去想以后的事情呢?"

两个月后,阿尔宾娜告诉他,她怀孕了。

爱丽丝过来找他了。她抽时间换上了印度山羊绒料子的衣服,这么做显然是为了他。可能她和彼得很久之前就不幸福了,要么是半隐居的状态让她感到厌倦,要么是他们之间发生了什么无法向朋友倾诉的事。再说他算什么朋友呢?他早就漂流到另一片天地了。无论是给孩子的巧克力包裹或是偶尔的探望都无法掩盖这个事实。"他们已经走了。"她把检查的情况告诉他,然而他对这个检查一无所知,也丝毫不关心。

"这衣服很适合你,"他说,"你越来越好看了。"

"谢谢,我知道这是客套话。"

稍后,他和她以及自己过去的逃亡伙伴、自己曾经的同谋一起坐在并不算大的城堡会客室里。虽然朋友的处境已经窘迫到触目所及都是发霉的墙壁、坍塌的堡垒和残破的屋顶,但他品着红酒,努力装作自己感觉与朋友是多么亲密无间,患难与共。然而他没有一丝亲密无间或患难与共的感觉,反而感到某种说不清道不明的内疚、羞愧,同时还有妒忌。他需要在彼得面前为自己辩护,更需要在爱丽斯面前为自己辩护。于是他说起自己的麻烦;说起剪辑室的人际关系,那里的每个人都对他的职位虎视眈眈,只盼他出现失误;说起女经理,她为了炫耀自己优人一等的权力,禁止女同事穿短裙;说起主编,他的心思很容易猜,假如他没有批准任何好题材,什么事都没有,但假如他核准了什么可能影射到某位部长或其情妇的题材,他的位子便岌岌可危,所以除非是内容苍白、无聊透顶的选题,他百分之百不会批准。他们禁止他拍有关精神病院的影片,因为在现实中,反对体制的人都被关进了精神病院里。他们甚至不愿意审核通过他关于伯利恒的电影,据说是因为怕增强宗教意识。这片子他拍了将近一个月,旁白还出自一位民族艺术家之手。幸亏某个民族诗人为了影片的事情勃然大怒,跑去抗议。当局听取了他的意见,最后折中一下,勒令改写旁白,以男娃娃代替耶稣,女娃娃代替圣母玛利亚。

对于他们正在剪辑他的内容苍白、无聊透顶的总统传记电影一事,他闭口不谈。

他注意到彼得不耐烦到极点,用手指在桌面上擂着鼓:"我能理解,和审查制度较劲肯定十分烦人,只是我不明白你为什么还留在那个地方。"

是的,在彼得面前他不能为自己辩护,他还是沉默为好。况且彼得做到了不问世事,这种可以放下一切的姿态让他恼火。"我试过一次。当然我也可以再试着找找其他公司,或等等看情况是否会发生变化。只是我害怕过上一阵子,我连怎么拿摄影机都不记得了。"

"你就不怕在那里手也越来越生吗?"

"你这话什么意思?"

"我告诉你这些,是因为你们那里肯定没有人会对你讲实话。我们时不时能看到你拍的东西,不过就是混口饭吃的水平。你自己一定也感觉得出来。"

"我尽了本分!"

"恰恰如此。因为没有好时机,你索性敷衍了事,还自我麻痹,说这根本不是你的错。"彼得的脸色越来越愤慨,他看上去像个未老先衰的预言家或是怒气冲冲的法官,坐在他就座的法官席前面可让人不太自在。

"你是说隐居对我而言是更好的选择吗?"

"你还问什么呢?反正你根本不会选择这条路的。你总有更重要的工作要做,比方说向观众展示一下我们当中有谁在示威游行,或者对社会不满、威胁到公众利益的罪犯是谁。"

这种难以避免的对话本应只在他们两人之间进行。就算爱丽丝不在场,他也会说:"我无意展示任何这样的镜头。电视上播放什么画面是我无法左右的。说到示威游行,即使我偶尔接了这种差事,最后剪辑的人也绝不是我。"

"那是当然,你只不过提供材料而已。"彼得承认。

"是的。但是示威游行可以被剪辑成对任何事件的支持或抗议。"

"别拿其他人的剪辑当借口了。毕竟你拍摄的时候清楚得很,之后会有人来动剪子的。"

"好吧。是这样没错。我要么毅然决然地辞职,要么提供随后将被剪辑的材料,没有其他选择。但我只是将发生的事情拍摄下来,全世界到处都在这么拍。我希望至少可以留下一些东西。有一天它们会成为有意思的文件。"

"可能有一天会吧。但是眼下人们对这种事情捕风捉影,你倒是出了一臂之力,混淆视听。"

"什么?你以为其他视频就不扰乱人心?你以为能上电视的都是杰作,没有任何粗制滥造的东西?你一打开电视屏幕,没过几分钟画面上就有人被打伤、谋杀或至少被踢伤。还有那些音乐视频,你只要看一看,用不了半天时间就会深信不疑,这世界是一个哭喊交加、扭曲变形、荒谬绝伦的疯人院!你当然可以转到某个色情频道,换成吸血鬼片,或是观看被黑手党、恐怖分子、某些革命者或刚夺权的英勇战士屠杀的不幸人。再不就是广告,幸福在向你招手,假如你购买这种口香糖的话。"

"你知道的,我十五年来都没拿上护照,否则我也不会落到这般田地了!"

"别这样嘛,"爱丽丝劝解着,"你们一年见一次面,还非得吵架不可。每个人都会做错事,"她又补了一句,"可人人只看到别人身上的错。"

"你这是在说我吗?"彼得问。

"这我可没想到。不过既然你非要往自己身上套,肯定是有理由的。"

看起来,两个人现在要吵起来了,幸好他们的一个儿子跑进房间,闹着要父亲当裁判,孩子们的争端肯定没有这么严重。

又剩下他和爱丽丝了。

"我不想为自己辩护,"他说,尽管他最想做的就是在她面前做出解释,"但我确实希望做别人期望我做的事,做我擅长的事。哪怕稍做尝试也好。也许我偶尔也有成功的时候。人们终究会知道在伯利恒降生的是谁,不论他们叫他耶稣,还是男娃娃。有时我也不得不接受一种让人厌恶的东西。这就是税。几乎每个人都要为它掏腰包。"

"彼得只是担心这份工作会毁了你。有些东西一旦毁坏,就再也不能修复了，喝酒或抽烟的小毛病不算。"也许她还想说：比如尚未出生就被提前扼杀的孩子。但她只是为他斟上酒，他马上一饮而尽。从隔壁房间传来孩子的声音。"既然你昨晚通宵喝酒，想不想到公园里走走？"

枯叶在他们脚下发出沙沙的声响，红艳艳的浆果在忍冬低矮的植株上迎向碧空。她挽着他，斜阳耀眼的光晕环绕着她的头部。要是他能就这么拥着她，像从前那样吻她该有多好。然而他知道，他们回不去了。他只是说道："这儿真美。你越来越好看了。你好像一直以来就属于这里。"

"你不是想说，要把我权充雕像立在公园里吧？"

"那我肯定得把这个公园弄到手。"

"白天还行，"她表示赞同，"可到夜里我会害怕的。我不知道你听没听说这儿发生的事情。这附近新开了一家饭店，"她指向身后某处，"那里专门筹备喜宴和为地方要人准备的筵席。大概在一个月前的一天早上，一名拿着自动步枪的逃兵出现在那里，见人就扫射。女厨师、女侍者和三位客人遇害。"

"他为什么这么做？"

"没有人知道。大概他疯了，或是喝醉了，再不就是走投无路。也可能他是谋杀犯，总算拿到了武器。"

"抓到他了吗？"

"警察一到就朝他射击，当场逮捕了他。他把死者在自己旁边摆成一排，然后坐下来，一边抽烟一边等。大概他同时能抽两根烟，事后在他身边发现了一堆烟蒂。不过既然他们连你的剧本都不批，一样不会允许把我当作雕像的。"

"他们不批我的剧本并不重要。我有准备好的剧本，只是没有提交而已……"他停了一下，接着又说，"我认为这些相当不一样。"

"怎么个不一样法？"

"和你看过的我的其他剧本都不同。"

"不错啊，"她随和地说，"可以拍吗？"

他摇摇头。

"以后也不能拍？"

他耸了耸肩："我不知道以后会怎么样，甚至不知道自己能不能等到那一天。"

"除了上帝，没有人知道等待我们的会是什么。"

他很气恼她不给他机会多谈一谈自己的剧本，他都已经下决心提到它了。

"不过我相信，状况不会再这么糟糕了，坏情形不可能永远持续下去。"她说。

"你真的这么想？"

"是的。世界就像一个巨大的天平。当邪恶占尽上风的时候，在另一边，天使们聚集到较轻的一端，谁也看不见它们，但它们在那里用脚尖一踩，世界就恢复了平衡。"

"你真是个天使，爱丽丝！"

"别总是对神明不敬！我相信会发生变化，因为我不想一辈子就这么过下去，尤其是考虑到彼得。我自己倒是十分喜欢这儿，而且孩子们在这儿过得很好。在城堡里成长和在预制板房里成长多少有些不一样。这里有这里的氛围，你每走一步都能触摸到过去。"

连这儿的树木都很古老，它们肯定记得许多战事，不计其数的死尸，那些贵族出身、身份卑微以及无端被射杀的死尸。这儿也有过数不清的对话。他注意到沙石路上的马蹄印。谁会在这儿骑马呢？"挺好的，你在这儿并没有不快乐，"他说，"当生活不尽如人意的时候，人们一般都会拿孩子当借口。"他犹豫了片刻，考虑着是否应该在她面前谈一谈自己，他也能做一个合格的父亲，不过他接着说道，"我感觉自己好像和别人不太一样。当然了，一个人生活也不错。但是人需要有个伴儿。有一个他愿意为之努力的人。我知道自己一个人也能行，可谁愿意承认这种事呢？"

"毕竟你有艾娃。"

他摇了摇头。

"好吧，原谅我的话。不过除了工作和爱人，一个人还拥有许多其他的东西。"

"你指上帝？"

"你不这么认为吗？"

他摇摇头："我从来都感受不到他的存在。"

"我很遗憾，巴维尔。"

现在他可以说：我也很遗憾，爱丽丝。假如当时我能来看她，我们的生活轨迹会迥然不同的。然而我从来都不相信上帝可以同时是凡人，被钉在十字架上，然后死而复生，就像我无法相信一个世纪或一千年以后，我也能复活，灵魂回到自己的躯体里，为陈年往事受到审判。然而让他感到荒唐的是，他能和她谈的只能是这种事。除此之外，对她来说这些教义问题在信仰中并不重要。"我和彼得被审讯的时候，"他回想起来，"他们指派给我一名老律师。当时我已态度坚决地扛了一年，他对我说：你还年轻，接下来的路不好走，不过你要知道，大丈夫能屈能伸。既然他们给你套上了缰绳，反抗是没有意义的。他告诉我，战前他待在美国，曾在农场上看到公马是怎样被驯服的。有些马乖乖就范，另一些马弓背跃起，奋力抵抗，这些马是被打得最厉害的。他这套残忍的道德准则让我十分恼火，但后来我对此想了很多。我觉得，他这么说并非出于恶意。"

"这个故事不错，"她说，"除了这一点，人和马不一样。"

五（电影小说）

档案室的男人已经上了年纪，看上去相貌平平。他身着军官衬衫和黑色裤子，穿着灰色便鞋，而艾拉一身紫装，因为她知道这种颜色让人兴奋。确实如此，这个灰白头发的人虽然目光锐利地看着她，对她讲起话来倒是彬彬有礼：尊敬的弗高娃女士！他听她说话的时候表现得很恭敬，灰色眼睛里藏着一丝狡黠。"我当然知道他的影片，"他说，"他曾是我国最优秀的纪录片导演之一，在他拍的类型片中，很难有谁可以和他匹敌，至少目前是这样，您清楚的。"

"曾是"这个词让艾拉很不舒服，她低声反驳道："不过他并没有完全被禁。电视上偶尔也会播一些他拍的东西。只是合同上……然而只要能展示他真正的才华，这不算什么。他为此很苦恼。"

"亲爱的弗高娃女士，谁会谈到禁播呢？我们国家没有任何人受到查禁。按照我们的说法是，您先生最近没有人气。"

"就因为这个我才拜托您夫人……我希望您能帮忙安排，听说您还为总统府遴选影片……要是他的影片也能在您送出的影片里面，要是总统能看到他的哪部……"艾拉结结巴巴地说。她不善辞令，虽然在店里见惯了各种风浪，没想到她会这么紧张，一点把握也没有，因为她对这个并非她丈夫的男人的兴趣一无所知。然而她还是补充说："我们不会给您添麻烦的。"

档案室的男人做了个鬼脸，她有些惶恐："如果您认为根本不值得推荐，只要告诉我就好。"

"并不是的，我们来看一看。我想起您丈夫的一部电影——在南美拍的？还是墨西哥？"

"在墨西哥。"

"弗高娃女士，您记不记得里面有哪个片段是有关蛇的？"

"有啊，"她高兴地回答，"里面有捕捉响尾蛇的片段。"

"没错，我已经想起来了。太好了。我们常常给总统府送去关于蛇的影片。我认为，这主要是由于总统同志的妻子有这个喜好。"

"但她已经不在世了。"

"总统同志保留着老习惯。在他这个年纪是可以理解的。"

"那么您会提交他的那部电影吗？"

"我们试着送一送。当然这还不够，总统同志已经不看字幕了，得有人提醒他注意导演先生的名字。假如他表现出兴趣，那么接下来我们就可以提到，导演先生暂时还——用我们的话说——没有人气。"

"这件事可以由您来安排吗？"

"愿意为您效劳。"他躬身抚了抚她的头发，以表明自己的诚意。

"我们对您感激不尽，我们绝不会给您添麻烦的。"

"别这么说，弗高娃女士。我妻子喜欢在你们店里购物，她总是夸您什么物资都能弄到。"

她再次对他表示感谢，承诺会竭尽全力为他妻子提供任何商品，然后带着完成一件事情的成就感离开了，毕竟她得到了一个人的承诺，她姑且称这个人为档案员吧。

弗卡正在一家化工厂里拍摄报道。这个工厂很出名，但也让他联想到技术博物馆，甚至是想象中的现代地狱。由于这儿的大部分产品都是机密，他们主要带他看了图书室、淋浴间、工厂医生的医务室和大楼之间的灌木丛，他们自然不会带他去墓地的，墓碑会证实许多年轻工人的猝死发生在同一天。面带微笑的女工向他介绍情况，她们夸耀着自己相当可怜的工资，回忆在工厂别墅避暑的情形。不过他设法暂时离开拍摄地点，潜入大厅，那里的工人们在巨大的桶里混合着易爆液体。他意识到，他们每一刻都可能被炸飞到空中，尤其在天花板被设计成这种样子的情况下。他惊愕地凝视了片刻这个诡异的场景，甚至感到背部微微发凉，因为他的性命也和大厅里所有人的性命一样，系在同一根线上。

等他返回工作地点时，发现他的摄影机后面站着外号为"小伊文思"的同事，一小时前他还不在这里。

听他说他们派他到这里来，告诉他弗卡会提前结束在这儿的工作。往好处想，明显有人弄错情况了。往坏处想，很有可能没有人弄错，他们已经明确把他换掉了。

他的同事让他放心，他绝不可能做这份差事的。这里的环境并不怎么舒适，另外原则上他拒绝接手做了一半的工作。

那么他为什么要接这份差事呢？

上面把活儿分派给他，他能怎么办呢？

他决定给电影制片厂的管理部门打电话。他已经确定这不是误会，而是有意为之。虽然他这份工作签署了合法合同，但世界上哪份合同的权益不是时而有效，时而无效，或者只对某些人有效呢？

电话像平时一样接不通。随着时间一点一点流逝，他多少镇定下来，决定不等了，反正他们不会通过电话跟他谈的，他倒不如自己开车过去。

让人意外的是，电影制片厂的副厂长接待了他，他为人和善，甚至很慈祥。"这可不是你该干的工作，对你的能力来说简直大材小用！"副厂长对他说这绝对是个误会，没有人料到会发生这样的事情。真是出人意表，他们终于注意到他的工作，并且赞不绝口。

"那么我该做些什么呢？"

"你拍的影片很有意思嘛。我记得关于墨西哥的那部。捕捉响尾蛇的那一段太完美了。"

"我本想再去一次的，但是你们没有批准。"

"我不负责出差事务。"

"他们没批准。"他更正道。

"也得给其他人机会嘛。要知道，这种旅行挺费钱的。"

"我凭这部影片赚了钱，这部片子甚至销售到国外。"

"谁也没有因为任何事而责怪你。不过你可以尝试在这里拍一些类似的东西。"

"你们驳回了我……他们驳回了我三个题材。"

"真是这样？"

"而且我不能在这里拍摄响尾蛇。"

"不是拍响尾蛇，是拍人。你可以选择一些现实题材。"

"你们恰恰让我打消跟现实有关的念头。比如人们的工作条件……"

"这是权利问题。你总在找一切事物的阴暗面。这不是现实,这是偏见。我不想对你说教,不过你自己知道,每一件事物都有许多面。"

"我按照我的理解来看待事物。"

他们又谈了一阵子。对谈像台球一样滑不溜手,像线团一样捆缚住他,让他感觉喉咙发紧。他就快发出尖叫了,不过他已经知道这无济于事的。这份工作他要怎么做下去呢?他该请求他们让他抽一成版税吗?还是立即起身离开,在身后把门摔上?但他以后如何谋生,凭什么讨生活呢?

他站起来,试着露出微笑,副厂长也笑了,向他伸出手来,这时他的袖口缩了回去,不过里面并没有藏着匕首,只有纽扣在扣眼里闪闪发光,也许是真金制成的吧。

"你别发愁,"晚饭时女人说道,他和她已经一起生活了两年,"就算他们不给你任何工作,我还能挣钱呢。"

可怜的人,每天在店里的柜台后面工作八小时,这份工作的报酬相当于他一小时的收入。

"这不只是钱的问题。"

"我懂,"她说,但是她怎么会明白呢?"今天我去找了那个档案室的人。"

"找谁?"

"就是我跟你说过的那个人。他为总统府遴选电影。他会把你的影片也送去那边。等着瞧吧,一切都会改变的。"

"那是一定的,"他气恼地说,"你为什么这么做?谁让你替我求人的?"

"你不能就这么听天由命啊。而且总统可能会约见你。你看着吧,以后一切都好办了!"

他砰地一摔餐叉,"别说这些让人心烦的事了!"他从桌边弹起来,然而没有地方可去,只能把电视打开。

屏幕上映出一片蓝天,当中浮现出飞机的光点。飞机即将降落,军用航道准备就绪。又是一次可有可无的访问。他本该关闭画面的,但他必须想办法填满晚饭和睡觉之间的时间。这时他看到一张蜡黄的面孔,厚厚的下嘴唇咧开来,露出白得发亮的假牙,凶狠的深色眼睛在厚厚的镜片后面注视着来者。

舱门打开了。身材魁梧的黑人朝镜头露齿而笑。老人迈着僵硬的小碎步走向飞机,阿谀逢迎的随从们尾随其后。

屏幕上两人已经沿着身着戎装的士兵仪仗队迈步向前,视若等闲的老人举起自己瘦骨嶙峋的手,向士兵、宾客、阿谀逢迎的随从以及所有盯着屏幕的人——也包括他——挥手致意。

他站起来,气哼哼地关上电视。

当他和艾拉躺在一尘不染但十分闷热的卧室里时,她忽然说:"我早就想对你说了,要是你想要个自己的孩子……"

"你怎么会这么想呢?"

"我们在一起已经这么久了,我肯定会有这个想法的。"

"我明白。你还想要孩子吗?"

"我想和你生个孩子。"

"你的想法不错。"

"你怎么看?"

"其实我没有考虑过这件事。你知道我现在是什么状况。"

"可我认识你的时候,你已经是这种状况了。"

"我很久都没考虑过这个问题了。"

"即使状况再差,人们也得生孩子。"

"是啊。"他又说,"以前想到这个问题的时候,我觉得很奇怪,人们怎么会愿意让孩子来到这样一个世界上呢。不过这大概是个肤浅的想法吧。世事终归险恶。"这是老生常谈,毕竟还是有一些令他热爱生活、感到幸福的时刻存在。"我会考虑一下的。"他一面抱住她,一面仓促地结束这个话题,尽管他知道自己是绝对不会和她生孩子的。

接下来他们像平时一样做爱：一言不发，也没有多大的激情，不过他们驾轻就熟，两人能够在同一刻感受到快感。随后她贴紧他，几乎马上就睡着了，而他在床上翻来覆去，心里想起那个真的为他怀过孩子的女人。他仿佛回到了那个人迹罕至的小别墅里，在他开始自己漫长的跨洋旅程之前，曾和她在那里住过一阵子。

她当然不会和他同行，也许恰恰由于这个原因，她对他讲起小时候她和父母在印度生活过，讲起她的失明老师的事，就是这个老师给她讲解了什么是人的灵魂。他们还在头脑中想象一起到外国旅行的情形，他们是多么快乐。

这一天雨水不断敲打着窗玻璃，轻风拨弄着不远处的橡树树梢。"你选择哪个地区？"他问阿尔宾娜，那时候他只叫她阿丽或阿丽诺！

"我想我听到了海的声音。那是一片炎热的海。那儿的沙子也是热的。山就在离岸边一段距离的地方。"

"山高吗？"他比较好奇。

"并不怎么高，不过看上去光秃秃的，山势险峻。有一条上山的小路，看见了吗？"

"等等。是的，大致看见了。它在岩石之间蜿蜒盘旋。"

"就是它。路周围长着灌木。我觉得这是怪柳。你想往上看看吗？"

"为什么不呢？我们也许会在山上发现什么……什么特别的东西。这到底是什么海呢？"

"这里是热带海域。我小时候很喜欢这个名字：马尾藻。它是马尾藻海[①]。"

"什么是马尾藻，阿丽？"

"这是某种水藻的名字。它们是棕色的。"

[①] 位于北大西洋中部。

"我很久没有看见海了。自从我逃亡失败以后,他们一直不给我出境的机会。后来我总算去了波罗的海。第一天我就趴在浮出水面的岩石上。我真想告诉你这种岩石的名字,可惜我并不知道,也可能它根本就没有名字。我很幸运,因为在附近岩石的缺口处卧着一只巨大的海豹,我可以观察它怎么晒太阳,怎么把自己弄干净。"

"你肯定随身带了摄影器材吧。"

"是的。接着我突然注意到,海里的水有两种颜色。一条水带蓝得像天空,但它两边流动着浑浊的水流。我在那里坐了大概一个钟头,观察干净的水如何同浑浊的水较量。我记得这件事,是因为这对我来说算是例外——只是坐在那里观察。一般我总是匆匆忙忙地跑来跑去。我总想看到一些新鲜的、不同寻常的东西,某些能够改变我生活的东西。"

"你看到什么了吗?"

"就算我偶尔瞥见了什么,马上就又错过了。像我这么匆匆忙忙的,什么也不可能找到。"

"现在你别匆匆忙忙的了。"

"咱们一块儿沿路上山吧。以前我也不懂得看风景,总在寻找看上去有趣、在画面上显得好看的事物。"他说。他感觉有些奇怪,他竟然能这么轻松而毫不设防地谈论自己的心事。

于是在下着雨、待在陌生小别墅里的这一天,他和她一起在假想中游历她选择的地区。他们一直往上爬,直到接近山脊。他回头看去,大海在他们下面很深的地方伸展开来,海面如同黝黑、光滑、发亮的山坡一般攀升至对面的地平线。柽柳发出阵阵的香气。在他们对面的岩石上,一只淡紫色的壁虎在晒太阳。山路一转,一片布满岩石的平地在他们面前展开,地上长着高高的黄褐色杂草,随着一阵阵疾风起伏。或许这就是马尾藻的茎。对面山冈的平地上,几块锯齿状的岩石直刺向天空,预示着下一段路全部是山地。他在一块岩石下面认出白色建筑的构造。在两座低矮的塔楼之间的灰色屋顶下,飘浮着一道蓝烟。

"那座建筑是什么,阿丽?"

"可能是佛教寺庙。"她提出一个可能。

"真奇特,那里只有这么一座建筑,而且没有任何人迹。"

"既然那边飘着烟,肯定会有人。"

"假如不是鬼魂的话。"

"鬼魂才不需要火。"她反驳道。

随着他们越走越近,建筑的各处细节也渐渐清晰。庙前有廊庑围绕,其后是几段石墙,嵌有低矮的窗户,入口很多。凹曲的屋顶覆盖着长长的木瓦板,风向标位于屋顶正面,在风中转动。

"所有窗户都关着,"他注意到,"还有门。"

"是啊。不过那边屋顶底下有什么人坐在一角。"

"真是这样,阿丽诺。他留着白色长发,穿着黑色雨衣,坐在宝座上。"

"那不是宝座,是行李箱。"

"你觉得他也看到我们了吗?"

"他闭着眼睛哪。我觉得他看不见。不过他知道我们来了。"

"我有一种奇特的感觉,"他说,"似乎我在期待着什么,似乎我知道这里会发生什么大事。"

"那就是他,我的老师,那个盲人。"

"那个向你解释过什么是灵魂的人吗?"

"是的。"

"他教你认识灵魂。还教了些什么?"

"他教给我如何锻炼,如何呼气和吸气,集中精神,如何欣赏落日。他还教给我如何从包围自己的琐事中解脱出来,如何倾听自己的心声,以及自问自答。"

"奇怪,我觉得我们好像无法再靠近了。"

"都是这风,让人没法估算距离。要么就是……"

"是什么?"

"要么是我们不该和他见面。"

"我想学会他教给你的东西。你觉得我能领悟吗?"

"我不知道,毕竟这取决于你。"

"我会努力的,你来帮我吧。我就是你的学生了,你来当我的老师。"

"不行的,我不能当你的老师。"

"为什么?"

"我可是你的女友啊。"

"拜托!这会儿你只是我的老师。"

"好吧。咱们在这里坐下来吗?"

"如果需要的话。"

他们坐进干燥坚韧的草丛里。他看到风把她的头发刮乱了。她沉默了很久。这让他有些焦躁,他也感到疲劳,几乎有些筋疲力尽。最后他决定打破沉默:"你为什么不说话?"

"等等!你必须集中精神!"

"我看见有只猛禽在寺庙上方盘旋。"

"你看见它,但是心中没有它。你心中空无一物。慢慢闭上眼睛。"

一片寂静。只有她的呼吸和远处的风声。叶子沙沙响。雨声。

"你想到什么?"

"你离得很近。"

"有多近?"

"也许这个词有什么定义吧,但我不知道。"

"试着说说你能想到的。"

"我一般不会说我想到的事。"

"现在说说嘛。"

"阿丽,对我来说和别人靠得这么近并不容易。"

"恰恰因为这样我才问你。"

"近是爱情到达顶点的一瞬间。"

"还有呢?"

"我不知道了。愿闻其详。"

"你又在看其他地方了。你在找什么?"

"我好像看不见那座建筑了。"

"别管它。"

"我感觉下雾了。"

"别管它。"

"如果下雾的话,我们会迷路的。"

"你害怕吗?"

"我偶尔会害怕。自从我坐过牢以后,我就担心自己会落入什么地方,无法脱身。"

"恐惧是什么?"

"恐惧是对死亡的感受,它让我们联想到死亡。"

"那么现在呢,现在你也会有这种感受吗?"

"不,现在没有。我和你在一起,怎么会有这种感受呢……在你离我这么近的时候。"他感觉到某种之前从未有过的情绪,十分陶醉,也许这就是真正的亲近感。

第二天晚上,他们在自己的小酒店里休息。马里·伊凡也在这儿,显然完成了工作,同时在屋子另一端的是鲍什道奥卡编辑,就连长着鹦鹉鼻子的退休老人也在这儿大快朵颐。老人曾在工业学校教过历史和自然,他自己都无法相信已经教了这么久的书,甚至有些记不清了。现在他养了一些异国鸟,渐渐和它们越来越像。

"我立刻就猜到他们在给你使绊子,"马里·伊凡说道,显得义愤填膺,不过他还不至于愤怒到宣布拒绝接受这份差事。"肯定是因为他们查禁了你的这部影片,"他斩钉截铁地说,"他们放出了消息,现在没人敢为你说话了。你必须果断地做点什么。"

这和他昨天从自己妻子那里听到的建议一模一样:"我不在乎。"

"要是他们不再给你任何拍摄任务怎么办?"鲍什道奥卡替他担心。

"反正要怪也只能怪你自己。"马里·伊凡没头没脑地冒出一句。

"为什么?"

"你多次放话说你不在乎。你可以不在乎,但不能弄得人人皆知。"

"您要忍不住就写在纸上吧,"鹦鹉鼻教授说道,"写在纸上,或者养一只宠物鸟。我的非洲灰鹦鹉背得出我们所有总统的名字,甚至包括那些不允许提的名字。"

"我也不在乎您的非洲灰鹦鹉。"他喝了一口啤酒。一片含羞草树林浮现在他眼前,林子里有长着珊瑚红色鼻子的黄绿色鹦鹉。我总是在兜圈子,如同困在鸟笼里的囚徒,难道直到死的那一刻才能获得自由吗?他又喝了一口啤酒,徒然地期望情绪能有所缓解。

鲍什道奥卡编辑讲了个关于世界末日即将来临的预言,据说它将由宇宙灾难引发。然而他认为这个预言并不准确,毁灭是人类自己招致的,人类污染了地球,还把废气排放到大气中去。

他的想法照旧是拾人牙慧的泛泛之谈。鹦鹉鼻教授对这个预言不屑一顾,自顾自讲起他的古怪见解来——想保持自由身的人三种可能的立场。

第一种立场,争取那些对他的事业具有决定权的人的信任。为此他要将自己的信件和计划收进最隐秘的抽屉,把心冷藏起来。然而这种信任是绝对得不到的,因为那些拥有决定权的人都以怀疑为基本原则。尽管如此,他也会逐渐获得地位、汽车、两个女人,以及可以开车去喝酒、亲热,让自己忘记一切的小木屋。然而他封存的心却忍受着痛苦,有的人过早便心肌梗死了。

"采取相反立场的人,"老人接着说,"不会隐藏任何东西,也不会对有权决定他命运的人做出一丁点让步。他维护自己的人格尊严,对自己的使命感直言不讳。遗憾的是他的顶头上司永远不会给他机会，他做不成任何一件决意要做的事。他开始因为失望而喝酒，最终很有可能变成酗酒成性的人。"

第三种立场是中间派。这种人阳奉阴违，一面甘做权力者的牺牲品，一面背地里又试图按照自己的心意生活和工作。同时他也意识到自己行为不当，因为他还是有良知的人，只要还未崩溃，自责会长年累月地折磨他。这种人很有可能在精神病院里终其一生。一位奥地利作家说过，人必须首先能够对他人产生影响，然后才能做出好的示范。然而老教授灌输给他们的智慧是，人必须先做恶人，才能获得生存空间，幸存下来以后，假如还有余力，再去行善吧。

老人莫名其妙的话让弗卡感到讶异。"您已经醉了，老先生，"他冲他大声说道，"为您的虎皮鹦鹉少喝点吧。"

小酒店将在十一点关门。编辑请弗卡又喝了一轮，老教授则邀请他们去参观自己的鸟笼。马里·伊凡承诺帮弗卡的忙，从中调解拍摄事件。别看他答应得信誓旦旦，等他酒一醒就不是这回事了。

片刻之后，弗卡已经东倒西歪地沿着空无一人的大街往回走。他注意到对面人行道上半坐半躺着一个喝醉的女人，她的手提包放在膝上，脑袋包着头巾，很可能是一名村妇。

"我真的没办法按时回来，"等回来后又看见阿丽诺时，他对她说道，"我本来已经买了机票，可是发生了地震，你肯定看过报道吧。"

"我知道，"她回答，连看都没看他一眼，"可我等你等得这么辛苦，你都没有回来。有什么不对了，我心里变化了。"她头上包着黄色头巾，头巾底下一缕头发也没有露出来，显然是剪短了。经历过这件事后，她显得有些憔悴。

他拿出照片来，照片上是毁坏的房屋、残桥、被压扁的汽车、折断的树木、塌陷的人行道，墙上和地上都有裂缝，甚至在瓦砾堆底下还有几排死尸。"这次事件太可怕了，"他说，"我从没经历过这种事。人们不知道到底发生了什么。哪怕能听到什么轰响也好,但那只是轻微的爆裂声,接着是一阵尖叫,片刻的平息之后,爆裂声又来了,一切都在震动,你不会了解这种感受的。我冲到街上去,街角的第一栋房子倒了下来……"

然而她摇了摇头,她已经不想听了。"我不会因为这件事情责怪你,"她说,"我心里发生了变化,我不再爱你了。也许就算你赶回来也于事无补。你变了,变得和我想象中不一样了,不再是我想要一起生活的那个人。"

她想告诉他,他到底哪里不一样了,但她忽然发起抖来,央求他不要管她,赶紧离开,别再给她打电话,永远——真正永远地——忘了她。

他大受打击,不过他还是点点头,他只想最后吻她一次。他用手掌捧起她的头,吻着她冰凉的嘴唇。他感觉得到她的呼吸,但她并没有回吻他,而是努力把头从他手掌中挣脱出来。这时候她的头巾从头上滑落,他吃惊地看到,她不仅失去了孩子,头发也不见了。

弗卡从箱子里取出摄影机,他总算换了个目标,拍摄一个不认识的醉酒女人。不知她有没有头发,但几乎可以肯定的是,她是个无家可归的人。

家是什么?

家装在我们心里,心里有家的人,既不会铁石心肠,也不会一意孤行。

六 (电影小说)

他在吃早餐。自从妻子过世以后,他都是自己吃早餐。他一个人坐在宽敞的餐厅里巨大的桌子旁,桌上铺着雪白的桌布,摆着一桌子饭菜,然而他几乎碰都不碰,因为早上他会有饱胀感。当然他必须至少咽下几口,以便服用一定剂量的药丸,这是他的医生们给他开的。

护士或他忠心耿耿的女佣总是为他备在玻璃盘里,摆在盛牛奶的玻璃杯一旁,等着看他有没有一颗一颗塞进嘴里,用水服下去。然后她才会祝他好胃口,悄无声息地走开。有时候他能将几粒药丸藏在舌头底下,或者顶进牙齿和嘴唇之间的空隙里,随后吐到盛牛奶的玻璃杯中。不过他怎么分得清哪颗药丸对他有帮助,哪颗反而含有慢性毒素,会出其不意地让他从这个世界上消失呢?何况他并不知道哪个医生是真正的医生,哪个只是无数伪装起来的杀手中的一个。

他移开椅子,踩着软绵绵的地毯踱步走向窗户。正午的太阳炙烤着花园。两个男人正从旗杆上把彩色条纹的布料拉下来。他在窗边挨着看他们能不能干完活儿,能不能将旗子挂到旗杆顶上,它会不会在风里被吹得鼓胀起来。他肯定自己还从未见过这种旗子。在旗子上白绿相间的区块里,两只雄山羊对峙而立,也许是羚羊,隔着这么远的距离他无法分辨。

乘车的时候后面的车上就有这种旗子。人们给旗子绣上了文字或是山羊、猴子的图案,希望车上的人能对他们微笑,和他们拥抱,一起合影。他应该看一下地图的,究竟是哪里的总统使用这种山羊旗。

这些君主偶尔会给他带来不错的礼物,像是狮子皮或某种有趣的武器——象牙手柄的短剑,或者枪托由某种珍贵木材制造而成的来复枪。要是他的妻子还在世的话,他们会给她带来上好的布料、刺绣品,以及鸵鸟毛制成的扇子,可以将人整个包裹起来的披巾,末端装饰有宝石的饰发针,那些更懂行的人则会带来用蛇皮做成的鞋子或手提包。

他忽然想看一眼这些昔日的礼物,也巡视一番自己的宝藏。他走出房间,沿着内部楼梯走到大厅,打个手势让服务员们退下。他走进一个盒式天花板、木质墙面的高大房间。这里存放的礼物,有的让他开心,给他抚慰,有的令他无动于衷,有的礼物价值无法估量,也有的礼物仅仅是个摆设。

这儿的玻璃陈列柜里挤满了大理石烟灰缸,装着蝴蝶标本的小盒子,他本人的半身塑像,来自喀麦隆的民间雕刻和民间服饰,内蒙古的皮制马鞍,柱形时钟,水晶花瓶,雕花玻璃杯,中国花瓶和日本碟子,也有大量的模型:机器和发动机、汽车、火箭、飞机和宇宙飞船、他的府邸、工厂和高炉、水坝和电视塔的缩小版。这里有武器模型,自然也有真正的武器,比如各种旧式及新式的猎枪。他在这个稀奇古怪的旧物堆里,在属于自己的跳蚤市场展览厅伫立片刻。他打开一扇玻璃橱窗,取出铜质徽章和盖着大印的学位证书,凝视了少顷,他还注意到底下的字:授予知名学府荣誉博士学位。随后他将一块金属装饰品放回自己的天鹅绒床上,从后门走出来,那道门消失在合拢的墙壁之后。他沿着狭窄的走廊走到侧面楼梯,从楼梯下去,便到了另一个房间。这里的窗户装有装饰格栅,天花板像葡萄酒窖的天花板一样呈现拱形。

这是他的房间——墙面一片雪白,空无一物,没有画,也没有装饰品,只有一排排架子,架子上都是他的珍宝,它们有条不紊地在此栖息。只消片刻工夫,眨眼之间宝物上的锁便会为他统统开启。这些宝物既没被遮掩也没被隐藏(他的财富太过丰厚,没法纳入任何一种宝库里,这个国家的全部不动产以及动产都属于他)。它们唯一的意义在于可以让他开开合合,对种类的纷繁以及机械运转的精准发出赞叹;偶尔他会假装自己丢失了钥匙,试着攻克里面几只看上去坚不可摧的箱子。他能借助电线和指甲锉打开它们,他曾受过保险箱窃贼的指导,这是他坐牢的时候学来的,开锁过程根本不像各种强盗片里所演的匪徒们所做的那样,一丝火花也没有。

当然他也收集锁具。这里有簇新的锁,齿轮生锈的锁,具有复杂系统、能够触发大型闸门的锁。新式锁的微型弹簧穿过钢针、点状齿和孔隙,将自身固定并形成不可拆分的单元;由钥匙或数字拨号盘开启的锁,机械正面的狭缝里内置磁铁片或穿孔片。也有插入五把正确的钥匙才能运转的一整组锁,或是需要输入密码后再插入钥匙的组合锁。有的锁一旦插入假钥匙,会即刻发出警报,或在运转时触发其他报警设备。所有这些机械都能激起他的热情，使他忘却生活中几欲将他淹没的无穷无尽的烦恼。有时他只想在这个房间里多待上一会儿，远离那个围困住他的世界。他坐到圆凳上。在他面前工作台的桌面上，一只只贴着外语标签的箱子里放着新到的、尚未拆封的包裹，这是代表处的工作人员给他寄来的。这些人铁定不懂行，不是在店里直接大宗采购，就是花大价钱买来一堆赝品。

他迫不及待地扯开第一个包裹的包装纸。从小盒子里掉出一只金灿灿的挂锁。乍一看，这是把很普通的锁，只是他找不到可以插钥匙的锁孔。他小心翼翼地摸索着锁具，箱子里肯定还有说明书，可以帮助他找到开锁的方法，但是如果能在不靠任何外力帮助的情况下查明这些机械的功能，他会很有成就感的。

有时他会幻想在夜里换掉自己府邸某些房间的门锁，然后召集起身边的那群冒牌货——医生、服务员、园丁、一干保镖、司机、厨师、秘书以及部长们，将所有人请到一个房间，再借故离开，把他们锁在里面，连走廊的门和大门也锁上。就让他们呼救、打电话或是朝窗外大喊吧，就让他们砸门吧，等他们成功脱困的时候，他早已先行一步了！他将畅行无阻地走过大门，消失在树林里。他们可能得一两天以后才能找到他。

他听到走廊里的脚步声，匆忙放下锁具，心虚地看了一眼自己的手掌——上面沾上了机油。他用棉絮擦了擦手，把手藏到背后。

服务员毫无表情的面孔出现在门口："总统同志，总理同志来访！"

"让他等会儿。"

"您应该在两个小时内到达机场。总理同志恳请您……"

"好的，让他等会儿。"

他们自然不会让他清静一会儿，总是花样百出，弄得他疲惫不堪。偏偏现在他正打算开始工作的时候就有事情。一定又是一堆工作要应付。"让他等会儿！"他又说了一遍。就让所有人等上一等吧，包括那个黑鬼，反正和他会面也没有什么意义，他只对女人感兴趣，或是此行他们能捐赠给他什么。他们在商谈提供贷款的事宜，永久性贷款。待到一切皆成为永久，便是死神叩响门扉之时。

他脚步沉重地登上一侧楼梯。

图书室已经打扫得一尘不染，不见一丝昨晚的痕迹。然而他确实在这儿坐过。不过是和谁呢？他们是存心和他作对，不管他什么时候小酌几杯，他们事后都会除去一切痕迹，让他没办法知道自己昨天做过什么，和谁说过话，最主要是说过些什么。像所有写字台一样，写字台上摆着他们为他备好的文件夹。最顶上是一张字条，上面以陌生但齐整的字母写道：

尊敬的总统同志：
　　请允许我按照您的意愿提醒您，您希望接见弗卡导演，他的有关在墨西哥捕捉响尾蛇的影片让您很喜欢。

当然了，没有任何落款。谁会在这儿写下这种建议呢？谁会给他留下这样的字条，却不肯出于礼貌写下自己的名字呢？除非那个人认为他认得出自己的手迹，抑或是他看着他写下字条的。他确实留着一星半点的记忆，他曾要求什么人为他记下这条讯息。

他打开文件夹——又是一张字条！

尊敬的总统同志：
　　请允许我按照您的意愿提醒您，关于劫持者巴尔道什的赦免请求一事，您正在考虑之中。

又没有签名！这让他有些不快了。有人竟能闯进他的书房，随便在纸页上涂上几笔。不过他依稀记得响尾蛇的影片。其中有一个场景，一个半裸的土著手里握着骇人的毒蛇。这时他想到自己可怜的妻子，她肯定对这一幕大感兴趣，恨不得立刻请来这名土著。可是导演为什么要申请特赦呢？也许他偷了什么东西？他该不会被那条蛇咬了吧？或者是他没有回到祖国，现在为此感到懊悔？这样的例子屡见不鲜，他就知道一位有名的歌唱家忍受不了流亡的煎熬，打电话给他，请求他的赦免。在所有特赦申请人之中还有劫持人质的罪犯。但他绝不会赦免他们！

说不定这些字条是他的冤家对头伪造的，他们想把他弄糊涂，然后利用这一点来对付他。

他合上文件夹，忽然想起来了，是服务员！昨天晚上和他坐在一起的是他最喜欢的服务员。可是这为什么会关系到一个犯人的性命呢？显然他只是在传达某个人的请求。一旦他的哪些死敌进了牢房，全世界都会发出抗议。他的牢狱经历对他们来说是无关痛痒、习以为常的事情，可即使是十分普通的犯人或凶手入狱，他们也会吵嚷不休。人人都在宣扬人权和人道，最常将仁义道德挂在嘴边的人，做起坏事来可是一点儿也不手软，这让他十分恼火。他了解囚犯，曾和他们并肩而坐，像他们一样踏在监狱院子的混凝土地上，无人需要就囚犯的事向他多做说明。

他霎时满腔怒火。好像除了操心几个无名小卒的性命，他就不用做其他事了。好像这些人不曾对其他民众使用过暴力似的。好像其他任何人都不必接受死刑似的。那么，尊敬的诸位，那六十个被埋的矿工怎么办呢？还有苯胺工厂的五百名工人，他们渐渐开始出现癌症的征兆了，不幸的人们。他应该维护这些人的，可是这些诉讼的赔偿金合情合理，他能怎么办呢？而他所有的部长、银行家、全部班底，只等他一个失足，便会立即将他赶下台去，他为他们预备了这么一大笔横财呵。

然而他们毫不犹豫地把这些不幸的人蒙着防水布的尸体送到他面前。对他来说，死者就像不断降生的婴儿一样，他自己也不知道他们这么给他送来过多少具尸体，有多少正在运送途中。煤盆地的整个北部地区出现了八分之一的死亡率,让他感到忧心忡忡的是,在不远的将来这个数字将变成四分之一。等到有一天,小孩子一出生就不得不呼吸这充满有毒排放物的可怕雾霾,一切也就完了。而谁能保护他们呢?谁会为维护他们的权益而发出抗议呢?

与科学院各个所学识渊博的所长对他所做的预测比起来,这一切只算是小问题,可以忽略的极端现象。他们预计,有一天充足的能源供给将无法保障,而这一天正在渐渐迫近。到那时到处都将是冰天寒地,发电厂的发电机停摆,本应往城里送面包的汽车不再发车。人们不再外出上班,他们被困在自己迅速冷得像冰窖似的塔楼上,不能洗澡,没有东西取暖,没有交通工具可用,也没有地方可去。他们最多不过穿上大衣,冲到大街上,扑进店里去。他们极其恐惧,这种恐惧将变成可怕的愤怒,犹如一大群仓鼠或老鼠一般淹没一个个城市,淹没他的国家,直至所有人都聚集到仍旧由他掌权的府邸前面,要求他供暖,供给食物。他将活着看到这一天的,他无法站在人们眼前,他曾记挂着他们的善良,忠心耿耿地为他们服务了这么多年,但他不能够站出来,因为除了山穷水尽、自我了断,他无法为他们找到别的出路。

而他们还有余裕为被判有罪的刑事犯发出哀号!

不过世界上还是有些人能够使他产生不同的想法的,就像那个拍摄捕捉响尾蛇影片的小伙子。一条响尾蛇立起身子,发出沙沙的声音,眼睛一眨一眨。和他的总理简直一模一样。他真该嘱咐总理也看看那部影片,让相像的这一对见见面。

这时总理摇摇摆摆地走进办公室。他长着蛇一般的小眼睛,却有双鸡爪脚,毛发似狮鬃般茂盛,却留着光头,小耳朵在脑袋两侧显眼地支棱出来。"咱们得赶紧了,同志,"他发出蛇一般的嘶嘶声,"一小时后我们出发。"他朝他一挥皮制文件夹。

所有不幸的人都可以递交赦免申请,然而那些真正无辜的人却无从递交,如常履行着自己的职责,他们是平凡的工作者、无名英雄、爱国者，只能默默期望得到保护。

　　所有人都期望得到保护，实现他们或藏在心底或坦诚相见的愿望，能够衣食无虞，有地方住，可以取暖，有水喝，享受新鲜空气，获得赦免，永远保有安全感。但即便他为他们鞠躬尽瘁，毕竟他只拥有凡人的力量。更别提他处在对手的包围之下，困在自己的继任者中间，他们意志顽强地等着看他犯下致命的错误，等待他遭遇挫折，等待他垮台。

　　他意识到总理一直在说话，给予他忠告和建议。这条长着鸡形脚，居心不良的响尾蛇，眼下变作会走路的教科书。首府是欧姆堡还是邦博①来着——光听一听是不够的，放下身段问一问，那里供应铀、铜、可可豆和棉花，虽然主席先生是班图族黑人，他在剑桥学习过法律。您听好，班图人拥有古老的文化，尤其是文学、史诗。还是不提法律为好，谈谈经济吧。他们同我们讲铀、铜、可可豆、棉花，我们就同他们讲运货卡车、大炮、坦克、化学品。也不要提反对上帝的话，避开教会政策的问题，可以聊聊音乐，不妨问一下主席先生弹钢琴的事，他喜爱浪漫主义音乐，譬如格里格②、贝多芬、瓦格纳、柴可夫斯基、李斯特这些音乐大师的作品。最好别提我国的现代绘画，其内容涉嫌歧视反殖民运动。主席先生有个特别习惯，一个月处理一件复杂的诉讼、上诉和赦免申请，约请反方，亲自听审，给出意见，或者判决免刑，这使得他在本国人民和外国舆论中获得一定的声望。他取消了死刑，所以最好不要提到我国的死刑政策。

　　他们还须回避最近工厂里的爆炸事故。早在整座大厅飞上天之前，他已事先下过命令，务必采取格外严格的措施，避免发生类似的事故，但是他们只盖了天花板充数。爆炸发生时，天花板轻而易举地被掀起来，抛上了天，伴随新造的轻飘飘的木制天花板一起飞上天的

---

① 位于乌干达西南部。
② 爱德华·格里格（1843—1907），挪威作曲家。

有：硝化甘油搅拌机、处理硝酸钾的大厅、院子、汽车，八名十五岁的女学徒、仓库管理员、司机和副手。所有人在电光火石间飞了出去，化作灰烬、烟尘，或是一团模糊的血肉，犹如被可怕的飓风刮到各个角落，再也没人能辨认得出谁是谁了。之后当局居然拖延公布死亡名单，他不得不立刻亲自出面，赶到出事地点，将荣誉证书交到涕泪横流的遗孀和面色阴沉的鳏夫充满抵触情绪的手中。这是对遇难者死亡事实的证实，那些人不再在我们中间了，因为他们从事英勇的工作，如英雄般，如为公共事业、人民的事业，为历史上最先进的制度而战的战士一般献出了生命，已经有无数人为此做出了牺牲。

这一晚当他醒来的时候，如他所料，在他的卧室里停放着一具具苫着白布单的棺材，只不过这一回棺材里没有躺任何人，它们是空的，里面只有空气。他从床上下来，围着它们踱步。他打开通向走廊的门，看一眼城堡幽长的走廊，就连那里也一具挨一具地停放着棺材，在贴白色标签的一头用黑笔写着名字。一百三十九具，当他就这么在明亮的月光下，沿城堡的走廊绕着它们踱步的时候，棺材突然升了起来。他弄不明白自己的对手使了什么伎俩，也许是加热空气或利用了磁铁，棺材上升到他胸部的高度，在这个位置微微摇摆，于是木头腿和木框互相碰撞着。那听上去就像是骨头散落的哗啦声，手掌紧迫的拍打声，就在这一刻，一声尖声哀叫压过了所有这一切声音，仿佛一百个喉咙同一时间发出呻吟。此时真是异声遍布，他恐惧得就快要打开窗户跳下去，逃开这些声音，跳到深不可测的地面上，自己从高处跳下去总好过被暴怒的人们扔下去吧。他被这些人的诡计累得精疲力竭，他们为了对付他，竟然不惜利用事故中不幸的遇难者。

他意识到那奸诈的爬行动物到现在还在说话：主席夫人呢，名叫帕特丽夏，她是他唯一的妻子。请注意，两人都是基督徒，她在加利福尼亚修过心理学，您可以聊一聊慈善活动和医疗卫生事业，千万不要……

此时服务员已经走进来，手臂上搭着他的黑色西装，提醒他沐浴更衣的时间到了。

总理敲敲文件夹:"您有什么意见吗,总统同志?"

会谈上毕竟还有部长和专家,不妨让他们费费脑筋,反正他们应付得来,这一回,就让他们考虑一下自己在瑞士银行黑户头之外的其他事情吧。

"您想现在读一读欢迎词吗?"

"上车再说。在车上读一读就行。"

服务员将他拖进浴室里。

衣架那边挂着雪白的衬衫,金色袖扣已经备好,搁在木碗里。

他忽然想起什么来,一件和那个黑鬼有关,同时也和他有点干系的事情。"那名被判绞刑的劫持者,"他转向总理,"你知道是哪个人吗?"

总理跺着鸡爪脚,热心地点着头,表示知道。

"把他请来,"他吩咐道,"我想审问他!"

"但是总统同志,"此时他绕着他打着转儿,"他是名危险的罪犯,而且法庭已经判决他……"

"请来,"他又说了一遍,"我要审问他,发表我的看法!"

"没有问题,总统同志,"总理发出断断续续的嘶嘶声,像是已经被猎人扼住了咽喉,"什么时候?"

"你找个时间吧,"他说,"但是得在那个黑鬼还在这儿的时候!"

"是,我们试试看!"

"还有那个让我特别感兴趣的电影人。"他记不住他的名字了,事实上他甚至不知道此人都拍过些什么,不过他认为这无足轻重,他才不管总理瞠目结舌的表情,就让他像被废掉毒牙的响尾蛇一般在印第安猎人的手里扭曲身子吧!

"也请来吗?"

他的手已经浸泡在盥洗盆里,服务员在他身后恭敬地举着洁白的浴巾。总理蛇一般的眼睛充满怨怼地瞪着他。

这就是他们的办法，阻止他见任何人，除非是某个乐于吹嘘自己如何善于统治的黑鬼，听说他甚至自己判案，因为他拥有剑桥学历。他将邀他前来，随即展示自己的宽宏大量。可万一他们从中作梗，破坏他的宴请，他该怎么办呢？他们肯定会散播关于他的舆论，说他不联系群众，说他已经没有能力判断、决定、实现或改变任何事，因此他应该被取代。不过他会让所有人大吃一惊的，他将挫败他们的背叛计划。在他们意想不到的一天，他将出现在人们面前，宣布人权自由，让人民自己决定自己的命运。就让所有党派互相抨击好了，他会恪尽职守，再没有任何人会指谪他脱离群众，或是只靠武力或威慑进行统治，正如目前他国内外的敌人所宣扬的那般。

"最迟后天！"他下令，"客客气气地将两名犯人带来。我不想看见镣铐！"他叹了口气，把衬衫从头上套下来。

七（电影小说）

早上八点半，锁里再次不合常规地响起钥匙声。门口的看守身旁有两个陌生小伙子，一位带星的高级军官和一个穿着便服的胖子，后者身后的口袋里塞着一把手枪。是时候到了吗？

他依照文件宣誓，感觉到颈后加博的呼吸加快了。

"巴尔道什，收拾一下，我们走吧！"守卫的声音听起来颤抖得有些奇怪，也可以说带有几分亲切，这使他心头布满可怕的预感。

"什么事？"

"您也许听到什么风声了吧？"

他们连手铐也没给他戴，领着他沿楼梯往下走。他不知道该做些什么，至少可以数一数楼层吧。他们离一楼越来越近，他的恐惧感也越来越大。楼梯径直通往第三个院子的入口。可能一切已经准备就绪，行刑人已经在下面等着将他带到绞刑架下，如果不是他身后穿便衣的胖子，就是哪个该死的绞刑执行者。他闭上眼睛，准备赴死！现在他想象着这一幕，他已无法驱散强行进入他眼帘的这幅画面了：陌生人毛茸茸的爪子伸向他的喉咙。他怎么也得咬住那只手，或是飞踢他的要害，混蛋。他们会一拥而上，他有过几回这样的经历，不过这将是最后一回了。为制服犯人，他们总是有好几个人，而他随即便没有力气阻挡那双毛爪子给他绑上带子了。

他睡醒后出了一身汗，衬衫的后背处湿透了。他们连最后一顿早饭或晚饭都不提供吗？连吸最后一支烟都不允许吗？

他们经过院子的入口，继续往下来到地下室。现在就算他们把他推进仓库里，他也愿意，什么都比绞刑来得要好，不会再有更糟的事了。他们拖着沉重的脚步走过数不清的铁闸门，直至走到一扇敞开的大门前。到了里面，长着凸额头的警卫给他拿来便服，让他立即换上。然后他们又押着他走过某个走廊，到了理发室。穿白大褂的小伙子给他在领口胡乱披上纸围巾，往他脸上涂抹肥皂水，用剃刀给他刮了几下。当他牢牢捏住他下巴的那一刻，只要划出一个刀口，他就……但他并没有划伤他，他给他洗了脸，还往他们身上喷了一种芳香的泡沫。他们可以离开了。

他并不想知道他们究竟为什么要对他上演最后这一出，不过他想，既然盯着一名身着脏兮兮的运动裤和沾有呕吐物的短外套的犯人晃来晃去，是他们的职责所在，这些混蛋可能乐得把他打扮一下，弄得像是要送他去参加婚礼似的。

在走廊尽头，他们终于给他戴上镣铐，铁栅随之在他面前打开，他发现眼前就是第一个院子，两名押解人员和黄白相间的厢式货车在那里等着。他们护送他走向车子，还没等把他塞到里面去，一名便衣跑过来，朝他打了个手势。他将押解员们支到一边，向胖子解释着什么，像受过训练的黑猩猩一样挥舞着胳膊。随后胖子走向司机，让他把他的移动铁笼开走了。

他在那里看不出个所以然来，他实在按捺不住了，转向一名押解人员，询问他们要把他带到哪儿去。他自然知道他们不会回答他的，料想哪怕被他们吼几句也好,然而什么事也没有,押解员一声不响,装聋作哑,这让他心里更加害怕。如果他们现在扑向他,也许他连反抗的力气都没有,只能像落水狗一般哀号。

稍后出现一辆黑色轿车,停在他们面前。胖子坐到司机旁边,他坐在后面两名押解员的中间,车子驶出去。大门在他们前面打开,不一会儿他们已经到了没有铁栅的公路上。

他们会把他载到哪儿去,他一点儿头绪也没有。何必浪费汽油呢,也许行刑人在另一个地方,懒得为他折腾,或是哪位长官不愿被拽到这儿来,派出一个小角色来接他过去,让他再坐一回车,代替最后一顿晚饭,等他一下车就知道是怎么回事了。他已经不再怀疑,这应该就是他的最后一程,也是最后一个逃脱的机会。要是他能成功从车上溜下来,所有余下的事便迎刃而解了。此时此刻,这个念头像一道闪电,使他目眩,他必须屏住呼吸才能不让自己叫出来。他知道自己既不能出声,也不能稍做移动,不然会惊扰到他们。押解员们铁钳一样的手把他紧扣在自己身边,于是他装作打盹,从眯缝着的眼皮底下注视着迎面而来的汽车、经过的屋顶和小教堂的塔楼。车子开得至少有九十迈,这个速度足以让所有人撞成肉酱,不过反正他也没有什么可失去的。

他在心里演练了几遍这个动作,直到可以收放自如。为了不在这里歇脚,他们正从森林驶出来,开往某个小城,他不能再拖延,不能对机会太过挑剔,不能犹豫不决了,不然只能随他们到达目的地,那里可是任何犯人都绝对无法逃脱的地方。

他们正穿过这座城市,铺展在他们眼前的风景仿佛来自电影,森林环绕在四周,池塘的水面闪闪发光。车里十分安静,谁都不说话,只有押解员时不时地朝他瞥上一眼。此时汽车从山冈俯冲下来,驶入森林,他们下方是条弯路,不算是个急弯道,司机大概都没有踩刹车。这时只要抓住合适的时机即可,阳光从树木之间透过来,一辆货车迎面疾驶过来。他感觉喉咙发干,在这种速度下他是有希望的,他不得不重复了一遍，反正他没有什么可失去的。他一跃而起，像射门的足球运动员一样用全部力量把头撞向身前司机的脑袋。他听到一声惨叫、一句咒骂，有人把他往回拉，但是马上松了手，又是一阵骇人的呼叫，他整个人蜷伏下来，要是他有一只手能用、一条腿能抬起来，该有多好。他瞥见汽车离开了公路，一个撞击，连他也因恐惧抑或兴奋喊了出来，汽车翻滚着，又一个撞击。他眼前忽然一片黑暗，听得到玻璃的碎裂声和人的尖叫声。

他试着抬起头，此时淡红色的光圈穿透黑暗，物体和人的轮廓已经清晰可辨：变形的车门从门框上脱落，一名押解员被紧紧压在座椅上，令他完全动不了了。另一名押解员的眼睛从血淋淋的脸上死死盯着他。他的两手仍被铐在身后，他抬起身子，慢慢往车框和门之间的洞口挪去。他留意到浑身是血的司机倒在呼吸微弱的胖子身上，可他没有时间顾及他们了。他撑开洞口，到了车子外面，迈出自由的第一步。他感到左腿钻心的痛，很可能在撞击时没能挺住，该死的腿，现在可是最需要它的时候。公路上有辆车从远处驶近。它很有可能停下来，万万不能让他们看见他背后的手铐，他试着跑起来。他跑得很艰难，腹部疼痛不已，大腿肌肉明显撕裂了。他眼冒金星，脸上淌着血，脸大概也擦伤了，他根本没办法用手捂一下，只能一点点地移动，但总比那边的倒霉鬼们幸运多了。他挣扎着，慢慢到了林子里，他甚至奋力跑起来，尽管难免发出微弱的呻吟声，他仍旧跑着。

他无法估算时间，不过等他终于转过身时，公路已经看不见了。

他跪下来——如同动物般——把头在苔藓上磨蹭。当他重新站起身的时候，苔藓被血染成了褐色。

远处凄厉的鸣笛声传到他耳中。可能只是救护车，不过也可能是警车，他无从分辨。要是他们带来了警犬，再有多久他们就能追上他？

他再次跑起来，如果他强忍疼痛的跛行称得上跑的话。一切都取决于在他们追捕的这段期间，他能够跑多远。

林子并不深,他的前方光线明亮,露出一大片麦田。田地朝山谷方向倾斜,山谷里几座凋零的屋顶直耸向天空。田边有一条狭窄的土路。他沿路一瘸一拐地走着,虽然在麦田里肯定更容易隐匿行迹,但眼下他顾不得那么多,他必须抓紧时间,能走多远走多远。

当第一座房子从果园后面出现在他眼前时,他小心翼翼地四下打量,然而,村子里,晌午炎热的这一刻似乎十分清闲,唯有几条狗慵懒地喘着粗气,至少看上去如此。

他绕过三座棚屋,在第四座房屋的院子里,一个金发男孩蹲坐在报废的脚踏车上。

他朝他喊了一声,同时脸颊感到撕裂般的疼痛。

男孩抬头四顾,随即惊奇地盯着他看,男孩最多不过十二岁。

"你一个人在这儿?"

男孩站起来。"怎么了?"他慢慢挪向门边,"您有什么事?"

"你没看见吗?我需要帮助!"

"哦,"男孩站住了,"您摔了一跤?"

"算是吧。小家伙,你一个人在这儿?"

男孩害怕地看看四周:"我有狗。您身后拿着什么?"

"是手,小家伙,"他将后背转向他,"我不会伤害你的,我跟你说过,我需要帮助。"

"啊哈。"男孩呼出一口气。他把狗叫过来,这是只瘸腿狗,肯定连母鸡都不怕它。他和它一起移近大门:"您是逃出来的吧!"

"小家伙,你一定得帮我,不然……"他每说一个字都引起一阵疼痛,舌头一动嘴里就发干。

"我哥哥的焊枪在谷仓里。"男孩说道,他打开大门。

谷仓内凉爽昏暗,散发着干草的味道,他哪怕在这里躺一会儿,也好。男孩快速展开软管,再戴上护目镜,点着焊枪,"他们在追捕您吗?"

"什么都别问,什么都别说。"他又想到,"要是他们发现了这儿，你就当没有见过我，对我的事毫不知情。"虽然能感受到火焰喷射的热度，他还是尽量伸直胳膊。"他们不会把你怎么样的，小家伙，"他对男孩说，"你还不满十五岁，不过反正你根本就没见过我。要是他们不巧找上了你，你就说自己待在家里来着。"手铐越来越烫，但他咬紧牙关，忍耐着。

"明白了，"男孩说，"您犯了什么罪？"

"你最好放下好奇心，话说回来，我是无辜的。"这时他感觉自己的双手像是受到某种神秘力量的驱使，快从自己身上脱落下来。钢制的手铐虽然仍紧扣着他的手腕，但是当男孩用上铁丝或是小刀时，已经一分为二了。

"您想洗把脸吗？"

他一走进洗浴间，最先做的事就是喝水。咕咚咕咚一顿饱饮之后，他才看一眼镜子，他几乎认不出自己来了。头发上粘着血，右脸和上嘴唇肿起来了，左脸被玻璃划伤了。

男孩站在他身后。"我哥哥也坐过牢，"他说，"他逃兵役。"

他把手掌浸到水里，小心翼翼地敷到脸上。"小家伙，别说话！"他将头埋进自来水里，一阵火辣辣的疼，眼泪都从眼里涌了出来，接着他伸手去拿毛巾，但又决定再泡一回。

这会儿工夫，男孩不知从哪儿找来一大块蛋糕。男孩告诉他，或许还能弄点钱来。但他不愿在这里多做耽搁，他会在其他地方筹到钱的。他两手已能分开，他一瘸一拐地从院子走向大门。

他应该尽快从这个村子里消失，走得越远越好，不过他们肯定封锁了全部公路。

他沿着篱笆跛行，脑袋尽量压低。到处看不见一个人，农民们要么在其他什么地方埋头苦干，要么在当地的酒馆里灌酒。他一会儿工夫就将这个景色宜人的地方看了个遍，真走运，一辆拖车停在他面前。拖车是无盖的那种，于是他爬上后面的车斗，没有任何人发现他。他掀起苫布，里边是装满瓶子的一摞摞箱子。当他试图跳进车斗的时候，撞到了腿上的伤处，不过他哼都没哼一声，蹲坐下来，再把身后的苫布拉下来。

又很走运的是，瓶子是空的，拖车会在啤酒厂将它们卸下来，到时候箱子就轻得多了。一坐到里面几乎漆黑一片，四面八方都被箱子包围着。现在他已准备停当，只盼他们尽快发车，因为警察随时可能出现。他们想破脑壳儿也想不到来搜查这些破烂儿吧？

这时他听到动静，有人掀起苫布，又往里塞进几只装着空瓶的箱子，然后那人启动发动机，汽车开了出去。

现在，他要是能知道行驶方向，就好了，不过至少他可以估算时间，按一分钟跑一公里计算，每分钟他们搜捕他的圈子也在扩大，当然只要车子不是开往反方向就成，只要他们不是刚好把瓶子送到早上他们上车的地方就成。

车斗在车道不佳的地段颠簸得厉害，瓶子叮当作响。他们大概已经展开行动，警察有报警系统，他们可能会派出直升机，那样事情就不妙了。等下车的时候，他一定得物色个人质，女人质，至少一名。他不会像米拉那么天真，还没有跟他们谈妥条件就放人。

这会儿汽车开始减速。罗伯特在自己的藏身处一动不动，问话声传入苫布底下他的耳中。

您的证件，司机先生！

您从哪儿来，运的是什么？您沿途有没有看见穿深色衣服，身上多处受伤，戴着手铐的人？

一个听不清的声音低声回答了些什么。

幸好他们没有把自己训练的那些畜生带来，不过反正它们大概也嗅不出他的气味来，这儿的所有东西都被啤酒味盖过了。

随后一点光亮透进他藏身的所在，显然他们掀起了苫布。

他身后的发动机始终在运转，很好，这样他们就听不到他的喘息声了。有人砰的一声把一只箱子推到侧板边上。接着安静下来。警察并不想把所有箱子都挪一遍。他了解他们，他们懒惰成性，恐怕得随时带着一群犯人，才能把他们叫醒。

汽车再次行驶起来，今天运气不赖，对于这一点他已不再怀疑。就像从一团糟的事故中侥幸逃脱一样，在找车的时候他也很走运。在这个没有任何尊重，没有任何商量余地的国家里，他必须坚强。

眼下汽车开得飞快，载他的这些家伙显然急着赶往什么地方，拖车才会摇晃得这么厉害。随后车子慢下来，开始在石子路上颠簸，最后彻底停下来。他听到一道大门吱嘎一声响，有人在说话。汽车又往前开了一点儿，发动机抖动着，静了下来，车上的人砰砰打开两扇车门，跳到地上。

现在他必须提防他们开始卸瓶子，他一定得想办法跳下来，免得被他们发现。可要是他办不到呢？他站起来，箱子还可以用来遮挡一下，他试着放松四肢，从顶上的箱子里抽出一只空瓶，用手紧紧握住，等待着。

然而并没有人卸货。从远处什么地方传来女人的哀号；有人拖着金属制品划过路面，发出刺耳的声音。四周再次静了下来。也许他在白白浪费时间，他放下瓶子，开始尽量不弄出声响地推开箱子。他爬出自己的藏身处，小心翼翼地掀起苫布一角。汽车停在斜坡上，后面耸立着一道木门。门前堆着箱子，和片刻前包围着他的那些箱子一模一样。他谨慎地走上斜坡，从汽车后面张望一下。一座石块铺就的大院子在他面前伸展开来，中间铺设有拖车轨道。院子两面矗立着高大的砖房，第三面由门房的石墙构成，第四面看上去最适宜藏身，只有几栋一层楼高的旧房子立在那儿，显然是仓库。

大概已经过了下班时间，因为到处也不见一个人。于是他蹑手蹑脚地沿着斜坡走向那些低矮的房子。当他走过最后一间的时候，他的眼前出现一块空间。这儿是用来做仓库和垃圾场的，堆满生锈的机器、旧管子、铁丝团、一堆堆空罐头盒、废旧桶，甚至还有几台散了架的卡车，在所有这些杂物后面是一堵杂草丛生的矮墙，从任何一处随时都能翻过去。墙后矗立着三栋楼房，那里是唯一可以看见他的地方。

他在垃圾堆里找到若干铁丝和钉子，然后挤进旧卡车的车斗底下。在这里很难有人会发现他，没有人能想到来这里找他，除非他们带来了警犬。他先平心静气地把手铐除下来。

他开始在手铐的齿轮上钻孔。他能够对付各种不同的锁。还是小孩子的时候，他就清楚不能随便妥协，不论家人如何威逼利诱，既没能说动他去开采铀，也没能让他当上泥瓦匠，最后他们只好作罢，让他去做锁匠学徒。那时他已经认识到，人必须知道自己想要什么，并且自己去奋力争取。

弹簧咔哒一声响，他抖落这个自己囚徒身份的丑陋象征，从卡车底下爬出来，朝废料堆走去，将手铐扔到那边破旧的圆桶上。

他对劳动并不抵触，甚至愿意埋头苦干，假如他生活在一个公正的国家，可以开一间属于自己的作坊的话。他可以一干就是十二个钟头，这是因为他心甘情愿，而不是由于他是谁的奴仆；他也可以关门一个月，带上一个美人儿外出旅游，所到之处人人都会称他：先生！

他回到卡车底下，从口袋里掏出那块皱皱巴巴、有点汗臭味的蛋糕。天色已晚。警察们会在哪儿呢？一点他们的影子也没有，他藏在这里真是太完美了。如果这儿有东西可吃的话，他还能坚持上几天，到那时警察们多少就会有些疲劳了，他们便会明白他们是抓不住他的，一丝机会也没有。他暂且养一养腿上的伤，蓄蓄胡子，等到他换上一身衣服，那些追兵就认不出他来了，就算他误打误撞地闯到公路上也不怕。

只不过这儿都是钉子，没什么吃的东西，瓶子里的剩酒倒是可以敞开喝。早上肯定会有工人来这儿巡查，那时候他必须待在其他地方，最好藏到哪栋不起眼的楼房里。他可以在那里挺过一两天，能抓住个人质更好。不过眼下还有时间，他可以躺一会儿。他躺下来，凝视着卡车底部，覆满尘土的底板上垂挂着早已干结的一块块泥浆。他闭上眼睛，努力不去想腿上的疼痛。他感觉上方的车子略为上升，从坚硬的底板上透出光来。他也从地面上微微浮起来,往上升去,接着像风筝一般越升越高,直至升到最高处,就连最锐利的眼睛也看不到的地方。迎面而来的只有风,将他轻快自在地向西边吹送,他感到来自下方土地的束缚和牵制,这的确是难以跨越的一道界线。

第三章

一

空中飞舞着细碎的雪花，一落到人们的无边便帽、宽檐帽或是肩膀上，旋即融化。地面上稠密的人群中几乎没有一个人放弃阵地。他将镜头一直推至国家守护神纪念碑。人们给骑在马上的圣者披上旗子，摆上鲜花和燃烧的蜡烛，在纪念碑基座贴上海报和宣传语，其上写着自由选举，实行民主，结束一党制，信息透明，进行对话，游行示威自由，解散民兵组织，团结学生，争取罢工权，要求政府换届，还有许多他闻所未闻的变革。就在几天前，还没有任何人敢于提出上面任何一个要求，把它写下来，贴在被视作市中心的公共地点；即使谁有胆量这么做，并且做到了，不等任何人来得及读完它的内容，这条标语便会被清理得一干二净。

游行已经持续五天了。第一天警察猛烈攻击学生队伍，许多参与者和目击者都受了伤。他不清楚伤者有多少人，没有任何人知道，官方消息不值得相信，再说许多受伤者不敢寻求医生帮助，医生们也不愿透露他们护理过多少人。警察的野蛮行为要么是因为被触碰了底线，要么是日积月累对权力的滥用，这一点不言自明。学生发起罢课，演员们加入他们的行列，他们自然获得了所有以往游行者的支持，不过这一回，跟随他们脚步的还有那些至今保持沉默的人，他们人多势众，或许只有用机枪扫射才能将他们驱散。

他讶异地,更确切地说,是难以置信地注视着这一奇怪的变化,直到不久前还是喷水车喷涌如注、令人痛苦不堪的水柱,现在立在那里的是向集会者讲话的麦克风,不久前还蹲伏着不发一言的人们,现在却不怯于雀跃欢呼,握紧拳头或伸出两只手指,摇着钥匙串以示胜利在望。

胜利是什么?

留存于梦境中的虚妄的希望。适才入土者的狂舞。对牺牲者的哀悼与恸哭消失在欢声雷动之中。

他在人们的脸上发现一种平日里不曾有的得意忘形。

他搜寻着熟悉的面孔,然而没有找到,这些人显然来自他不曾涉足的行业。他们是陌路人,然而他们的热情让他不禁受到感染,他不得不责备自己:毕竟他来这儿是做见证,而不是和人群互动。如果他被激发了什么情绪,那么这种情绪也许会随拍摄下来的物证一起传达给观众的。

最后两天他陪同极富创造力的索科尔录制。他闯进罢课的学校,不知疲倦地采访偶然撞见的人,了解他们的看法,这可是在没有预先准备的前提下进行的,他不知道会听到他们说些什么。

现在他正将麦克风杵在一位精力充沛的老年妇女嘴前。或许他潜意识里偏好选择这类受访人,就像每年他挑选的劳动节访谈者一样。

"您的职业是什么?"

"我在合作社工作。"

"您在那里都做些什么呢?"

"我是挤奶员。"

"这么说您是远道而来?"

"我女儿在这儿上学。他们打我们的孩子可不行。"

人们在周围听着。

"够了,不要再伤害我们了!我爸爸被他们拉去挖铀!你们知道是怎么一回事吗?"

女人正打算娓娓道来,只不过现在不是推心置腹的时间。他将镜头转向人群,坐在一个男人肩上的小男孩挥舞着旗子。

从下面的广场传来有节奏的呼喊:"真理,真理!"

小男孩也在喊着什么。他的声音淹没在其他嘈杂声的洪流之中,不过看起来他是在应和下面的呼喊。

真理是什么?

索科尔已经把身穿工作服的年轻人拖到麦克风前面。

人们心中的真理一直以来都在工作服的口袋里,在矿工的头盔里,在轧钢工人的挡板上。

年轻人表示,他在工厂里的同伴们支持学生,他来这里是为真正的社会主义而游行。

真正的社会主义代表什么?

公平正义,自由选举;警察不殴打无辜的人;还有自由旅行的权利。

游行渐近尾声。当他把摄影机拿上车的时候,总算看到一张熟悉的面孔。他很雀跃:"你怎么来了,爱丽丝?"

"你想什么呢?这种时候我会呆坐在家里吗?"

他们一起沿着人群散尽的广场往下走去。

"你还记得吗,很久以前在这里……当时我们第一次相遇?"

"是啊,那时候我们情绪多么低落。那是黑暗时期的开始。"

"你认为现在云开雾散了?"

"你不这么想?"

他耸耸肩:"我现在几乎没有时间思考,我们从早拍到晚。事实上我连早饭都还没吃呢。"

她像二十一年前那样挽着他,只不过那时候是他们三个人一起走着。

他们在紧邻广场下端的小饭馆里找到一张空桌。店内一角的屏幕上还在播放游行活动。"你们功不可没,"她看着那个屏幕说道,"没到现场的人们也能知道这里真正发生了什么。"

"你把彼得留在城堡了?"

"我至少三天没见着他了。他踪影全无,跑去别处了。"看来她并不想谈自己的丈夫。

"孩子们呢?"

"他们在外婆那边。我们轮流来照顾,明天轮到她了。"

"你们很看重这次事件嘛。"

"毕竟它关系到一切,"她说,"关系到我们的生活将如何继续。如果我们现在失败了,可能几年之内都得不到机会。难道你不这么认为?"

"我跟你说过,我连思考的时间都没有。"

"你在找借口,巴维尔。"

"你刚才说:如果我们失败。'我们'是谁?"

"应该是我们所有人吧?"

"永远不会有所有人都失败的时候,永远也不会有所有人都胜利的时候。"

"我没想到你会这么想。"

"我没有别的意思,我只是说,一般都是一部分人胜利,其余人落败。有时候失败的是那些自以为会得胜的人,结果适得其反。"

"你的话真不中听,也可能你故意表现出这副态度。你怎么会对这次事件这么冷漠呢?"

侍者在他们面前摆好斟上葡萄酒的玻璃杯。

"你现在会离开城堡吗?"

"或许吧,如果事情顺利的话。说实话,我根本不敢想象结果将会如何。不过我曾问过自己:你会怎么样?"

她为什么会问起他来?出于关心吗?抑或相反,是出于一种居心不良的挑衅,现在也轮到他的生活发生变故了?

"我关心这次事件。你以为我就不想活得无拘无束吗?只是我不知道自己有没有能力过上这种生活,即便游行得到好的结果。"

"你认为你已经不比从前了?"

"我希望自己能和以前一样血气方刚。但如果那些获胜者将我归入失败的一方里,我能怎么办呢?"

"别胡说。总之你就按照自己的意愿,去做自己擅长的事情就好。"

也许她询问他的想法只是出于一时的兴致。

"但愿吧,但愿能如你所说的那样。"他又说道,"结局会不错的。对此我也不太敢想象。我根本不曾尝试过。我戒掉了设想未来的习惯。目前我陷入了困境,就像被蜘蛛网缠住一样。不是一张网,而是一堆蜘蛛结成的网,它们潜伏在各个角落。一旦被缠上去,就再也无法脱身。这时候它们不会马上吮吸你的血浆,只是一点一点地把你缠裹起来:小小的赞许;无谓的责备,说你拍了什么不该拍的东西,而该拍的却没有拍下来;无休无止的会议、指导和培训,那里的人一无所知,一无所长,却来教训你应该怎么做。如果你告诉他们你对他们的看法,你会为此而吃苦头的。有时候我觉得自己再也忍受不下去了。"

"可是你忍下来了。"

他点点头。他愿意对她讲一讲自己能够隐忍不发的原因。他对她解释说,世界无法被黑白分明地一分为二,分出善与恶,或是他的世界与她的世界来。"我在墨西哥的时候,我们也进过电视演播室,他们为我们演示了他们的先进设备,"他回忆起那段让他自己也陷入思考的经历,"那边的电视业很富有。在电视台周边生活的都是富人。我们忽然想到,也许我们可以找到能够一睹波波卡特佩特火山①的地方。于是我们走到华丽的别墅群和豪华庄园之间的山冈上,忽然间,我们像是越过了一道界线,发现自己站在由纸箱和木板钉成的一片小

---

① 墨西哥境内第二高山,世界上最活跃的火山之一。

房子中央。块石路面不见了,那里只有溢流的泥浆,一大群孩子蹚着泥浆过来,一些朝我们嚷着乞讨,一个大一点儿的混血儿邀请我们到他的小屋里去,那屋子连门都没有。

"接着一个衣衫破旧的小姑娘朝我们跑过来,肯定还不满四岁呢。她手中握着一把枯萎的花束,像是雏菊之类的,她想把它卖给我们。当时我就想,无论什么地方的人都会撞进某张蜘蛛网里,无法挣脱。"

"等等,你看在播什么。"她打断他的话。

电视屏幕上正在播出学生游行中警察前来干预的镜头。警察队列井然有序,他们用盾牌护住自己的脸。学生们唱着国歌。女学生们把花插到警察的盾牌上。僵持,等待,姑娘和小伙子们坐在人行道上,面前摆着燃烧的蜡烛,他们喊道:我们手无寸铁!警察队伍开始移动,发起第一阵猛击。到处是痛苦的叫喊声,然后只剩下击打的声音、愤怒的暴喝、鞋子的踩踏声、痛哭声。

爱丽丝大声啜泣着。他意识到,饭馆里一片寂静,所有人都在注视这条短讯。爱丽丝拭了拭眼睛。"太可怕了,"她轻声说,"不过你们能把它播出来,这真是,真是……自由的开端!"她拥抱并亲吻了他。那一刻,他只注意到她墨蓝色的眼睛,此时里面满是泪水。

他走到电视台大楼的车库里,还来得及赶上群情激奋的会议的尾声。最近这些天以来,他们翻来覆去都在商量是否实况直播下一次示威游行的过程。高层到目前为止都持回绝态度,而由坐在他旁边的"小伊文思"透露给他的情况可知,大部分技术人员都将直播视为必须满足的条件,否则他们已准备好举行罢工。"你要不要说两句?"

"我不知道在我之前他们都说了些什么。"

"他们认为应该实况直播,这是毋庸置疑的事情,反正我们连随便哪一场愚蠢的冰球比赛都播了。""小伊文思"指出。

他点点头。他听了一会儿大家热情高涨的发言,如果这些话不是出自那些就在几天前还斩钉截铁地持反对意见的人之口,在他看来还是相当有说服力，相当通情达理的。显然在他奔波于院系之间，或是在广场上快被冻僵的这些天里，事件的发展推进得如此之快，看来各种派系关系的变化是不可避免的，所以眼下所有人都抓紧时间跑到胜利者的一方。

只不过假如所有人都被视为失败者，由谁来为他们辩护呢？

我们没有证人，我们得不到任何人的应援，我们的所作所为是我们的反面证供。

他拨了一个熟悉的号码："是你吗，爱丽丝？你还没睡吧？"

"还没呢，我在看书。我都不知道几点了。出了什么事？"

"没什么，我只是怎么也睡不着。"

"你能打电话给我，真好。"

"我已经躺了一个钟头，盯着天花板。我看见甲虫在那里爬来爬去。它们在一起竞赛。我看着它们，拿这些急躁的步行虫来打赌。它们比输的时候，会把对手的腿给咬下来。我忽然意识到，它们不是甲虫，它们是人，我甚至能认出它们的脸。"

"亲爱的，你没事吧？"

"没事，只是这些步行虫，它们压在我心上。"

"你喝酒了？"

"我清醒得很，我知道自己看见的是什么。"

"要不要我过去看看你？"

"已经很晚了。"

"我习惯了，你知道的，我习惯夜生活。"

"这是两回事。不过我想见见你。我来接你吧，至少可以向你证明我没有喝酒。"

"不用你开车，我打的来。"

半小时以后她来了，在门口亲了他一下："你状况不太好吧？"

"怎么这么说？"

"从你身上能看出来。"

"已经恢复得差不多了。我忽然感觉喘不上气来,不过只有很短的时间。"

"要不要打电话叫医生?"

"我受不了医生。只有那些不敢亲手结果自己的人才会劳动医生。"

"那你至少躺下来吧。"她让他吞下一粒药,然后给他的左侧胸口做冷敷。

"工作积压太多了,"他试着向她解释,"我必须在走之前把所有事情赶出来。我剩下的时间已经不多了。"

"别对我提你的工作,也别提你要走的事!"她把手掌放到他的额头上。她的手掌柔软而湿润,散发着叶子的芳香。"等我回来,我们结婚吧。"他说。

"我明白你的心思。不过我们没必要结婚,结不结婚并不重要。"

"好吧。躺到我身边来。"

"我坐在你身边就好。"

"躺到我身边来,离我越近越好,这对我来说很重要。"

"你要我离你越近越好,自己却跑到世界的另一头。"

他看着她脱去衣服。"我只去一个月,不过如果你想让我留下来的话,我就不走了。"

"不,我不愿这样做。我只是感到不安。但这和你没有关系,是我的状态不好。"

"你没必要担心任何事,只要你需要,我任何时候都会回来。"

"你什么时候能回来,毕竟决定权不在你。你不能一走了之,把其他人撂在那边。"

"我总能为自己的事情做主吧。"

"别那么自大,一个人永远无法为自己的事情做主!"

"那由谁来做主?"

"上帝或是天使。"

他的上司哈拉玛正是如此告诫他们的,不要被大众的情绪所左右。当然,我们所有人都竭力改善生活及工作条件,获得更大的自由,然而与此同时,我们的体制——数代人努力争取,乃至人们毅然决然牺牲生命而建立的体制,其根基已然受到威胁。上司平时单调乏味、惹人昏昏欲睡的讲话里有了几分情绪。假如我们往回倒转,就会找到任何人都无法阻挡的这股力量真正引发这场运动的时间点。这股势力将铲除政府,铲除我们,铲除我们整个体制,使我们倒退到一个世纪以前。因此人们应当冷静下来,而不是火上浇油。在这种形势下,播放警察出面干预的镜头是个错误。世界上任何地方的警察都会以同样的方式进行干预的。

有人从大厅里喊了一嗓子,说世界上的任何地方也都会将这样的场景放上屏幕。

"是这样,"上司承认,"不过那边的观众更坚强,他们早已习惯这种事了。"

大厅里开始有人吹口哨,余下的人加入进来。

他们不能做得太过分,既然说话人忧虑的是使他成为上司的这个体制,从这个角度而言他的发言是合理的。既然他忧虑的是使他们所有人各在其位的体制,这个体制一旦崩溃,第一批发起猛攻的人将是那些直到前天还对着电视屏幕议论他们的人。他回想起爱丽丝为他们播放的画面激动地流泪。她说过:自由的开端。问题是,他们之中是否有任何一个人能够得享这种或许会降临的自由,并且试图为之出一份力。所幸他太累了,无法深思摆在自己面前的是自由的殿堂,还是自掘坟墓。他试着不引人注意地从大厅里溜出来,但是索科尔在走廊上逮住他,告诉他那群学生仍在静坐,他们得赶去那里。

"明天他们还会静坐的。"

"明天就来不及了!你别忘了,现在是千钧一发。"

这句话他今天已经听过不止一回了。不过毕竟他一直盼望能够不受拘束地拍摄看到的事物,更确切地说,是隐藏在他所看到的事物之下的东西。现在他为什么要错过属于自己的这个机会呢?即使它只有短短的一刹那。

戏剧学院的大楼矗立在以一位很早以前的帝王命名的街道上,这位帝王令这座城市繁荣起来,在一个称得上岌岌可危的时代。两人一组的警卫从楼前走过。他们必须等到有人来放他们进去。然后他们不得不继续等候,直到某个参加过游行的学生来见他们,接受他们的访问。这期间学生们为他们提供了咖啡和一大盘面包。虽然已经是深夜,但所有地方都还亮着灯,年轻人们郑重其事地在走廊上来回穿梭,一间讲堂里传出电脑的嗡嗡声,另一间挤满舞弄油彩的学生,正朝苫布般大小的纸张俯下身子。他们在准备海报,等色彩一干,其他人就将它们卷成卷带走。就连大礼堂里也亮着灯,学生们把大部分长椅从里面清走了。那个正在发言的戴眼镜的小伙子看上去似曾相识,他很可能在某次游行中见过他的脸。对发言感兴趣的学生在他周围坐成一圈,其他人则待在礼堂较远的那一端,他们已经爬进沿墙摆着的睡袋里。

几年前他们曾邀请他到这里座谈。为了更好地指导他们,他竭尽所能,不仅讲技术,还将自己的工作哲学和盘托出。生活在今天这个忙碌的时代,我们没有时间决定自己会出现在什么人面前,也无法知道每天会与谁擦肩而过。我们的目光甚至会停留在看起来平淡无奇的事物上。不要从一幅画面跳到另一幅了,停下来吧!剪辑技术只是使我们猝发神经衰弱症的一个委婉说法。学生们听了他的发言,随即同他展开争论。他们认为,他攻击剪辑技术,是因为它来自由铁丝网包围的边界以外的世界。从他们的话里,他感受到隐藏的敌意:针对他自己的敌意,还有针对他们眼里的世界更大的敌意。

那个肤色苍白、睡眠不足的年轻人总算出现了,他们正等着他。巴维尔扫了一眼他的面孔,他翕动的嘴唇、发红的眼睛;他说出来的话听起来就像模糊的咕哝声。年轻人谈到反暴力、道德复兴,谈到他心目中的自由,谈到即将来临的历史机遇,以及在这一机遇下我们应当担负的责任。

历史机遇是什么?

它不过是这样的时刻,人们自认为能够打破历史的连续性,开辟新的天地。天地是否当真被开辟,抑或反而封闭起来,这通常不由他们自己来评判,而要留给历史。

访问结束了,年轻人急忙回到他们自己委员会的会上。如果他们愿意等的话,会议大概在一小时后结束,那么他们将会得知更多信息。

索科尔没有把握地看了一眼自己的摄影师。

"没问题,我们可以在这儿待到早上,如果你认为有必要的话。在这里肯定要比在家里躺在床上有意思多了。"他回到大礼堂,戴眼镜的小伙子还在讲着什么,在地上睡觉的人又增加了。他在墙边找到个空地方,把外套叠起来,这样就有东西垫在脑袋底下了,他准备躺一会儿。躺在他左边的女学生提醒他:"如果您没有毯子,请去第八教室,在那里他们会发些东西给您。"她完美的发音和清亮的嗓音透露出,她未来将成为一名演员。

"谢谢,"他说,"就这么会儿工夫,不值得。"

"那么,我先借一条给您吧,我有两条。"

"谢谢。我真的不需要。这儿相当暖和。"看年纪,她可当他的女儿。这里,所有人看年纪,都可当他的孩子。如果他有儿子,现在他在做什么呢?

"您随意吧。"女孩转到一边,准备再次入睡。

这地方亮着的灯光让人烦心,空气里有一种疲惫不堪的人们身体散发出来的气味,这让他想起很久之前在牢房里过夜的时刻,只不过他旁边的女孩和这幅画面很不相宜。不相宜的还有这种独特的近乎高昂的情绪,它拉近了包括他在内的所有人之间的距离。他很不习惯这种亲近感，这种感觉几乎让他觉得如鲠在喉，他向来对此十分抗拒。也并非向来如此，只是从他了解监狱里的规矩以后才开始的。

或许，如果没有当时那场牢狱之灾，他就结婚了，现在就有孩子了。他在那里认识到，不能轻易相信任何人，结识同龄的狱友使他蹉跎了一些时光，被放出来以后的时间他也是虚度的。他心中充满复杂的情绪：野心、愤懑，还有对母亲的内疚感。此外他一贫如洗。他想进修，但是他知道自己没有希望。他干过搬运工的活儿，后来在摄影实验室谋到一个职位，最后才被接收学习远程课程。这段时期他认识了不少女人，和她们有过亲密关系，但是他不信任她们之中的任何一个，从未产生过一次建立家庭的渴望，再者说她们中大多数已经成家了。他最终也没能遇上一个真正喜欢的女人，没有生下一个儿子。

礼堂的门开开关关，各种声音互相重叠在一起。墙后边的电话响了，他几次三番刚要睡着便被这铃声给拉了回来。

在他起飞的前一天，他和爱丽丝去了他的工作室。虽然还是下午，他们脱了衣服，躺在那儿的一张床上做爱。然后他们喝起葡萄酒和咖啡，又做了一次。他们接着喝咖啡，她用她的咖啡渣为他占卜。她看见自己无法翻越的峭壁和深渊，这让她心生悲戚，幸好她在峭壁上方认出一只张开翅膀的猛禽，这只猛禽可能就是他，它飞越山峦，继续往前飞，它会回到她身边吗？她随即想起来，他曾经向她提过他在筹划这么个故事，希望有一天能把它拍出来。她想让他给她讲一讲。

他说，这只是个尚未完成的故事。

"我愿意听听看，一个关于离别的故事。"

"这不是关于离别的故事。"

"为什么？"

"它有些不一样。"他抱住她，"我已经完全不记得对你提起过它。"

"我想听。"

"我对你讲这个故事,只为让你知道我喜欢虚构故事。它并不像其他编剧的故事一样仅仅是文字。其实它根本就不是故事,它只是画面。我喜欢虚构画面。可能有一天我会用这些画面来写一个故事,它将是献给你的。"

"那你就讲讲吧,别让我求你了。"她躺在他身边,他触摸着她的身体,轻抚着她的乳房,"这个故事的主角是谁?"

"你看,我连名字都没有给他,就是'他'。有时候我觉得,他其实就是我,不过我们走的路是不一样的,因为我是另一种人。对不住,我的开头有些让人摸不着头脑。他和我父亲一样和木头打交道,不过这并不重要。他是富有的成功人士,他的雕刻品十分有名。后来他遭遇了意外事故,失去了右手。"

"他多大年纪?"

"他年纪不算大,但在那时已经赫赫有名。他不愿放弃自己的工作,试着看能不能用左手雕刻,可是这份工作需要两只手来完成。现在他做出的东西和之前的作品没法比,简直像是出自其他人之手。这使他很气馁,感到失去了自我。"

"他没有家人吗?"

"他有两个儿子,不过他们不和他住在一起。孩子的母亲在他们还很小的时候就离开了。事故一发生,他们就到工作室来看他。那里摆着大量完成的和未完成的雕刻品,有振翅欲飞的飞禽,蹲伏待跃的猛虎,有伊卡洛斯①,也有戴着镣铐的普罗米修斯。儿子们想知道他以后有什么打算。他回答他们说,不必替他担心,他一生做的事情够多了,从现在起,他只需活着和思考便已足够。

"他当真尝试放下一切。他的足迹遍及城市和乡村的各个角落。但是他看见的事物要求他赋予它们形态,而他已失去了这一能力,这

---

① 希腊神话人物。

使他饱受折磨。

"他不再出门,将所有人和事从心里清空,直至处于与世隔绝的状态。它不似任何地方,任何空间,这是真真正正的虚空。"

"那么对于上帝的信仰呢?"

"他不信上帝。"

"毕竟上帝是存在的。"

"这谁都无法断言,他也是如此,不过他并不指望上帝的救赎。他只盼着走向死亡,很好奇它的面容会是什么模样。它是否像一个老妪,拖着大镰刀步履沉重地在世上行走,或者似一个美丽的姑娘,张开怀抱渐渐向你走近。

"一天老舅舅对他发出邀请,家族里的所有人都将老舅舅这个人视为疯狂的怪人。他接受了邀请,反正他没什么事可做,毕竟他活在虚空中。他将这一天的虚空想象为淡黄的雾霭,偶尔会氤氲房子的轮廓。然而从这淡黄的暗光里忽然冒出一只黑鸦来。它立在喷泉边,瞧着他。随后它展开翅膀,好像就要飞起来,但是它没有飞,只是用它伶俐的小眼睛看着他走进房子。

"舅舅的脸长得很有趣,让他多少联想到斯宾塞·屈赛①。绘制家谱成为他生活的意义。舅舅竭尽全力寻祖归宗,对一些家族旁系也展开调查。他告诉他,他一直追查到十六世纪,查出过无名士兵、外科医生、破落贵族、受过刑讯折磨的异教徒、治安官和好几代奴隶。他曾证实一支旁系延伸到勃艮第②。他的衣橱里摆着一摞图表,上面就有家族树的分支。舅舅告诉他,有意将它托付给他。他回绝说,他对类似的东西从来就不感兴趣。然而舅舅拿来装满文件的箱子,里面是出生证明原件、买卖契约、墨迹已变淡的信件、缎带、干枯的花、死亡通知单、注册簿。'我工作的意义,'舅舅说,'就是查清楚自己

---

① 美国电影演员,两度获得奥斯卡金像奖。
② 法国中部地区。

来自哪里,将去往何处。'

"'怎么才能知道早已死去的人的名字和资料呢?'他问舅舅。舅舅朝他俯下身子,耳语道:'他们自己告诉我的。他们没有死,只不过在另一个空间里活动罢了。'

"第二个星期他雇了辆出租车,将所有这些文件运走。当他们把他的最后一只箱子搬下来,他准备付钱的时候,注意到一只硕大的乌鸦在土堆和人行道的砖堆上方盘旋,观察着他。他知道,这是某种预兆,但他不明白它的意义。我没让你感到厌烦吧?"

"你怎么会让我感到厌烦呢?"

"话说回来,是你让我讲这个故事的。"

"我?"

"对,就是你。"

"我是怎么做到的?"

"神不知鬼不觉。"

她亲了他一下。

"舅舅过世后不久他就开始工作了。他找到舅舅留下的最后一张大纸,这大概是最容易着手之处了,然而对他来说,即便这张纸也和其他图纸一样没有什么分别,理清家族的谱系是那么遥不可及,因为在任何一个家族史上,十二代根本算不上什么。阿格里帕·塞维尔的名字居高临下位于家族树顶端,他于十一月四日降生在埃利斯区的黑立恩县。只有这些记录。他不知道应该在哪个国家寻找埃利斯区,不过他想象得出那个年代——哥特式城堡矗立在可望而不可即的岩石之上,几辆负重的牛车沿着石板路吃力地前行。

"在与旧地图对比之下,他确定黑立恩县又名基利尼,位于伯罗奔尼撒半岛①西北部的延伸部分。如果他想继续调查,必须从那里开始。他试着和教区办公室交涉,但是不成,神父已经没有那个年代的

---

① 地处希腊南部。

登记簿了。他只能带他去墓地，可是他在那里找不到一块历史超过一百五十年的墓碑，也没有一个十字架能让他联想到正在寻找的名字。神父建议他到市区去。我真不想描述那个海滨小镇。"

"你见过它吗？"

"也许在某部电影里见过，或者是在梦里。石建筑和石板路，一切都是白色的，花园里盛开着粉红的夹竹桃，无花果和橄榄也熟了。黑色头发棕色皮肤的孩子们在狭窄的巷弄里玩耍。小毛驴正把两轮车拖上斜坡。

"他尝试到档案室打听，但没有人听得懂他的话。他们把他带到酒馆，那里坐着几个水手和女孩，他们给他倒上葡萄酒。然而他一动不动地盯着立在门边架子上的乌鸦雕刻品。他忽然感觉自己不会白来这一趟。果然，第二天他在档案室发现了正在寻找的名字。他还查到，这名男子的爷爷是随威尼斯军队来到这里的。"

"那么他必须去意大利了？"

"是的，追寻其他祖先的狂热欲望一下子攫住了他。那个意大利士兵名叫塞维鲁斯。万一这个人和哪一位罗马皇帝沾亲带故可怎么办？这个想法令他很困扰。他丝毫不希望成为皇族后裔，皇族后裔里没有出过任何知名或杰出的人士，然而他从中看到一个参照点。不过这怎么可能跨越一千年呢？在这漫长的岁月里，野蛮人迁移欧洲，城市和国家遭到严重毁坏，国王和贵族又再重整旗鼓，他们的后代日渐销声匿迹。

"尽管情况越来越棘手，他仍旧继续追溯往事。他游说外国档案员，潜入修道院，拜访教区办公室，跑图书馆，写信。一些收信人把他当成怪人，另一些人则开始打他的主意，寻思着即使骗不到钱，至少也能从他身上弄到什么值钱的东西。

"儿子们又来看他了。他们发现工作室现在空荡荡的，只剩下几个尚未加工的木块和展翅欲飞的飞禽雕刻品。他们极力劝说父亲停手，嚷嚷着他疯了，应该去看医生。他把他们赶了出去。

"或许他确实应该去看医生,不过他没有这么做,而是继续寻根。目前他奔波于乡下、城市、教区办公室和修道院之间,快速浏览着各种文件里几乎模糊不清的字母。他常常感觉字母在舞动着,组成一个个单词和名字;形形色色的风景和人也进入他的生活,那些早已不在人间,只留下一个名字,连相貌都无人知晓的人。然而他看见了他们。一次是身着古老服装的婚礼队伍,人们随格雷戈里安①赞美诗的曲子迈着步子,朝坐落在白色岩石上的小教堂走去;另一次他在一列战士里看见自己的祖先,他们穿越原始丛林,随后在火堆边半裸着身跳舞。他甚至能听到猎人们在命中猎物时发出的喜悦的叫喊。这样的画面越来越多,起初只有在夜里才会浮现在他的脑海中,后来在白天竟然也会发生这种情形。在他望着大海的时候,会忽然看到一队特种兵正接近岸边,或是从旅店的窗口瞥见十二名身着宽袍的执政官。有一回,他察觉到一个蓄着胡须,额头长得又低又凸的小伙子在远处跟着他,粗壮的右手紧握一根短棒。他停住脚步,等着那小伙子追上来,但那个人只是在他周围打转,好像这是个无法逾越的圆圈。他好几天都看见了他,终于在一天夜里,小伙子出现在他的床边。他问他想怎么样,不过他知道这个人是不会回答他的。他来自另一个空间,他不是人。他只是他某位祖辈的魂魄。

"这之后鬼魂们造访得更勤了,他们到工作室来找他,坐在角落里,或是夜里围在他的床边。他偶尔甚至能听到他们的低语,有时候他能听懂一整段话,这时他会一跃而起,用左手将他们对他讲的话快速记录下来:**虽然我最终在你脸上看到了宽恕……伴君如伴虎……尘归尘,土归土,灰归灰,让在世者重获……啊,俯下身来吧,主啊,请引领我们的灵魂……**有时他还试着画出他们面容的素描。男人们胡须浓密的脸和女人们光洁的脸,他们低矮的额头、扁鼻子和短下巴使他们显得更像原始人或是没有进化的动物。不止如此,他们的名字听

---

① 罗马教皇格雷戈里七世(1073—1085 在位)。

上去更加古怪，短且不说，常常让人联想到鸟叫、动物发出的声音或是风声。他查到，斯-斯-斯是戴克戴克的儿子，但他究竟生活在何时何地，活了多久，他却无从得知。他试图把他们再召唤回来，可是鬼魂们一去不返，好像急着给后来者腾出位子似的。他们甚至表现得越来越急躁，说出的句子极不连贯，只能蹦出单个的词来，接下来他们发出的是结结巴巴的音节，最后他感觉这些音节像是和动物的叫声、远古猛兽的嗥叫或熊的咆哮混杂在一起，蛇的嘶嘶声几乎时时刻刻都在向他逼近，还有河蚌啪啪地一张一合的声音。这种交流真让人筋疲力尽。他仍在尝试将鬼魂的轮廓捕捉下来，但是他已经无法看到他们的轮廓了，可能随着时间的流逝，他们自行腐化消融，他看得到的只有飞舞环绕在他周围的彩色斑点。

"接着他们开始摄走他的力量。他不再起床，只是看着太阳从一头走到另一头，听着接近自己的各种声响混合在一起，听上去仿佛奔腾的水声。他感觉自己不再是躺着，而是往下坠落，坠入比天空还要深不可测的深渊。在坠落的时候，周围的光使他感到平静安详。各种声响混合为一个音调，一种刺穿耳膜的尖厉高音，这声音穿透他的身体，他已经分不清这是来自外面的声音，还是自己身体发出的声音。这一刻，他清楚地感受到上帝的存在。他低语道：'上帝呵。'这是他留下的最后一句话。人们在空荡荡的工作室中央发现了他，他躺在一堆碎纸片里，纸片上写着不知所云的话，画着不像是真实生物的素描。死者面露微笑。一个发现他的人说道：'真可怜，他疯了！'"

安静——如同死者的工作室一般。他以为她睡着了，但她正睁大眼睛凝视着窗外的黑暗。"那只鸟呢，那只大乌鸦和这个故事有什么关系？"她终于问道。

"我并没有忘记它，"她的问题让他有点失望，"他查出来，他的一位祖先有个绰号叫作'乌鸦'。"

"这个故事很特别。我没料到你会讲这样的故事，它就像是其他什么人想出来的，你身体里的另一个人，一个极其渴望得到信任的人。"她朝他俯下身去,开始亲吻他,她的脸颊被泪水润湿了。他不知道她流泪是因为受了故事的感动,还是为故事感到惋惜,或是因为他们已经分手了。

信念是什么?
信念是一种实现信仰的行为志向。
房间里的嘈杂声平息下来。
随后一个极其洪亮的男人声音说道,现在需要派五个人连夜赶去乡下,必须将一切部署就绪,因为外面的形势还不明朗。有人称在城市边界处有全副武装的民兵把守,这一消息尚未得到证实。男人依次列出特派员应动身前往的地方,最远的地点远至国家的另一端。大厅里立即有男男女女的志愿者举起手来。

这时索科尔的声音响起来,提议可以使用电视台的车。

他随即站起来。他感觉不太可能发生交火,但假如真的发生了,假如他和摄影机都能躲过一劫,他就能得到独家镜头。虽说世界上的交火事件几乎接连不断,但这类独家镜头彼此也相差无几。

长发青年和脸上稚气未脱的女孩坐进车里。其他学生还带上来一捆海报和一些传单。

车子开动的时候,他注意到,人们隔着几扇明亮的车窗朝他们挥手。这是他头一回遇到陌生人朝他所乘坐的汽车挥手。两个年轻人坐在他旁边,一起轻声谈论着一些他不认识的人。女孩称男孩为戴恩,他叫她多罗。

已经过了午夜,街道和下午的时候不一样,完全空无一人,一丝武装民兵的踪迹也没有。

他掏出烟盒,递给自己旁边的学生,学生推辞了,女孩抽了一支。他的打火机外形是小小的左轮手枪,她注意到了:"真不错,我们也有武器了。"

"在这个国家里是不会有人开枪的,"学生说,像是知道些什么,

"如果有人开枪,那个人一定是从其他地方来的。"

"就是不开枪也能杀人。"女孩反驳道。

"您家里什么人遇害了?"他问。

"我倒没有,"她回答,"不过这并不重要。任何人都没有察觉,人们是一点一点耗费掉自己的时间的。"

"您是指看电视?"

"那也算,"她说,"但这种可能性很多,比方说我们就在学校里度过了十五年。"

"您连幼儿园也计算在内?"

"从那里就已经开始学校教育了,"她微微一笑,"不过现在总算结束了!"

坐在司机旁边的索科尔朝他们转过身来:"真可惜,你们没有对着镜头讲出这些话。"

"这些话我们每个人随时都可以对媒体说,"她说道,"可惜你们一直都没有来问过我们的想法。"

"我们是想来,但就算来了校方也不会放我们进去。而且你们可能也不会轻易开口。"

"可能吧,"学生承认,"一切都需要时间。"

汽车已经驶出城市,但是公路上大雾弥漫,无法加速。女孩把头倚在男孩肩上,合上眼睛。

"您是学什么的?"他问学生。

"刚好和您从事的工作一样,摄影专业。"

"真不错。如果您愿意的话,可以来我工作的地方玩。"

"为什么不呢?"学生答应了,"真有意思。"

"怎么说呢?"

"我受不了你们的电视节目。我们家一打开电视,我就逃去隔壁房间。而现在我竟然和您一路同行。"

"我们比您还受不了它呢,"索科尔回应说,"我们反感的理由要多得多。"

"但是你们制作了它，"学生辩驳道，"它毕竟是由你们制作的。"

"你们也上过学，"索科尔说，"虽然你们知道它在耗费你们的时间。"

"这个比方挺有意思。不过在这一点上还是有些差别。"

"等你们接我们班的时候，可能会使现在的一切变得更好。"巴维尔插了一句。

"希望是这样，不然的话，我根本不想做这一行。"

寄希望于变革，这是你现在的想法，他心想。但是他什么也没说。他又点着一支烟，凝视着厚重的浓雾，它将他们眼前及周围的一切都掩盖了。

他也曾寄希望于变革。有一天他们会将上一代取而代之，因为他们被认为是始作俑者。而他会助他们一臂之力，因为毕竟他也希望让一切变得更加美好。如此一来才会出现自由的开端，即使不是为他自己考虑，至少也是为了他尚未降生的儿子。

二

镜头布置好了，写字台被照得一片通亮。老人手里拿着一沓自己的发言稿。

他看上去面容憔悴，精神不济，老态毕露。尽管如此，他的声音听起来和平时一样专横严厉。"我们可以开始了吗？"他想快点结束这件事。离开的时候，他迫不得已要走上大街，现在人们已急不可耐地守在那里，等着看他出洋相。

"再等两分钟，总统先生！"虽然并没有人看出来，其实巴维尔也希望快点结束。他其实不想再一次——显然也是最后一次——近距离地接触这个男人，可是他们对他撂下话来："除了你还有谁？"

"请就位，总统先生！"

老人坐下来。他掏出手帕,擤擤鼻子。他显然心绪激动。许多年以前,当他被选为总统的时候,他激动得哭了。无疑全国各地有许多人都哭了:出于绝望或者出于羞愧。然而大部分人和他一样,只是抱着观望的心态,甚或完全漠不关心。

"还有十五秒,我们给您一个提示手势,总统先生。"

纸上印着放大了几倍的字,以便他半脱稿陈述;纸页颤动着。

他对他下了手势。趁着还没有被人们彻底遗忘,老人最后一回对听众进行演说。

巴维尔审视着已经审视过许多遍的面孔,麦克风收着已经收过无数回的声音。老人的声音有点发颤,而他总是显得阴沉严肃的面孔,此时看上去更加阴沉,更加严肃。看来在这段漫长的时间里,他不仅自己写发言稿,而且在其中投入自己的感情。他数次提到自己的呼吁没有得到回应,提到他自负而空虚的使命感。这一回他讲得枯燥冗长。人们要求政府换届,总统卸任。他收到许多信谈的都是这件事,有支持的立场,也有批评的立场。他感谢所有人表达了自己的意见,不论是正面的还是负面的,至少他了解了人们的想法。他的决定是:他将任命新政府,然后离职。

"我个人从年轻时就一直相信这种光明的理想,直到今天我依然相信。"这一刻他已经忘了内容,谈论起自己虚妄的信念;如同溺水的乌鸦,折断的翅膀徒劳地拍打着再也无法逃脱的汹涌的波涛。"错误肯定是有的,但错不在理想本身,而在人身上,所以我始终忠于理想,而且我相信,你们当中的大多数人也是始终忠于它的。"

巴维尔观察着镜头前神情专注的男人阴郁的脸,他知道,不能让这张脸离开画面中心,不过同时他也知道,只要他不动镜头,那张脸会分毫不差地待在它该在的地方。他一动不动,甚至没有将老人视为一个被拍摄的人,而是像观察老鼠内脏、滑行的蛇或是存放危险废弃物的仓库那般审视着他。

如果这一届领导人不是来自反对派,不是和他同一阵线怎么办?

假如总统不曾出现,不曾玷污我的生活,不曾玷污所有生活在这个国家的人的生活,情况会如何?或许我的生活并不算太糟,至少我没有像他一样站在即将把自己吞噬的黑洞边缘。

总统最后祝福所有人都能战胜目前的困难,度过一个平和的圣诞节和幸福的新年。

反正我不会有儿子的。

讲话结束,照明人员关掉灯光,音响师除去麦克风。

老人朝他走过来,看上去有些踌躇,似乎担心自己遭到无视。随后老人朝他伸出手,对他表示感谢,他也祝他一切顺利。

谁将坐上他的位子?谁又会为他的发言进行拍摄?

他必须赶去医院看望母亲。她在煤气炉上热茶,大意之下连睡衣都烧着了。还好有惊无险,她把睡衣从自己身上扯了下来,但是火势足以烧焦她的左臂和左侧腰部。

"对年轻人来说,这只是皮肉伤,"女医生对他说,"但是以这个年纪来讲,有些人的皮肤已经停止愈合了。"

"我明白。"他手里握着一束买给母亲的花。他忽然想,反正母亲也不把花当回事,不妨把它送给医生,不过他显然已错过最佳时机,况且只给医生送一束花恐怕也不太合适。

"要是能找到什么药,或是有其他什么法子……"

"您不必担心。我们会竭尽全力的。"女医生说。

要是他有自己的家,把母亲接到身边来,或许就不会发生类似的事。但他没有建立家庭很有可能恰恰是因为她。此外,他本可以和她一起住得更久的,然而她精神错乱将他赶了出来。在和她共度的大部分时间里,他什么都不想,只盼着能尽快脱身。

她和另外三个女人一起躺在小小的房间里,缠着绷带的手搁在白色被子上,闭着眼睛。房间里空气十分闷热,散发着老人的汗臭和某种消毒水的味道。

"老奶奶觉挺多,"她隔壁床的病友告诉他,"头一晚她呻吟来着,不过现在已经好多了。"这位病友很年轻,脸上总闪动着一团热情的火焰。

他把水灌进汽水瓶里,将花插进去,然后在母亲床边的椅子上坐下来,对她说话。

她慢慢睁开眼睛,目光凝视着他,完全没有反应。

"妈妈,是我。"

"谁是'我'?"

"巴维尔。"

"他是您的小儿子啊,"她病友的声音响起来,"您亲口给我讲过他的事。"

"是你吗?"

"是我。"

"你能来看我真好。我这是在哪儿?这可不是我的床。"

"在医院里,妈妈。"

"那你是怎么找到我的?"

"他肯定要找您的,"病友说,"他知道他的妈妈在这儿。"

"是啊,怎么着我都是他妈妈,"母亲承认了,"你爸爸没来吗?"

"没有。"

"他大概没时间,"病友插话说,"我不是跟您讲过现在的世道是什么样子嘛,人人都没时间。我丈夫周末也不来看我,只打电话。听说总统下台了?"她问巴维尔。

他点点头。

"可惜啊,"病友遗憾不已,"可惜我不得不待在这里,要是在家的话,我们会庆祝一下的。"

"下台的又不止他一个。"母亲说。

"这一个可不一样。"病友露出微笑。

"没什么大不了的,"母亲说,"这种事人人都得经历一回。他们也把他关进医院里吗?"

"把谁?"

"你们一直谈论的那个人。"

"没有,"他说,"你哪里疼吗?"

"我的身体就要被带走了,我怎么会感到疼呢?"

他轻抚她的手。他不知道对她说点什么。母亲可能挺不了几天了。他应该为她做些什么。她的心神早已不在,她的身体即将离开,他能为母亲做些什么呢?谈谈希望吧。可是谈什么样的希望,她才能听明白呢?对她而言,还能谈到什么希望呢?他自己还抱有什么希望?在这种时刻他能够期待什么?

至少他不是自己一个人置身于一群陌生人之中,还有人能够握着他的手。他再次抚了抚她那只没受伤的手。手很凉,皱纹很多,很粗糙。

"这儿的气氛真怪,"她说,"我想我不是在家里。不知道小巴维尔待在哪儿。"

"我就是巴维尔啊。"

"你别开玩笑了,小巴维尔是我儿子,他很小的。"

"那么你觉得我是谁?我只不过随着时间长大了。"

"小巴维尔没有长大。我不知道他跑去哪儿了。他是个好孩子。我很喜欢他,他也喜欢我。"她低声呜咽着,"我真难过,我已经这么久没看见他了。"她闭上眼睛,兀自呜咽不已。

电话响了。

"*弗卡先生吗?*"①

"*我就是。*"② 他还不太清醒,甚至不知道是什么时间,不过窗外的夜色还很浓。天花板下面的电扇嗡嗡转着,他躺在自己的旅店房

---

① 原文为西班牙语。

② 同上。

间里。旁边床上睡得正沉的是卡雷尔·索科尔。昨天他们喝了太多龙舌兰酒。为什么他不接电话呢?不过话说回来,这通电话显然是找我的。"您是哪位?"①

"稍等,转接中。"②

"我是瓦伦道娃医生,您听得见我说话吗?"

"是的,听得很清楚,女士。"

"我是阿尔宾娜的母亲。"

"是的,这我知道,女士。"

"我只想告诉您一个消息,夜里我把女儿送进了医院。"

"上帝!出了什么事?"

"她开始大出血——不过还有希望。我只是想让您知道这件事。"

"好的,谢谢您,可我不知道……您觉得我应该过来吗?"

"我不清楚您在那边的职责。但是我女儿目前的精神状况并不很好,毕竟您知道这对她意味着什么,这个孩子对她来说意味着什么……"

"是的。请您告诉她,我会来的,一订上机票我就过来。"

"我把她在医院的号码也给您,万一您想亲自了解一些她的情况呢。"

"是的,谢谢您,我会给她打电话的。"

凌晨四点钟,国内现在是十点,不,已经是上午十一点了。

索科尔睡眼蒙眬地问道:"什么事?"

"我必须回去!"

"回哪儿?"

"回家!"

"你疯了吗,干吗小题大做?毕竟他们同意让咱们延期了。"

---

① 原文为西班牙语。
② 同上。

"这不是小题大做,安心睡觉吧!"

"你都疯了,我还怎么睡?"

"早上我再跟你解释。"

现在他应该立刻往医院打电话,然而他没有任何准信可以告诉她。除此之外,他脑袋里一团乱麻。当务之急是必须预订机票。当务之急是必须同索科尔商量好对策,工作刚进行到一半,他不能就这么收拾一下,搭飞机一走了之。当务之急是必须打电话到医院,落实一下他的探望是否还有任何意义。但不用等打电话到医院,他已经知道该怎么做了。后天我们要飞去梅里达①,他意识到,我们必须在那里拍摄,我不能不去,一切都已谈妥了……

到了早上,一切看似远没有那么紧迫,电话里的对话仿佛化作虚幻的梦魇。

"真可惜,你从没让我见见她,"索科尔说,"我很想看一看那个能让你心甘情愿把这里的一切抛下不顾的女人。反正你也帮不上她的忙,"他接着说,"她有个当医生的母亲,她能照顾好她的。而你得明白,这里你有职责在身,不能一走了之。"他的话听上去很在理。再说巴维尔再没有机会来到世界的这个部分了。而这种他想亲眼一睹,拍摄下来的地方还有很多很多。第二天早上,他从机场打电话到医院。他给阿尔宾娜留了个口信,说他一有可能就尽快回来。他虽然飞到了梅里达,然而紧赶慢赶,竭力想在一天之内把平时需要做上一个星期的活儿给赶出来,以致他们雇来的印第安司机忽然发出温和的责备,你们为什么总这么着急呢?他十分不解,劝说他们,太赶时间的话,你们会精神不济的。假如不愿等待,你们永远无法完成任务!

母亲再次睁开眼睛:"我到底是在哪儿?"

"你被烧伤了,"他说,"你很幸运,伤得不严重。"

---

① 西班牙城市。

母亲露出微笑:"我很幸运。我也有幸运的时候。你呢,小巴维尔,你也有过好运气吗?"

"现在咱们所有人都很幸福,弗卡索娃女士,"病友插话道,"所有人都很开心。"

"是啊,"母亲说,"我们很高兴你能来,小巴维尔。真高兴你在这儿一直陪着我,和我在一起。"

母亲又闭上了眼睛。他应该在这儿和她待在一起,而不是东奔西跑。他应该守着她直到人生的终点。

三

他结束了剪辑室的工作,时间比他预想的要早,眼前多出一块空闲时间来。他在走廊里看见一群不认识的人,他们正热烈地谈论着什么。大楼里现在尽是外国人,有男有女,一些人大概是多年后回来造访的,不过不是到这座几乎全新的大楼来,而是到自己的故地。他不认识这些人,他们也不认识他。他们让他有些慌乱,如果走廊足够宽敞,他恨不得走出一个大弧线来绕开他们。他尽可能快地走过他们身边。传达室的警卫向他点头示意,至少他们没把这个人换掉。暂时如此。

外面正值寒冷的傍晚。人行道上覆着一层由煤烟、粉尘和雾霾形成的黏膜,空气里散发着烟味。他坐进自己的小跑车,往市中心方向开了一小段。他意识到,艾娃卖衣服的店就在这附近,可以去她那儿打个站。他已经几天没见着她了,总是腾不出时间来。

他和索科尔一起首先开车经过国家北部的城镇:大雾几乎将这片地区包裹得严严实实,物体的轮廓和游行队伍中人们的面容随之变得柔和。人们挥舞着旗子,随机的人们在随机的集会上所谈论的,大多是多年来不允许谈论的话。他们爬上石头堆、喷泉和雕塑底座,要求清除这些东西,亦即要求那些膜拜雕塑的人离开。他们的愿景是在眨眼之间使所有人的生活（包括他的生活）脱离贫困，脱离直到如今还在拖着他们后腿的贫困。另一些行动先于言语的人爬上屋顶，除去覆盖着雪的昔日权力的象征，他们揭下标牌和街道名牌，钉上新的、匆忙写好名字的标牌，这些名字在不久之前是连说都不许说的。他们还时不时聚集在被撤职的党派秘书的窗户底下，准备一拥而入，开始——更确切地说是结束——大清洗。几乎所有的面孔多少都有些忘形，流露出一种享受的表情。

他上一次见到艾娃时，她的脸上也有这种忘形的神态，不过相形之下，陌生人的这种神态让他觉得他们的脸更吸引人，或者起码更加有趣，艾娃的神情则让他感到不快。变更的执政党对她许下什么承诺，让她有了什么期待呢？这对他而言意味着什么？他怎么能够未卜先知呢？这是谁都无法预料的结果。可能让他反感的，只不过是她脸上的神情而已。

他把车停在小巷里，正对着酒馆门口。

里面挤满了人，一如所有廉价小酒馆营业时的情形。他只待在吧台边上，点了一大杯伏特加。新总统的画像出现在墙上半裸模特的海报和啤酒广告之间。从扩音器里传出美国流行歌曲柔和的旋律，然而它完全淹没在嘈杂的人声中。他旁边的大块头小伙子正试图告诉吧台招待自己对形势的看法："我们对他们太客气了，这不是什么好事！"

"不管怎么说时间还没到，"吧台招待认为，"一切都需要时间。"

"不是我们打垮他们，"小伙子说，"就是他们明天倒过来把我们给打垮。这就像是和鼠类打交道，它们正从下沉的船里往外爬，如果不趁这时把它们消灭掉，它们会爬上另一艘船，继续在那里大吃大嚼。"

我属于哪一边呢？他想。是斗争的那些人，还是挨斗的那些人？他不认识这儿的任何人，但是他不确定他们是否认识他。他的照片不时会出现在电视杂志上。他在这儿感觉不自在。他又叫了一杯伏特加，一饮而尽，离开吧台。

他进来的时候,艾娃正整理货架上的东西。她听到门吱嘎一响便转过身来:"怎么是你?你怎么来这儿了?"

"我开车过来的,直接就来找你了。"

"你真贴心。我过一会儿就关门,你晚上来我这儿吗?"

"我还能去哪儿呢?"

"不知道。你和我不在一起的时候会去哪儿,我可不知道。"

"你干脆关门吧,"他说,"反正眼下人们的心思也不在买手帕或袜子上,而是想着其他事情。"

"圣诞过后总会有小幅的回升的。"她站起来,走到门边,挂上写着"我在邮局"的牌子,锁上门。"今天我自己看店,我还要理理账,然后把钱带到邮局,"她说,"你可以在后边坐一坐,我给你煮咖啡。"

店后面一半的空间被设计为办公室,另一半让人联想到女子的香闺,有盥洗盆、镜子、摆满各种瓶瓶罐罐的架子、一张桌子和两只沙发椅,其中一只甚至可以打开变成床。金属柜上摆着电炊具,上面立着一只水壶,显然在不间断地烧着水。这儿好热。他脱下毛衣,坐到沙发椅里,点着一支烟。

她给他和自己煮了咖啡,坐到他对面。虽然在店里度过了一整天,但她的妆容毫无瑕疵,白衬衫显得如此洁净,好像刚从无数抽屉中的一只里抽出来似的。

"你那边怎么样?"她问道。

他说,他有一大堆工作要做。现在一切都举棋不定,到处都有值得一看、值得一拍的事情发生,而没有人看好他拍的东西。

她又问他母亲的情况怎么样。他说当时他不在这里,没办法赶去医院。他们通过电话告知他,她的烧伤愈合效果好得惊人。只是母亲的精神是无法恢复了。

"罗宾好吗?"这回轮到他发问了。

"他因为最近发生的事很兴奋,甚至每晚都要看电视新闻。"

"你不感到兴奋吗?"

她抬头看了他一眼,像是很踌躇,不知他想听到什么样的回答。

她当然感到兴奋,她没什么可失去的,她不受任何牵连,只不过卖着全世界都在销售的劣质商品而已。

"听他们说,店铺又要私有化了,"她没有直接回答,"据说还会把房子退还给人们,说不定还有全部的工厂。"

"那又怎么样?"

"只不过是我们公司的人随便聊聊。"

"我们家一无所有,连狗窝都没有,"他说,"他们什么也不会退还给我。"

"也不会退给我。除了退给古切尔他爸爸曾经拥有的厂子。"她一句话匆匆带过。显然她很关心这种可能性。

电话响了。

她急忙起身,拿起话筒。连他也能听到一个男人的声音在问些什么。她不经意地回头看了他一眼,他注意到她的脸涨红了。他站起来,可是就像在她的公寓里一样,他不知道能躲到哪里去。除非他回到店里去,这会儿那里应该不会有什么人。

"要不你明天打给我吧,"她下意识地小声说,"我这儿现在有客人。"她迅速挂上电话。"是他,"她说,"古切尔。他想跟我商量一下罗宾的事,他想带他去滑雪。"

"你们怎么不谈了呢?"

她耸耸肩:"这件事我还得考虑一下。"她走到写字台前,俯下身子,开始在最底下的抽屉里找些什么。

他注意到,她那已被他抚摸过无数回的胸脯微微露了出来。他跟过去,抱住她。

她诧异地看向他,不过给了他一个吻。"你疯了吗?"当他开始爱抚她时,她问道,"毕竟咱们不能在这里……"

"反正你锁门了。"

"店长有钥匙。"

"你觉得她会来吗?"

"可我必须去邮局!"

他抚摩着她的胸部。

"我不知道,我不知道。"但在他带她走向沙发椅的时候,她不再抗拒。

她和他在这张沙发椅上仓促地做了爱,既沉默又被动,很可能是这个环境让她放不开。

"你虽然和我亲热,但还是不爱我。"她穿衣服的时候说道。

"你怎么这么想呢?"

"你上次说爱我是什么时候?"

"我爱你。"

"可你不愿和我生孩子!"

他沉默了。

"你也不愿意娶我!"

"反正我们在一起,这和娶你一样嘛。"

"是啊,你就是这么娶我的,在店里,在椅子上,因为这才让你有兴致。而你对其他的事都不感兴趣!你对我不感兴趣,对罗宾也不感兴趣。我们两个你都不爱!"

"我不知道你现在怎么会偏偏这么想。"

"我很早就有这种想法,只不过现在才跟你说罢了。你只爱自己的妈妈,可能还有自己的摄影机,至少你会提防不让别人伤着它。"

"有人伤害你了吗?"

"是的,你!"

"在这里,现在?"

"在这里或其他地方都一样。你在哪儿也没有真正爱过我。你只为你自己考虑。"

她走回写字台,欠身翻着抽屉,然后从手提包里掏出一支口红,在镜子前仔细地描着嘴唇。"你觉得我还有心情等多久,你是决定和我在一起,还是再去约会其他人?"

"我一直都和你在一起嘛。"

"你还在骗我,你以为我不知道?"

"我没有骗你。"他不得已这么说道。她的爆发出乎他的意料。到今天为止,她一直恭顺地接受着这种于他而言十分适宜的相处方式。一定是发生了什么事。她是售货员,除了卖货没有其他的念想。虽说她周遭的世界分崩离析,有的人利益受损,有的人从中获利,这些事情完全在她关心的范畴之外,不应该让她受到刺激。

到这一刻为止,他对她来说都是利大于弊。他比她能够期望的伴侣要好得多。要么是她断定,他对她已不再有什么益处,要么是出现了什么人,承诺给她更大的好处。或者两者都有,只是他不曾发现。

她穿上大衣,又照了一遍镜子,把帽子戴上。"我们走吧?"她问道。

走向汽车的路上和在汽车里他们都没有说话。直到快到家时,他问道:"你不想再对我说点什么吗?"

"说什么呢?眼下我把能说的都说了。"

四

彼得顶替哈拉玛晋升为他的新上司。巴维尔无从判断,这对他来说是好还是坏。他的生活表面上并没有多大改变,但却让他失去了把握。他带来他们派他前往拍摄的各地的报道片,他们随即将这些片子在一些节目里播出,既没有人反对,也没有人赞同。他本该满足于这种状态,他们总算给予他独立感及责任感,但他感受到的却只有与日俱增的疑虑和不安。

他甚至连打球都无法集中精神,早上连输索科尔三局。淋浴的时候,当索科尔提到,一如既往,游戏又开始了时,他只能问道,这话是什么意思。

"他们先是换上司,接着就开始换底下的那些人。连清洁女工都得换个遍。他们本可以留下来的,"他说道,"难道你不认为形势不会变成这样?"

他耸了耸肩。

"据说他做过好多年城堡管理人,"索科尔将关于彼得的信息告诉给他,"他是天主教徒。"

"福音派信徒。"他纠正道。

"你认识他?"

"不熟。"

"你觉得他上任后会有什么举措?"

"我不知道。可能连他自己也不知道。"

"如果你们认识的话,他也许会征求你的建议的。"

"我对此持怀疑态度。"

"或者相反,你会首先示好?"

"不知道,我真的不知道。"

"一个城堡管理人怎么会了解我们制片厂的运作情况呢?"

"他并非一直当城堡管理人的。"

"就算是这样,对于管理制片厂他懂些什么呢?他唯一会做的就是想办法把我们换掉。咱们最好别再白白浪费时间了,现在时间远远胜过金钱。你从来没考虑过我跟你提的那件事吗?广告社,"他意识到他的搭档并不知道他在说什么,于是解释道,"咱们聊过这件事的。你知道有句话叫作先下手为强吗?"

他耸耸肩:"我不明白你为什么偏偏找我合伙。"他已经穿好了衣服。他什么都不想谈,什么都无心参与。打完球以后他很疲乏,口渴得很。他们在管理员那里歇了一会儿,点了大杯的掺水烈酒。

"现在肯定有大量各种机构的空置楼房,"索科尔盯紧自己的计划不放,"要是咱们及时行动,还能筹到可靠的铺面,把它翻新成工作室。咱们会做出点样子来的，不过如果能多拉几个人入伙的话……"

"不知道是不是有人和咱们一样，急着找工作室。"

"业主的原则是这样，看谁先来交涉，出的钱最多，我对他们的规矩已经相当了解了。要是他们对你或我没有好感，就会从下一个人开始考虑。"

"可能吧。但是我们为什么这么做呢？"

"上帝啊，"索科尔叹了口气，"现实点吧。难道你不知道一切都不一样了？在咱们部门，咱俩永远都是软柿子。但如果我们自己创业，没有人会询问我们的过去，他们只会问我们擅长什么，能否履行他们的合同。"

"等一切天翻地覆的时候，我会做些什么，我的想法不太一样。"

"你是怎么想的？"

他犹豫了一会儿，然后说："至少拍一部自己编剧的电影。"

索科尔显得很惊讶："自己的电影，拜托，拍什么？"

"你一直都没有这种想法吗？"

"什么想法？"

"过去不得不以其他人的意见为准，总有一天要按照自己的意愿行事！"

"啊哈，"他挥了挥手，"现在所有人都可以这么做了。"

"还得做出点成绩来才算数。"

"你能做成吗？"

"至少值得一试。"

"那么资金呢？你到哪里筹钱？"

"资金还没有下落。"

"所以说嘛，我们为什么不创业呢？我们将拥有一个工作室，你可以拍自己的大片。"他很喜欢这个点子，"我跟你说，也许这是唯一一个能让你做出一番事业的地方。"

等他终于回国时（他只迟了三个星期，而且这三星期他确实都在工作），阿丽诺已不再躺在医院里，又上班了。

他在医院的大门前等她。他的包里装着好几件礼物：绿松石项链、羊驼毛衣，还有两件精致的银饰。然而当他远远看见她走过来的一刹那，他便已感觉到，再棒的礼物都无济于事了。

她一定也看见他了，但她既没有加快步伐，脸上也看不出一点高兴的迹象。

"你回来了？"她问道。

"我又在你身边了。"他说，想吻她一下。

她躲开了："这不是我家，咱们在街上哪。"

他想带她上车，但是她拒绝了。

"咱们怎么着也得开车呀。"他说。

"没必要。我已经不再等你了。"

"你不等我了？"

"我等过你，苦苦地盼着你来，不过那是一个月以前的事。"

他想从头对她解释，为什么他没能赶过来，起码他给她打过电话。然而他接不过话来。她说，他不必做任何解释，也没什么可解释的，他想赶过来，还是想留在那边，这完全取决于他的意愿，同样地，她想继续和他在一起，还是一个人生活，则取决于她的意愿。

后来她还是坐上了他的车。她问他过得怎么样，他的工作是不是很有意思。

他再次试图做出解释，说他从未停止过爱她，只是当时没办法立刻回来。然而她坚持说，没必要做任何解释，她知道他总在逃避她，总有一天他会一走了之，因为他骨子里就是这样的人，说得更确切些，他骨子里没有某样东西，缺少某样东西，他有这么大的欠缺，但他自己完全没有意识到。

他求她至少说出他缺少什么。

她踌躇片刻，然后说道，他缺少希望。

寄托于什么的希望？

生活中的某些事物具有真正的意义，生命本身具有某种意义。

奇怪的是她没有说爱情，没有说信念，唯独说了希望。不过反正这几样离了哪个都不成。

那么生活具有什么意义呢？

它或许和你爱的人相关，和她需要你的时刻相关。

她想下车，但是他劝她再待会儿。于是他们在车里又坐了一个小时，但是他对她已经说不出任何有意义的话了。他竟然连给她的礼物都没想起来。反正她也不会接受的，他觉得自己是试图用贿赂的法子博取她的欢心。她下车的时候，让他别再给她打电话，也别再等她了。

虽然他试着又等了她几天，但是他心里明白没戏了。他很清楚，再也没有机会了。

傍晚时分，他在走廊上遇到哈拉玛的前秘书，彼得的现任女秘书。她高兴地说，她从昨天就在找他，她的新上司想和他谈一谈。

"什么时间？"

"他说晚上下班以后。"

"那么是几点呢？"

"九点左右吧。天天都是这样。巴维尔，这真让人受不了，我陪他坐在那里，并不是非这样不可，但我怕他认为我惯于敷衍了事。可这时候，我家里的孩子们正饿得大吵大闹呢！"

"这段时期会过去的。"他走去剪辑室，处理一下人们在边境剪断铁丝网的片子。他往玻璃杯里倒上红色的弗兰高夫卡酒，慢慢呷着，一边抽烟，一边凝视着屏幕。

部长们和人民代表们都在挥舞着钳子。铁丝看上去相当柔软，经钳子夹过后无力地垂向地面。这个结尾显然让他有所触动。他把带子倒回开头，仍旧无法集中精神。彼得想让他做什么呢？他会表现得洋洋自得，还是像朋友般亲切？屏幕上的部长们倒是显得和蔼可亲，甚至平易近人，仿佛他们根本不是部长似的。这些人是另一类人，有着与他有生以来所习惯的强调全然不同的态度。这种态度他们能够维持多久呢？

他们要么被其他人取代，要么改变态度来配合自己的立场。离晚上还有很长时间，他越来越觉得不自在了。

他又一次把带子倒回开头，从玻璃杯里呷了一口酒。当然，工作的变动对于彼得来说是一个挑战。在彼得铺地板革，窝在城堡里，不时接受讯问的时候，他整理录影带，周游世界，拍摄歌颂悲情总统的影片。而做所有这些事情他还能得到额外津贴，时不时买上几瓶葡萄酒，到城堡放逐地去探望他的朋友，他纡尊降贵还不是为了能够见上爱丽丝一面。现在这位朋友转守为攻了，他可以召他见面，给予他同情、信任，乃至工作。或者他也可以什么都不给予他。在这突如其来的变化里，这是有些让人感到屈辱的地方。或许索科尔是对的，他不能坐以待毙。

他暂停带子，把腿搁到工作台上，点着一支烟。他的奖金并不多，因为他总是置身事外，并不觉得有必要像那些一无所长的人那般去讨好上司。他甚至同他们争吵，拒绝剪掉他们希望删剪的片段。一次星期五的总编会上，一排人坐在那里听他进行一周评估，他大声说出了所有人的心里话：他们制作的东西既无聊又没有品位。他还想再说一句"混淆视听"，但看到主管的表情，他把话咽了回去。不管怎样，他们之后肯定不是打发他去拍摄不知名组织的会议，就是让他在采访宿敌的时候出洋相，以示惩戒。这些评估会面目可憎，他不得不坐在那里，默默地听着那堆废话，那些毫无意义的称赞，而这些千篇一律的废话经常会在一瞬间将他多日来的工作一笔勾销。他所过的生活既不精彩，也不轻松。他有时甚至感觉难以忍受。他做的事情和这个国家里的大部分人没有什么不同：完成自己的工作。而且他还是每天被驱赶着工作的受难者,而不是操纵滚轮的人。他怎么才能证明他的自由少得可怜?凝视着剪铁丝网的人们脸上的热情和另一些人的冷眼旁观,他的内心充满悲伤,他意识到自己眼中竟然有泪。

这可怜的醉汉,也不知流泪是因为高兴、难过、愤怒呢,抑或只是因为已经喝得进入状态,眼睛不由自主就流泪了。

彼得显得很疲惫。他坐在哈拉玛宽敞的办公室里,这里没有什么变化,只不过前总统的画像不见了,还有图书室里的书,要么被哈拉玛带走,要么被他扔掉了,后者的可能性更大,反正他从来也没有读过那些书。两台电视里的一台,屏幕上闪着画面,不过声音被调成了静音。

彼得朝他走过来。他们有几个月时间不曾见面,彼得老多了,脸色也发黄。

"我没耽误你工作吧?"

"这不也耽误你的时间嘛。"他的胃紧缩成一团,就像以前考试的时候恰巧猜中题目一样。

"其实我叫你来也没什么事,只不过突然想到我们可以在一个屋檐下坐一坐,再说我们还没在这儿见过面呢。"

"在这里共事的人经常一个月也碰不上一回。"

"我不会向你打探任何人的事。"

"反正我也不会对你说得太多。大家关心的是灯光和镜头,不是周围的人。"

"这句话听上去并不怎么可信,"彼得表示怀疑,"这是不可能的。我知道人们对今后的安排感到心神不安。"

"那是他们的事。"

"这是没有必要的。"

"你这么认为?"

"我觉得,他们好像并没有意识到,这次发生的事件和他们之前经历过的变革是两码事。没有人要开始大清洗。"

"有几个人已经被除名了。"

"那不一样。他们要么不够专业，要么做了违背记者职业道德的事。毕竟不能让人们看到，在电视上热烈谈论民主的那些人，一个月前还对旧体制津津乐道来着，或者议论让之前的审查员来安排节目。"他说起话来又表现得像个布道者了。

"情形刚好相反，这里大部分人不会热烈谈论任何事。而且我们争论不休的是审查制度，不是审查的人。"

"几乎所有人或多或少都会争吵。那么你呢，你对自己的工作满意吗？"

他迟疑了片刻，然后说："不满意。我没办法集中精神。"

"怎么会呢？"

他耸耸肩："毕竟这儿的氛围不太好。"

"也许是之前的氛围吧？"

"不，之前的氛围不同。请原谅。既然你问，我就回答。你自己就议论过一些人，说他们做了违背职业道德的事。谁有权评判他人的行为呢？我怎么能这么做？他们对我会有什么看法？"

"如果我对你有什么看法，我早就对你说了。"

"这话可不怎么中听。"

"你清楚得很，我从没有自认为是你的法官，虽然我最了解你不过了。"

"你没必要解释。如果你想从我这里得到情报，直说好了。"

"我不想从你那儿得到情报。不过如果你在这儿感觉不舒服的话，我也不能强行把你留下。"

"我很高兴你不会强行把我留下。"现在他应该起身离开，结束这场令人尴尬的对话了。

但是彼得这时开始谈起自己的事情来。他原以为来这里是履行职责，可现在他在这儿感觉像是个闯入者，有的人巴结他，有的人厌恶他，还有一些人竭尽全力打自己同事的小报告来讨他欢心。在这种事情上他不情愿，也不能够扮演法官。我们所有人都生活在这个国家里。在这儿的关系网中，每一个人或多或少都相互制约。大部分界限存在于每个人心中，它一目了然，原本无须任何人来界定罪恶的界限。假如寻根究底，有谁能经受住考验？假如人人不闻不问，那么公正何在？毕竟人们推翻旧体制，是寄希望于最终得享公正的。"也许有人能找出划定界限的人，"彼得接着说，"不过我不会那么做。很有可能划定界限的人正是以此来掩盖自己的罪行。"

公正是什么？

它是隐藏在庄严而八面玲珑的法律袍子之下的一种清算。屏幕上现在正播放部长剪断边境铁丝网的镜头，他身后的人们发出无声的欢呼。彼得看了一眼那个画面："你还记得咱们当时是怎么一起出逃的吗？"他又站了起来。

"事情已经过去太久了。"巴维尔说。

"我们还是从前的我们吗？人们分分合合，其实只是因为他们感觉到每个人都不再是原来的那个人了。"

他颔首："不过我们至少可以搭一辆车吧，如果你也要走的话。"

他们坐进他的车里，他对彼得说："我都还不知道你现在住在哪儿。"

"我暂时住在妹妹那儿。"

"爱丽丝和孩子们在一起？"

"没有，她住外面。我以为你知道。"他沉默了很久，似乎在犹豫该不该信任他，"我和一个唱歌写诗的女孩有些纠葛。这让爱丽丝很受伤。我们分手了。"

"我不知道这件事。"

那部孩子失去父亲的电影他很早以前就拍完了。

"我很遗憾。"他说，许多天以后他才意识到这是个不期而至的希望。

五（电影小说）

他私人宅邸所在的整栋大楼都在举办宴会。五处地点摆有铺着白桌布的工作台，就连外边与花园相接的部分也摆着工作台。这儿仍然显得有些拥挤。他邀请了太多食客，奸险小人、花花公子、凶神恶煞一拥而至。放眼所及，到处是各式各样吃白饭、随行揩油的人，打扮得花枝招展的食人生番①，退伍的海军司令官，碌碌无为的上将，天晓得来自哪一国的大使，当然少不了退伍的老兵，还有相当多的艺术家：演员、音乐家、三流作家。他们给他拿来了宾客名单，他只看了第一页就不耐烦了。如同签署其他上百份文件那样，他签上名字。他清楚得很，这儿大多数人的名字都不在名单上。手下人穿上燕尾服和侍者制服，伪装成园丁、厨师、灯光师、电视台的摄影师和白衣天使，四散开来，在他周围形成牢不可破的防护圈。

他坐在大厅边上。大厅里挤满黑压压的一群贵客，安插了若干洛可可式的小椅子，摆着鱼子酱、他最喜欢的饮品和龙虾鸡尾酒，碗碟里是沙拉、虾、鲜嫩的菜蓟。在他身后立着一位相貌难看、戴着眼镜的女译员，她一刻不停地用短促的高音扰得人心神不宁。他左手边的食人生番刚动了三次自己红彤彤的大嘴巴，发出几个令人费解的声音，身后这位翻译立时吐出一串词语，使他没法集中精神在自己的想法上。所幸他已受过训练，知道在类似的情形下应如何表现。他不时微笑着插上一句："太有意思了！"继而转向她陪同的客人，建议他尝一口他最喜欢的饮品。他又举起杯子，提议为反抗资本主义、殖民主义、非殖民化、犹太复国主义、种族主义、种族隔离制度而干杯，为战胜贫困、饥饿、愚昧、腐败、犯罪、疾病，以及人对人的剥削而干杯。他的这位身形庞大的客人瘫坐在皇家椅里，一副理所当然的态

---

① 讽刺其衣着暴露。

度，丝毫看不出他不久之前还在尼罗河或某条遍布河马和鳄鱼的河岸上躺过。他傲慢地点点头表示赞同，说他喜欢这样的祝酒词。老人将酒一饮而尽，然后向自己的这位客人提议来个节目单以外的即兴节目。由于职责所在，他对恐怖分子的案件较为关注，而在所有恐怖事件中，让他印象深刻的有一个劫持满载孩子的大巴的事件。案子已经判决，自然判处最高刑罚，不过在裁决罪犯的豁免申请之前，他想亲自对他进行审问。在本国的历史上，数千年前他的祖辈们已经开过先例。他本想在随后几天找个时间提审罪犯，不过为自己尊贵的客人考虑，他决定今晚就在此地完成听审。

黑皮肤的客人点着头，发出一些让人费解的声音，尽管女译员将它们转换成听得懂的词语，但是她翻译的句子相当混乱。这有什么关系呢？毕竟他坐在这儿不是为了冥思苦想弄明白，某个父母在丛林里生活的人在说些什么。他将让他见一见囚犯，好让他知道，所有那些关于审判危机以及剥夺自由的舆论，只不过是居心不良的敌人的恶意诽谤。获判死刑的恶魔将被带到他面前，他将同他谈话，和颜悦色地听他陈述。他能够如此善解人意，是因为他自己也曾半只脚踏上过绞刑架。在哪里展现这个文明国家的元首形象呢？他为这个活动特别准备了一个大厅。当然得趁他们还服从他命令的时候，吩咐他们把几千年前的先人坐过的沙发椅也搬过来。随后他下了决心，也许可以颁布赦免令。何乐而不为呢？在国际上，赦免总是比公正的惩罚获得的赞誉要高。赦免是对每一个企图恶意中伤他的人的有力回击。他只不过行使自己的权力而已。此外，施行赦免的人是牢牢掌握权力的人，是掌控大局者。这一点人人都很清楚，因此当他将自己的打算告诉他们的时候，一些人旋即沉下脸来。

他设想得十分完美，自己都觉得心满意足。今天在他的血管里流动的是酝酿已久的决心。他还是个不错的东道主，一字不差地按照顾问们写给他的稿子致了祝酒词，就让持反对意见的人去说"不"吧，他胆壮气粗。"你们就把这里当成家里，"他转向自己黑皮肤的客人们,"就像在自己家里一样。一切随意。就让友谊之花在我们和我们的国民之间盛开,世世代代,直到永远!"他看向花园,从衣不蔽体的雕像头顶喷射出伴有彩色灯光照明的喷泉水流,"再也不会有战争、殖民主义或农奴制的威胁!"他愉快地听着女译员将他明白易懂、极具说服力的话转换成一种杂乱的粗厉叫声,完全不似人类的语言。"为了自由的明天,我们反对所有意图压榨人民、误导人民的人,"他又说道,"再也不会有君主或主教的统治……"

他注意到,总理几乎不易觉察地摇了摇支棱着耳朵的脑袋,为了不漏掉他说的每一句话,他坐得并不远。总理这么做是想对他暗示什么呢?啊哈,只要当地没有什么主神,这位黑人暴君大概还是会对所有主教和萨满巫师毕恭毕敬,而他应该尊重这一点。即使身在自己的国家,在自己的家里,他也得有所忌惮。

他把酒杯放到唇边(总理并未从他身上移开目光),矜持地喝了一口。他应该换个话题,不然这样下去会惹恼这个阴险的矮脚鸡的。最好是来上一则逸闻趣事,这种故事他倒是知道不少。从监狱里被放出来以后,他在戏剧工作室工作,听到的趣事不下一百个,自己讲过的就更多了。他不妨讲一个惊险点的,譬如警察是如何像逮捕真正的罪犯那样逮捕他的,然而这对那边打扮得花枝招展的食人生番们来说是家常便饭,他们甚至嚷嚷着没有必要逮捕,他们那里都是直接开枪的,这样至少他们可以放心,被打死的人再也不会作奸犯科。要是他在他们国家,可能早就长眠于地下了。

他还是回忆一下他们是如何为儿童滑稽剧准备道具的吧。有一幕场景是小伙子们从山上的强盗窝回到藏身处,每个人在门口将长柄斧子砍到木梁上去。他们在木梁正面放上软木头,演出之前还将木头浸湿,以便斧头能够轻松地砍进木头里。被选作强盗头的演员是个货真价实的无赖,他虽然不是强盗,却是个告密者,所有人在他面前都有些心绪不宁。就是他有一回无意间将木梁带软木头的那面朝后摆放。当强盗头上场的时候,他本该像往常那样漫不经心地一抬手,哒一声砍中木头，可是斧子没有定住，掉到了地上。这无赖马上弯下身去，这一回，他当真用力一挥，然而斧子又一次没砍进木头里，此时剧场里的笑声震耳欲聋。

他的趣事讲完了，黑皮肤的大人物瞪视着他，目光呆滞，什么表情也没有，大概他只听得懂食人生番的故事吧。总理也表现出一副不知所云的样子，于是他只好举起一名乔装的手下给他倒的酒，然而他激动之下用力过猛，将酒一饮而尽。他的客人也举杯畅饮，显得兴致满满。显然这野蛮人至少知道什么是真正的美酒佳酿。他很想问问他，在被打造成领导人之前，在成为和平与人民权益的斗士之前，他是什么样的人。他很有可能是名军士，曾和几个志同道合的战友密谋叛乱，并取得了成功，于是他将自己以及同他一起出生入死的人都任命为上将。老人不无酸涩地想，至少他拥有在战斗中值得信赖的将士，而且他有个不错的老婆，尚在人世，他能将她照顾得很好，比我对自己的妻子还要好。不过可能他的女人不止一个，而是妻妾成群，从这么多老婆中去掉一个自然没有什么意义，因此他的敌人们必须想出万全的法子来对付他，这可不是什么容易的事。

他想到自己的亡妻，他们第一时间赶来告知他这个噩耗，这个他们亲手策划的事故，他们执行得如此完美，丝毫没有留下任何把柄。他太过惊愕，完全没有去追问他们，也没有惩罚任何人。

他伸手去拿自己的杯子，但是侍者忘记给他倒酒了，更确切地说，是不能再给他倒酒了，这是那个恶毒的矮脚鸡下的命令，现在他正冲他阴险地板着脸。他承认自己犯了错误，像从前那样把最后一杯酒干了，但他们就不能放过他一次，让他像幸存者那般放任一下吗！他可以向这些装扮成侍者的小伙子里面的任何一个打个手势，然而明天他马上会遭到责备，说他无法自我约束，他的敌人们肯定乐于毫不迟疑地利用这种机会的。

他茫然四顾，兴许有人能帮上他的忙。然而他能找谁来倒酒呢？他们为什么还不把那个混蛋带过来？

他们准备的大厅是他吩咐过的吗？中央摆着他可以就座的沙发，四边为二十二个客人席？他们没忘记准备褂子吧？他一过去便立见分晓，靠在沙发上的时候，他不能不穿点什么。在这儿，他只身置身于敌人中间。他看得很清楚，一个人醉醺醺地在他周围晃来晃去，第二个人一动不动地站在中国花瓶之间，另一边第三个人藏在厚重的窗帘后边。壁炉围栏后面，秘密入口门后，所有人都西装革履，乔装得无懈可击，而他们身上缠裹着网子，网眼密得连只小鸟都飞不过去，他们的裤腿里则藏着钩子。他以自己此刻锐利无比的目光将这些狡猾的家伙扫视一遍之后，断定他们的人数又增加了。他发现，从对面墙上巨大的挂毯底下——挂毯上是裸体女子与天鹅的俗艳场景——露出两双黑皮鞋来。而且他注意到一个闲置图书室的门微微开启，他从门缝里瞥见一只目光凌厉的眼睛。他越来越敏锐地感受到，空气里潜伏着一种凶险的味道。毫无疑问，他们又在设计什么背叛他的事，他现在必须格外警醒，不能一声不吭，但也不能露出半句看穿他们意图的话来。

宣布赦免的人也有权宣布刑罚。在赦免劫持者的同时，给那些冒充他盟友的背信弃义者来点警告性的处罚怎么样？

不知他们有没有忘记将国旗挂起来。他起身察看一下，但是只走出几步，就听到身后响起金属的吱吱声，就像锋利的刀子互相摩擦的声音。他猛一回身，看见奸诈的总理正侧头和内务部部长——这个等待继位的头号对手——暗中密谋。这两人互相弹开，立即摆出猥琐的伪善微笑，但是他装作根本没看到他们的样子，回到自己在野蛮人中间的座位上。

然而他还来不及坐下，这个奸诈小人就用鸡爪脚扭了过来，此时他脸上换成极为阴郁的表情。总理一开口，他便知道他预备施展刚刚商议好的最后一招。"总统先生，我刚得知一个扫兴的消息，"他用比平时略高的声音压住背信弃义后心中的志得意满，"赦免活动将会推迟。"不等他质问为什么要破坏他的计划，这个奸邪小人便告诉他，押解劫持犯的汽车发生了事故，随行人员遇难，劫持犯虽然没有丧生，但似乎暂时藏匿到某处了。

"警卫都死了？"

总理点点头，又说了几个名字和具体的细节。原来他们是这么策划的。毫无疑问，这是他们最爱的交通事故把戏。他一度相信过他们，现在这伎俩已经令他生厌。越来越多新的受害者。他们将随时被拖到他这里来。这些人这一次也不顾安危地留在他身边，不过是为了死后孤儿寡母能够得到照顾，为了他能在吊唁信上签字，发放抚恤金。而这一切都是为阻挠他的计划，不让它在那个野蛮人面前实现。野蛮人此时狡黠地朝他眨着眼，似乎觉察到了他们的意图。一些人已经殉职，另一些人又装作悲痛的样子，他甚至无法追究他们的责任。他什么也不能做，只能独自等待，等他们又给他制造出什么事故来。

"这真让人不痛快，"总理抱怨道，"但是绝不能给今晚的活动带来一丝阴影。"他向一名手下弹了个响指，那人马上手里托着盘子冲过来，往杯子里倒上老人最爱的金黄色饮品。至少这只狐狸想以这样的方式同他和解。他拿起玻璃杯，这淡金色的液体一下子缓解了他的口渴，使他略为振作，他在电光石火间冒出一个念头，"另一个小伙子呢？"他怀着恶作剧的心情看着狡猾的矮脚鸡面红耳赤，徒劳地寻找着借口。

"也赦免吗？"总理从喉咙里挤出一句话。

"对。还有影片，"他想了起来，"关于城堡的影片。"

总理的眼睛一亮，明白了些什么。他像狗摇尾巴似的摇晃着脑袋，已经准备好一堆话来搪塞他。然而这一回总理打错了算盘，低估了他，没有注意到今天他血管里流动的是酝酿已久的决心。"那个小伙子怎么不在这儿，你们怎么敢违抗命令？"

矮脚鸡低下头，动作很轻微，他只要抬起脚来……然而他没有这么做。时机还未到。"带过来！"他命令道，"把那个躲起来的人也带来。联系好全部媒体！全部！现在就去！"他转向身后的他。他总算也挫败一次他们的阴谋了。

六（电影小说）

一片昏暗。罗伯特蹲伏在墙边的灌木丛里，像流浪狗一样又饥又渴。最糟糕的是脚还受了伤。

是时候找个屋檐落脚了，就近找一户人家，他不能在大街上露面。最好的法子是在这些墙后面的楼房里等上几天。

他观察着亮着灯的窗户，其中一扇引起他的注意。那是中央的一栋预制板楼房第三层左侧的第二扇窗户。里面正开着灯，他看见五彩缤纷的天花板和大量的彩色照片，照片从天花板沿墙壁一路装饰下来。接着窗户里出现一个金发女孩，她凝视了一会儿夜色。他等着看她身边会不会出现一个纨绔子弟，但是没有，公寓里显然只有她一个人。他又瞥了几眼，她正在房间里走来走去。

天色渐晚，这是星期五晚上，上班族们可以一瞬不瞬地盯着电视机度周末，而他必须在大楼锁门之前想办法溜进去。

他爬上墙头，从另一边滑下来。灌木丛中有一条小路，正合他意，这个时间不会有人来打扫。此时在月光下，他可以将眼前大楼的灰色墙壁、电池回收箱和废弃的采砂坑看得一清二楚。现在不能出任何差错。他察看了一遍所有的窗户和整个院子，连他所在的小路的尽头也看过了，一个人影也没有。他必须出其不意，不能仓促行事，也不能错过时机。

他走过院子，挣扎着慢慢前进，已经只余下几步之遥。这时旁边房子的门开了，射出一道光来，他借着灯光看到一张咧开的嘴，僵硬的军官的面孔，他的喉结又红又肿，淡绿色的衣领紧贴着脖子。这一切发生在一秒钟之内，他还来不及碰到楼门把手。幸好门没有锁上。走廊潮湿冰冷的空气包围住他。他不晓得外面那个小子有没有注意到他。大概没有，他从明亮的地方一下子走进黑暗里，应该什么都看不到。他爬上一片狼藉的楼梯。电视里肯定早已充塞着关于他的新闻，这或许会引起那个男孩的注意，怀疑这是否就是从后门溜到隔壁房子里的那个陌生人。也许他应该改变计划，离开这里。不过反正无所谓了，不管那男孩是否叫来警察，拖着一条疼得钻心的伤腿，他很难逃过他们的追捕。

三楼左手边的第二个门，门铃下面是手写体的门牌：

瓦兰道娃

他按了两下门铃，等了一会儿。接着传来一个听不太清的女人声音："稍等！"门砰的一声响，他听到一阵冲水的声音。

有人从下面走上楼梯，难道是那个军官，难道他尾随他而来吗？他不会让军官耽搁他的时间的，他已经没有什么可失去了。

门后响起轻快的脚步声，楼下有人在用钥匙开门，要是门一开，还是有人会听到他们的对话的。

她并不是女孩，年纪肯定比他大，是个十分好看的女人，金属圈耳环在耳边摆荡着。她匆忙间套上一条旧裙子和一件短袖毛衣，光脚踩着木底鞋。他注意到衣架上蓝白相间的护士服："晚上好。您是瓦兰道娃护士吗？"

"我是。"她打量着他，也许在回想在什么地方见过他。

"我给您带来一个口信。"

"谁的口信？"她并不是金发，那是他从远处产生的错觉，她只不过头上戴着黄头巾；她有着和他一样墨蓝色的大眼睛。

"我坐了一整天火车，"楼下终于关上了门，"一出车站就直奔您来了。"

"您这大半夜的要转告我什么消息呢？"

"说来话长。不过首先我想请您给我一杯水。"他讲得很慢，很镇定，几乎是字斟句酌。可是这个女人对他仍然很抵触。"我不认识您，"她说，"我没有在等任何人的消息。如果您有什么需要转达的话就说吧，不过就在这里的走廊上说！"

既然他穿着破衣烂衫，字斟句酌又有什么用呢？女人离他越退越远，每一刻都可能发出尖叫。他不能再浪费时间了。他朝她伸出手去，说道："我是巴维尔！"他一边抓住她的手，一边把她按进公寓里，另一只手在身后关上门。

"您……您……请立刻出去，不然我要……"

"别害怕，"他马上说，"我不会伤害你的。给我拿点喝的来！"

"您根本没有什么口信。您想要干什么？"

"你没听见我说我渴了吗？不能给我拿杯水来吗？"

"在那边，"她指向一扇门，"如果您口渴的话，喝完水就走吧。不然我就要喊人了。"

"谢了。不过你得和我一起过去。"

"不，我就留在门口，"她提高了声音，"您去喝水吧，但是喝完必须离开。"

"既然你想知道我从哪儿来，"他低声说，"那就听好了。我是从监狱逃出来的。"他将她扳在自己身前，挪到贴海报和照片的地方，"现在我必须留在这里，你和我一起。"

"您疯了。"

"只要你好好听话，保持安静，什么都不会发生的。"他推开门，浴室小得可怜。黄色玻璃杯里摆着蓝色牙刷。"你要是尖叫……"他把自己的手微微移近她的喉咙。他注视了片刻她因恐惧而睁大的眼睛，然后把玻璃杯转成底朝上，将牙刷啪一声扔到地板上。他微微扭开水龙头，放上玻璃杯。这期间他的视线一直没有离开那个女人。

"您是谁？"她的声音发着抖。

"跟你没关系！"

"您到这里干什么？您想把我怎么样？"

"什么事也不会有！"他此时端着满满一杯水，"只是我不得不在你这儿待一会儿。"他咕咚咕咚灌下凉水。

"您不能待在这里！一会儿有人会来。"

铁定是谎话，他看向她，她在说谎。"胡说。"

"会有人来的。"

"别给他开门！"

"他有钥匙。"

"如果他进来，那是他的不幸！"

"您不能留在这里！"她固执地一再重复。

"我从早上就没吃过东西，你把吃的放在哪儿？"

"如果我给您吃的，吃完您就会走吧？"

"我会走的，"他承诺道，"你怎么不听我说话呢！"

她拉开粉色帘子。架子上摆着电炉，旁边是面包盒、平底锅、绿色炖锅、几个罐头和装果酱的玻璃瓶。她打开小冰箱，从里面拿出鸡蛋和一块熏猪肉："我只有这两样。"

"这就够了。"

她打开电炉，放上平底锅，然后把熏肉切成片，丢到平底锅里。香味出来了。"你不告发我的话，我不会碰你的，我很讲道理。"

"您什么时候逃出来的？"

"你还是别问的好！"

她把鸡蛋打在化开的油里。

他迫不及待地吞下去："先给我切块面包吧。"

她顺从地打开圆盖子，掏出可怜巴巴的一片。

"再没有了？"

"我就吃这么多。"她从帘子下面翻出一个塑料盘，把平底锅里的东西倒在上面，在房间的桌子上铺上桌布。桌布几乎是纯白的，只在一角有一块红色污渍，很可能是葡萄酒染红的，但他还是嫌恶得很，坐到看不见它的位置上。他舀上满满一勺送入口中，烫得他眼泪都流了出来，面包也硬得像软木似的。不过至少他可以肯定，她说的在等什么人的话纯粹是鬼扯。

她站得离他远远的："等您吃完就不能留在这里了，绝对不能，求求您了!"

"我说好会走的。不过我得先换身衣服,"他嘴里塞得满满地说。

"这里没有您能穿的衣服。"

"那个有钥匙的家伙连双袜子也没留在这儿?"

"没有。再说我必须到医院去,我要值班。"

"你在哪儿干活?"

"在手术室。"

"那你至少给我看看我的腿,我逃跑的时候被挤伤了。"

"您不能留在这里,"她说,"有人会听见我们说话的。这儿的墙比纸还薄。"

"我们小点声说话。"他低声说,看向她,女人赶紧点点头。他不能吓着她,他还需要带上她一起走,哄骗她帮他逃离这个他连名字都不知道的小城,和他一起坐进偷来的车子里,再一次开往边境线。"你不会坐视不管吧。"

"您答应会离开的!"现在她讲话真的很小声。

"我早上就走。可我得换换衣服啊。穿着这身,我还没走出大楼就被他们包围了。"

柜子上也贴着海报,里面挂着几条裙子、几件花花绿绿的旧衣服,还有牛仔裤和一套医院制服。一层架子上摆着毛衣和锥形文胸。柜子底下摞着几只盒子,里面大概是鞋。

他从衣架上摘下牛仔裤,这是李维斯的版型,看上去像是农场的工作服,他肯定挤得进去,只不过大概不够长。他抬起腿来,果不其然,裤腿短了至少一掌。"你给我改长点!"

"这是我唯一的一条,您让我怎么办?"

"我给你寄新的来,我给你用包裹寄两条来,"他慷慨地许诺道,"前提是我得从这里逃出去。"

"他们早晚会抓住您的。"

"除非我死了。"他还想再说一句"到那时你也活不成",但他不想让她受到惊吓,只是把裤子扔给她,然后在一堆毛衣里翻了翻,挑出一件穿上最不显得女里女气的。他脱下上衣,这时才注意到衣服后面撕裂的地方有血污。他从头上套上毛衣,袖子有些短,他干脆把它们卷起来,衣服也盖不住肚脐,不过还能穿。

她手里拿着牛仔裤,瞪着他看。

"你傻看什么?我没告诉你应该做什么吗?"

她顺从地站起来,从床底下掏出一只针线盒。

还缺双合适的鞋,不过在这儿怕是很难找到。尽管如此他仍然弯下腰,打开衣柜底下的一只盒子。他差点高兴得喊出来。他的幸运日尚未结束,他想都没想过会有这样的好运气。现在他已经坚信自己能从这里逃出去,他们是抓不住他的。

"那是用真发做的,"女人的声音从他身后传来,"您把它给我留下吧,我没有头发,必须戴着它。"

他根本没听见她的话。他站到镜子前,试着戴上假发。他戴着很相称,只是颜色比他的头发略浅,也有一点长,不过很合适,他用剪刀修剪了两下。现在穿着这身旧衣服,戴着长假发,一副女人打扮,就算和警察狭路相逢,他也可以站在他们面前,打听到车站怎么走!"我只是借你的一用。我会用快递给你寄回来的。"他观察着裤脚边的缝线,裤腿挖回来一截,这是女裤设计,他随时可以放下来,怎么穿随他喜欢。这时候他本该被吊上绞刑架,本该躺在某个冰冷的地方的,而现在那个地方躺着的是他的押解员。"你的东西先放在我这儿,我会把它们给你寄回来的,等着瞧吧!"

"一言为定!您到底因为什么事被关进监狱的?"

"混账理由,"他打断她的话,"我原来想到山那边去。"

"没有别的?"

"这条罪名已经够了。"

"我也知道一个人,"她忽然停住,又说道,"他曾住在我们医院,他也是试图逃亡,结果被判了将近两年……"

他对这种事不感兴趣："你有烟吗？"

她犹豫了片刻，伸手抓过放在沙发床边的手提包，将烟盒和火柴递给他。

他点着烟，满足地吸了一口，然后端详了她一会儿。她很好看，瘦了点，不过乳房很漂亮。天老爷，他上一次和女孩做那事不知是在何年何月了，但他不能吓着她。除非她自己愿意。所有女人最后都会愿意的。可一旦她现在开始尖叫，或是稍后在他带她上路的时候叫出来……他不能让她受到惊吓。以后他会有女人的，要多少有多少。

她将牛仔裤递给他。"那么您现在可以……"她不愿再重复一遍，唯有指着门，"求求您了！"

他站起来，他爬出了自己的墓穴，已经脱险了。左边的脚踝又青又肿，像是泼上了墨水。

她注意到了："您拖着这只脚一直走到这里的？"

"那怎么办？"他回了一句，"难不成我能打车吗？"

"至少您需要清洗一下！"

"无所谓。"他抚了抚牛仔裤。

"等等！"她从柜子里拿出一只和里面装假发的那只很像的盒子。她从盒子里掏出绷带卷，然后固定住他的脚踝，拉了几下他的腿。他觉得像是骨裂了，但他既没有动，也没有哼一声。

她缠着纱布，手指很灵巧："他们在追捕您？"

"不然你觉得呢？"

"要是他们抓住您会怎么样？"

"他们已经考虑好怎么处置我了，"他用手掌环住脖子，微微吐出舌头，"不过只要我活着，他们就抓不住我。"

"您不会真这么想吧！"

他沉默了。

"您是不是把什么人给……"

"扯淡，我没有杀过任何人。要是我动手的话，他们是抓不住我的,可我太傻了。"

"那么现在您有什么打算,想要去哪儿?"

"走一步看一步吧。不过现在我不会再犯傻了。我跟你说,同样的错误我不会犯两次。"

纱布都缠到他的膝盖下面了。她的头紧挨着他的腰,他把持不住,把手放到她的肩上。

她弹开来,像是被火烧着了似的。"把您的爪子拿开。"她发出尖叫。

"混蛋,别叫!"他朝她俯下身去,腿几乎一动没动,"没事的,什么事也没有……"他故意把背转向她,穿上她的牛仔裤。他感觉有点血流不畅,除了脚踝包扎得过紧,其他都很完美。他往盥洗池里放上水,洗一把脸。额头上的肿块已经有点胀破了,红色的瘀痕几乎咧到右侧的太阳穴,他可以把它藏到假发底下。他回来拿起假发,再次戴好。"还需要修剪一下。"他说。

"您又想干什么?"

"把剪刀借给我!"

"不借!您别折腾了!"

他取出针线盒,拿起剪刀将假发略做修剪,又一次在镜子前面戴好。现在警察怎么可能认得出他来呢?假发经过打理显得这么服帖,要是他们戴上假发,这大晚上的恐怕会连自己都认不出来。

"好了,现在您总算要走了,"她的声音在他身后响起来,"您该庆幸他们没在这儿抓住您。"

"别总操心我的事!"也许她说的没错。他在这儿的收获已经比他期望的要多得多了。眼下他应该尽快跑路,赶在他们发现他的行踪以前,赶在那个穿军官衬衫的小子或是楼下的人头脑清醒以前,那人一定听到他和她攀谈了。但是拿这个女人怎么办呢?她如此冥顽不灵,他不能就这么留下她,逃之夭夭,那不是给她机会跑去附近的警察局,把一切和盘托出吗?他必须哄骗她和他一起走。可要是不成功呢？或者她答应随他走，却在街上大叫起来怎么办？这他倒是没有想好。

他点着烟，坐到她对面。"您还不走。"就算把她留在这儿，堵住嘴绑起来，他们一样会发现她，他必须想个一劳永逸的法子……然而他不想杀她，而且这也没有多少益处，他们会查出她的柜子里少了些什么，那正是他穿在身上的衣物，之后他们即刻会尾随而来。

女人想起身，但他制止了她："等等，我必须再对你说几句话。"

她也点上烟，拖过椅子，坐下来。

"说来好笑，"他说，"我都不知道你们小城的名字。这儿离那里远吗？"

"哪里？"

"边境！"他说。

"远得很，您永远也到不了那里。"

"一小时能到吧？"

"那得看您怎么去。"

"开车。"

"您有车吗？"

"会有的。"

"差不多一小时吧。"

"很好。我们可以出发了！"

"您说什么哪？我们……"

"你跟我一起走！"

"不行！不行！"她从椅子上一跃而起，想从公寓里跑出去，冲到走廊里，大声尖叫。他一只手抓住她的肩膀，另一只手捂住她的嘴。"坐下！"他命令道。面包旁边摆着他之前切面包的餐刀，他拿过来，试试刀刃，还不赖，于是他把刀插入牛仔裤后面的口袋里。"你和我一起走，要表现得像我的伴侣那样。只要这么做就行，什么事都不会有。但如果你不走，事情就没那么容易了。"他从口袋里抽出刀，又用手指碰了碰刀刃，"听明白了吗？"

她看着他，一动也不敢动，"您是个无赖！"她低声说。

他没有回应她的话，此刻他正听着外面的动静。他小心谨慎地离开椅子，走向窗口。

简直难以置信！警察怎么可能发现他？但是他们分明在那里。其中有两个人牵着警犬。他又从窗边退开。

"怎么回事？"她问，连她也看到了外面的情况，"他们是冲着您来的？"

现在警犬的吠叫清晰可闻。他错失了良机。他真是疯了，把这儿当成了小酒馆，呆坐着净说废话了。

"您快走吧！"她在他身后说道，"还等什么，想让他们发现您在这儿吗？"

"闭嘴！"现在去哪儿呢？除非藏到地下室，然后到楼顶上去，可是拖着自己这条伤腿，他哪儿也去不了。再说他们把这里全包围了。他听到汽车聚集到这里的声音，想象得出他们每一个人手里都握着手枪，兜里装着手榴弹。他们不来抓他，只是因为他手里有她，这个笨女人，他们要么活捉他俩，让他们坐进停在这儿的车子里，要么把他们两个用棺材带走！

"怎么了？"她冲他喊道，"为什么看着我，您想干什么？"

"闭嘴！"

"快跑吧！"她靠到他肩上，拼命把他往门口顶，"您不能留在这儿，不能坐以待毙。"

他掴了她一耳光，"爬过去！爬到那边去！"他指了指床。

她用手掌捂着脸，呜咽起来。

他们在楼下挨户敲门，接着传来重重的脚步声。他们大概在外面留了多少人？他不该再出现在窗边了，得做点什么才是，他必须把门堵上。"过来！"

她顺从地站起来。"放过我吧，您把我放了吧，"她再三恳求，

"他们会开枪的。"

"只要你在这里,他们就不会开枪。帮我把它推过去!"他趴到贴满照片的柜子上,把它往门边推。

"放了我吧,求求您,放了我。再怎么说我没对您做过任何不好的事啊……"

还剩下最后一段距离,门就打不开了。楼梯上响起沉重的脚步声。

"不然我就喊了。"

"喊啊,"他挑唆她,"你一嚷嚷他们就知道你和我在一起了。"

柜子抵到了门后面。好了,现在他们在一条船上了。他能像那一回一样转危为安吗?当时他可是逢凶化吉了。他回想起那一刻,子弹呼啸而过,方向盘后面的家伙失声痛哭。他抹了一把额头上的汗。"喊吧!"他挑唆着,"怎么不喊啊?"

脚步声在门前停下。门铃响了。警犬跃跃欲试,那架势似乎能咬穿门板。门铃又响了一次。

听门铃声像是有人来做客似的。他们手里拿着枪,口袋里装着手榴弹,警犬蹲在腿边,按着门铃。身处陌生的大楼内,他们不想引起骚动。最好的情形是,他给他们开门,俯首认罪,然后把手举过头顶。不过他们等不到这种好事。可能他们会发现他躺在这儿,已经死了,那也得随时提防他放在身体两侧的手。

他倚在顶住门的柜子上,女人在他旁边发着抖,大声啜泣着。让他们听见她的哭声也好,在他们开枪之前,让他们知道她和他在一起。他们会从哪条路攻进来呢?门,还是窗?不过窗外没有任何可以落脚的地方,除非从他曾在那里过夜的仓库顶上过来。他们有可能不会开枪,而是先撞门,接着一队人挤进这里来。但是他们不会活捉他的,他拍拍自己的牛仔裤,摸到了刀,心里很安定。这一回,他们糊弄不了他,他不会和他们谈判了。一个字也不谈!

忽然间安静下来,门铃哑然无声,甚至连狗叫声也听不到了,大概这期间它们被带走了。她在他旁边微微耸动肩膀。她小声说:"您放他们进来吧,这是没有意义的,放他们进来吧!"

"你问问他们想干什么。"

"他们想进来!"

"你还没问呢,贱货!"

她把头转向柜子,张开嘴,又合上了。

"问吧!"

"是谁?"她叽咕了一声。

"大点声!"

"外面是谁?"

几个男人在说话,声音很陌生,不过同时响起一个熟悉的声音,这个声音在他坐牢和服役时都朝他咆哮过:"保安。请立刻开门!"

她转向他,脸色苍白,嘴唇哆嗦着。

"你说,门是不会开的,你是人质。"

她重复了他的话。

"说不然我会杀了你。"

悄无声息。

"如果他们不提供车,不放我们出去,我就杀了你。"

悄无声息。

"贱货,你怎么不说话?"

她发出呜咽声。

外面的人说:"巴尔道什,我们知道您在里面。打开门!"

"重复我说的话,贱货,不然我就杀了你。"

"他说,要是你们不放我走,他就杀了我。"

"巴尔道什,总统决定赦免您。这是为了您的利益考虑,千万别做任何迫使他收回成命的事。"

"你跟他们说,我知道他们是手段低劣的骗子!"

悄无声息。她整个人抖得厉害,呜咽不止。她转向他,满脸泪水，被掌掴后的脸稍微肿了起来。"放开我！放了我吧！"

他笑了，放声大笑。当时他没有伤害任何人，好心好意地将全部孩子从大巴里放出来，结果他们扑上来把他五花大绑。现在一车押解员因为他丧了命，他们却要赦免他。大概他们把撞车事故当成了交通意外。这让他更想笑了。他笑得这么响，外面的人一定听见了，就让他们知道他是多么乐不可支吧。

"巴尔道什，我给您三分钟时间开门。"

他大笑不止。

"我们要撞门了。"

"您就是劫持大巴的那个人？"她意外地看着他，"放了我吧，您不是也放了那些孩子吗？"

"这是我们做过的最愚蠢的事。要是他们撞门……"他掏出刀子，她的那把刀，举在她眼前，"告诉他们会发生什么事。"

"巴尔道什，您还有两分钟。"

他又把刀藏起来："说给他们听！"

"看在上帝的分儿上，求求你们走吧，放过我们。他会杀了我。"

"巴尔道什，如果你敢动里面那个女人，就别想活着出来。"

一阵大笑。

"对他们说，让他们滚开。我要一辆车，给咱们俩的，还有过境权。"

"最后一分钟，巴尔道什。"

"放了我！你这个疯子。他们绝不会给你汽车的。可是他们愿意赦免你，你听见他们的话了。"

他一笑置之。"赦免？"他讥笑道。

"我还有老母亲，她一个人住，病痛缠身。放了我吧！我做不来，这是他们和您之间的事……求求您。我给您做过吃的。我为您包扎过脚。我本可以呼救的，但我不想抛下您不管。"

一阵大笑。

"我同情您的处境。我为您感到遗憾。如果可以的话,我很愿意帮您,可是……"

"不准再说话,贱货!"

"巴尔道什,您没有时间了!"

他们在用什么东西撬锁。

他抓住她的手,扭到她身后,把她扯过来。

"上帝啊,求求你们,他会杀了我!救命。救命!"

他捂住她的嘴,用尽全力把她从门边拖走。

她拼命反抗,对他又踢又咬。他更用力地扭了一下她的胳膊,这时候女人吼叫起来,因为恐惧而发出吼叫。还有一道门。他把她摔进里面的房间,这时头巾从她头上滑落,这个女人几乎没有头发,他被这丑陋的样貌冲击得转过脸去,急忙关门上锁。

他听到前厅传来碎裂声。不过他并不在意他们又一次包围了他,现在既然他成了瓮中之鳖,他们想抓就能抓住他,他已经无所谓了。他扑向她,扼住她的喉咙,仿佛这是他们的喉咙似的。她又踢又蹬,用拳头打他的肚子,抓他的脸,但是他什么都感觉不到,无所谓,一切都无所谓了。他把她打倒在地,跪坐在她身上,抓牢那只没有头发的怪脑袋,往地上撞去。他身下的身体抽搐着,发出呻吟,这令他愈发怒火中烧,疯了般地捶捣她。女人终于没有声息,一动不动了。于是他掏出刀,放到她脖子上。他可以就这样等着迎接他们了,让他们看看,只要他一个动作……

他们的脚步声已经在门外,钻头嗡嗡响着。

他看向那个女人失去意识的脸、苍白的额头和头盖骨,到处都布满汗水。女人一动也不动,他下手太重了!要是她已经死了,他还拿什么当人质?他朝她俯下身去,试着听听她的呼吸,但是在这该死的钻头嗡嗡声里,他什么也听不到。

这时恐惧攫住了他,他浑身发冷。他们还是追上了他,他没能逃脱他们的追捕。说话啊,说点什么,他晃着她无力的脑袋,他不想这样的,他只不过想逃走而已,逃到谁也不认识他的地方……逃到再也没有人对他……他能够一身清静地待着……就像现在:孑然一身。不是我干的,是他们,你别怪在我身上……钥匙落到他身后的地板上,再有几秒钟,他们就会给他套上头套,绞刑架早已在什么地方备好了。但他们不能活捉他,他看向刀子,反正它也不能保护他了,除非他威胁他们要刺伤自己,可他忽然没有力气这么做,甚至不知道该往哪儿划。幸好窗户是开着的,永别了,所有人,我对你们的世界厌恶透顶。他像攀爬一堵矮墙似的爬上窗框。他往下面连看都没有看一眼,径直望向天空,又看了一眼对面仓库的屋顶和后面黑暗的夜空。天空没有星星,而他迈出了一步,再平常不过的一步,仿佛在他下面就是坚实的地面,仿佛他依然在继续逃亡,仿佛在他真挚的努力之下,终于抵达了不可逾越的边境线。

七(电影小说)

弗卡正在母亲的公寓里睡觉,电话声吵醒了他。他伸手抓起话筒:"哪位?"

"亲爱的,是我,艾拉。真开心,总算逮住你了。猜猜看,谁在这里等着你……"

"谁在等我?你疯了,当着他们的面给我打电话。"

"不是那些人,不是你想的那些人,他们是带你去见他的。"

"见谁?"

"去总统府,当然是见他了,我跟你说过的。你绝对没想到他会接见你吧。"艾拉嚷嚷着。

"什么时候?"

"现在,马上出发。"

"我哪儿也不想去,我想睡觉。我又没求你……"

"亲爱的,我们立刻来接你,一会儿就到了。"

他匆匆洗了把脸。还不到夜里一点，真够疯狂的。可能一切都只是他的梦，或者只是一个傻得冒泡的玩笑。他不知道是应该再躺下来呢，还是穿上自己最好的西装。于是他起身走向窗户，凝视着空荡荡的街道。他望向空无一人、湿漉漉的人行道，路面在路灯的灯光下闪着光泽。在远处出现汽车车灯的光束，紧接着他看到一辆黑色大轿车，朝他家的方向急驶而来。车一停，一个男人就跳了下来，打开后边的车门。他认出了亲自给他带来好消息的艾拉。

这么一来他只能着装了。

两个男人在车前等他。他们面色灰白，穿着一身黑，他险些没认出来他们就是不久前向他出示证件，没收他胶卷的人。不过这一回他们例行公事地微笑着，牙齿露得恰到好处。他们抱歉请他出示一下证件，验证了他的身份。他们让他坐进后座，车子立刻驶了出去。艾拉留在人行道上，朝他挥手。她肯定开心极了，毕竟这是她的主意，得益的是她的男友。她相信，从此他的命运和她的命运都会好起来。他将得到薪酬丰厚的工作，有了钱就会有房子，他总算要有自己的房子了，他们可以和和美美地住在里面。

他以最舒服的姿势坐着，看着一闪而过的房屋。他不知道车子还要开多久，也不知道假如他当真受到接见，国家首脑会说些什么，有什么要求。虽然他极不愿意承认，但他全身都在打战。他就像被撒旦亲自请上山，得以一览全世界所有的财富一般：请君自便。

是，黑暗之王，可是你要我怎么偿还呢？

这个以后再说！

不行，我得知道。忠诚？自由？生命？灵魂？

汽车开上狭窄的沙石路，在大门前刹住。装饰栅栏随即自动打开，车子开过两侧种着针叶树的沙石路，停在光线明亮的低矮建筑前面。他们请他下车。

周围到处都停着车，他看到附近几辆车里有司机在打盹。远处有几个步履踉跄的人影。从打开的窗户里传来嘈杂声，灯影摇曳。一个西装革履的小伙子已经朝他走来,他的步伐和动作既轻盈又高贵。他停在他面前:"先生,您的车程如何?"

他向他道谢,男人示意他跟他走。

他们一直走到大厅,大厅中央摆着几只皮沙发。被木饰墙面环绕的大厅空空荡荡,只立着几只玻璃缸,有几只倒满了水,另外几只底部覆着一层沙子。异域植物的花茎和弯弯曲曲的树枝从沙子里探出来。"您不介意在这儿坐一会儿吧?"

在一只长方形玻璃缸里,他看到灰黑色的蛇的身子。他站起来,生怕自己成为某个仪式的祭祀品。他又坐了下来。当人们接受帮忙的时候,需要承担什么义务呢?不需要为此失去自由或独立的身份吗?他要将作品卖到多高的价格,才值得放弃自己的独立?这个价格可能比他渴望达到的目标要高出许多倍,他只消打开通往自己坟墓的大门,通往自己毁灭之路的大门。

外面传来的警笛声令他烦躁不安。他站起来,又再坐下。有人砰砰关上车门,传来说话声。接着在片刻之前他走进来的同一个入口,两名身着制服的男人抬着担架冲进来。他看向他们,然而他们并没有注意到他,将担架放到地上,候在一边。

躺在担架上的人一动不动,几乎看不到他的面容。床单一直盖到他的嘴部,他头上缠着绷带,眼睛藏在深色眼镜底下。唯有夜色使他遮得严严实实的脸庞的轮廓凸显出来。他看着这个像是从梦里走出来的奇怪的人,心里非常不安。

打扮得像司仪的男人又出现了:"总统先生在等您!"

他站起来。那两个穿制服的人也抬起担架。他们穿过几个显然刚举行过宴会的大厅。桌子上摆着玻璃杯,摊着脏盘子,碗里全是残羹冷炙。鱼子酱撒得到处都是,火腿肉冻化开了,肉酱被搅成烂泥状,一群嗡嗡作响的苍蝇在啃剩的鸡骨头和火鸡肉周围盘旋。

他们走进的最后一个大厅里坐满了人,直到这会儿还人声喧闹。他留神听了听他们的对话,内容让人十分尴尬。他环视四周,看到几把高靠背椅子摆出一个四边形。四边形中央立着一只和这里一点儿也不协调的豪华沙发椅,或许称它为宝座更加合适。沙发椅的椅子腿是镀金的,从椅背上方露出一顶装饰着钻石的王冠来,王冠下是一位身披黑色长袍的老人。

他起先迟疑了一下,这真是他吗,他还从未见他穿过这样的衣服:既没有亲眼见过,也没有从电视上见过。不过此人身材魁伟,厚厚的镜片后面是一双灰色眼睛,那肉感的嘴唇无疑属于我们的国家总统。

他们为何要在大半夜,或者说在将近凌晨时分,请他来到一群醉客中间呢?还好他在报纸的图片上见过他们中的一些人。还有那个坐在宝座旁边的沙发椅里,仪态威严的黑人大块头,他也认了出来。他是进行国事访问的客人。一切越来越让人费解了。这儿究竟发生了什么事?他们转眼之间给他拿来摄影机,吩咐他说,请将这些疯狂的看客拍下来好吗?什么看客?他们是谁的客人?

他是孤军作战。

这时候,像是直接从地上冒出来似的,一个驼背男人出现在老人身后,他脑袋上支棱着两只大耳朵,让人联想到两只角。他低声对老人说了些什么。弗卡一个字也听不到,但他感觉听见了自己的名字和这个词:恐怖分子。气宇轩昂的老人脸上神色一变。他微微张开嘴,似笑非笑,示意他们:"那么就到这儿吧。请您过来!"

后一句话显然是对他说的,所以他朝宝座走过去,抬担架的人跟在他身后。老人注视着他们。当他们将担架放到他腿边时,他僵硬的脸微微一动,几乎不易觉察,甚或可以说是流露出心满意足的表情。

总统并未发话,弗卡不知道自己是否可以说点什么,他甚至不知道应该说些什么,于是他只好垂手侍立。黑人饶有兴致地打量着他。

"你来了,小伙子,"老人从自己的沙发椅所在的高处对他讲话,"你申请赦免,现在你到这里了。我本可以拿笔一勾,把你发送到有去无回的地方,但我要你到这里来,向我们说明情况。说说看,你想怎么为自己辩护?"老人努力使目光落在他身上,但是办不到,他的眼神四处游移,刚定下来就又飘走了。他的眼前雾蒙蒙的,像是被泪水模糊了视线。"你不说话。可是当时你是怎么回事?你杀人的时候,可一点也没犹豫啊。"

弗卡惊讶地微张着嘴,一个劲儿摇头。这时支棱着耳朵的矮脚鸡疾步走向老人,对他耳语了几句。老人点点头,现在他的眼神镇定多了,目光如炬。随后他大声对自己、对矮脚鸡,可能也是对所有人说道:"没事了,没事了。你是那个拍摄蛇的人,我记得,我记得的,你给我们所有人送来了欢乐。你有孩子吗?"

他摇摇头。

"有妻子吗?"

他确实连妻子也没有。

"那么你为什么到这里来呢,为谁而来?"宝座上的男人问道,此时他的困惑不在所有人之下。人人都闷声不响,只有身材苗条的女翻译俯身向黑皮肤的政客低声耳语。

"我知道你们所有人想得到什么,"此时,气宇轩昂的老人对其他人说道,他已经不再对他感兴趣,"赦免、自由和权力。但是出于什么原因呢?为了逃避自己的义务,为了从我一直竭尽全力掌舵的船上逃走……你们在想什么?你们在掏弄口袋,攥紧手指,窃窃私语,你们以为我一无所知,什么都看不到也听不见吗?履行义务!谁敢说'不'?"他喊道,"必须履行义务。我也好,不幸的牺牲者也好,一视同仁。总有人哀号着跑来找我,"他的目光似乎不经意地落在自己腿边,也许是落到放担架的地方,然而他立即移开目光,眼神又变深邃了,"求我出手干预。我已经受够这种托付了!"

大厅里一下子鸦雀无声。

"我是可以颁布赦免令的人,"他咆哮着,"也是唯一知道自己职责的人。我会为你们做主。有谁不同意我的决定,可以举手,也可以站出来,只要我提笔一勾……"总统愤然而起,黑色袍子随之拂过肩头,"有谁敢这么做?很好。那么我再说一遍,所有人听着,从过去到现在只有这么一回,我满足你们的要求,施行赦免。行刑者可以离开了!"有人鼓起掌来。老人朝弗卡挥挥手,仿佛在祝福他,然后老人迈着大步,绕过担架,消失在旁边的大厅里。坐在这儿的人开始追在他身后冲出去,那两个穿制服的人也抬起担架走了,谁也没有看清担架上遮得严严实实的人是谁,或许他已经死了。

弗卡想,死人可以被带走,但是死亡的气息遗留下来,长久地弥漫在这里,而除了对死亡的恐惧,他从这儿什么也带不走。他知道他也可以走掉,但他无法离开自己的位置。他盯着光秃秃的墙壁,着迷般地东张西望,直到司仪出现,告知他:"接见结束了,恭喜您,先生。"

第四章

一

　　人行道炙热烤人，巴维尔的脚步有些趔趄。最近一段时间，这种情形愈发频繁，要么是他喝过了头，要么是其他人在周围正喝得尽兴，他已经喝到量了。

　　他在小酒吧前面停下来。从这里听得到远处麦克风的声音，他听不懂在说什么，可能讲的是西班牙语。孩子的小手不断碰触他，要他买下已经凋谢的花，而酒吧里深色眼睛的混血儿在向他点头，示意他过去。他渴了。他瞥了一眼酒吧大敞四开的门，但是那里人太多了，他没有进去。

　　随着越来越接近广场下面，他开始弄懂了一个个词的意思。然而他并不急着见到演讲者是谁。他们不再派他拍摄游行了，他所经历的那个时期的游行，警察还挥着警棍击打游行者呢。要是这些人里有当时挨打的人，又看到他出现在摄影机后面，恐怕不会有什么好结果。

　　他还看不到演讲者，只听到他在向最近的当权者发出警告，这些人精明地伪装成自己的反对派，继续掌握大权。"我们所有人都知道，"演讲者在呼吁听众的认同，"他们的作为早就与理想无关，他们只关心权力。"远处的人群赞同地鼓起掌来。他不愿鼓掌，一切要复杂得多，这是说不清道不明的，更别说在这些表示附和的人当中，肯定少不了一些乔装改扮的人。

近来他感觉，虽然他不曾背弃国家，却成了这个国家里的陌路人。所有熟悉的面孔并非消失不见，而是这些面孔底下的人变得不一样了。他们好似蝴蝶从自己丑陋的茧里飞了出来，越来越陶醉于自己所拥有的新的形象。

甚至在他作为合伙人的广告公司里，除了索科尔，他们都表现得那么陌生。他们对他微笑，和他谈论今后的合作，对他的才能和创意表示很有信心，尽管他们可能从未看过他的一部电影，只不过是善于处理人际关系。他们买下来用于改造成摄影棚的那个仓库也有些棘手，它不仅散发出旧皮革的味道，而且太过空旷。他不时去那个阴森的地方看看，琢磨着把它分成几部分比较合适，怎么摆放照明灯，怎么设计才能使收音效果更好，但他总拿不定主意，索性跑去喝个烂醉。这天晚上他去找艾娃的时候，她冲他叫嚷起来，说他是个让人恶心的醉鬼，做事有头无尾，她再也不想和他有任何关系。

他说，他能理解她。他喝酒也是为了和自己不再有任何关系。

"你在说什么胡话？"

"你永远不会明白！"

"我知道，对你来说我只是个什么都不懂的傻瓜，但至少我不会醉得像畜生一样。"

他该怎么对她解释呢？她也变了，已经和过去没有一点相似之处，那时候她会自己来找他，和他温存。

"我原以为你现在总该戒酒了。"

"为什么是现在？"

"我觉得你之前很痛苦。"

"什么事让我痛苦？"

"你不能做你想做的事。"

"那么你觉得我现在就可以了？"

"不是吗？"

他该怎么对她解释呢？可能他们会放手让他去做事，但他的好日子不多了。他们绝对会跟踪他的。一个受到跟踪的人，能够按照自己的心意做事吗？况且可能他都不知道自己想要什么，这对他来说本身就是很大的障碍。

"你这个样子什么也解决不了！"

至少她知道如何解决自己的事情。她决定回到自己前夫身边，起码那个人爱她，对他来说，她并不只是女人，每星期来睡两次觉的女人！这样对罗宾来说也是好事，毕竟那是他的爸爸。她告诉他，她希望他离开，然后她哭了。她哭是因为对他感到失望，她在他身上虚掷了这么多时间，却没有得到他的感激，对他来说，她的好处就是每星期可以来睡两回觉。

她涕泪横流，尽管她的前夫继承了一座工厂，肯定会给她不少钱，她可以用这些钱买下铺子，今后她会很幸福的。

他本该回到阿尔宾娜身边。如果他可以的话，如果她还在等他的话。不过至少他可以去母亲那儿，她始终还能认得他，即使有时候会把他和父亲弄混。

他是出现在这儿的许多人当中的陌路人，这些人要么趁火打劫，多方钻营，要么只是转换了阵地的观众。就连他大部分时间都不离手的摄影机，也是他作为陌生看客的特征，他不追究什么重要，什么不重要，基本没有任何事能让他激动起来，就算偶尔需要他假装激动一下都不行。的确如此，近来他拍摄了各式各样的展览、戏剧考试、艺术家访谈、议会会议以及新任政客的面孔，还得到过一回拍摄新总统讲话的机会，然而情绪却越来越低落。现任总统同自己的前任，还有他，只有一点共同之处：曾在监狱里待过几年。新政客们同上一届班子的共同之处也不是很多，至少目前如此。然而他的任务并非观察他们是什么样的人，而是捕捉他们的形象、姿态和面部表情。他偶尔会拍到手指不由自主的动作，流露出他们的不安，或是镜头聚焦在他们服装的疏忽之处，有时他并没有去遮掩这些小小的疏漏。他这么做并非以此表达什么观点，只是为了使影片显得不那么千篇一律，而且和以前不同，没有任何人指责他拍摄上的这种改变，或是剪掉这些片段。他是无意中给新上司提供了一个将他辞退的理由，抑或相反，他想一次又一次地证明自己的能力，虽然他不久前拍了那些报道，他们还是可以信任他？

下班后他开车到尚未完工的摄影棚，和漂亮模特们拍摄弱智广告。姑娘们在广告里大赞特赞她们没用过的洗衣粉、没看过的杂志，还有她们一心想开，但直到如今还没赚够钱买的外国车。他们的订单满满，模特也一大把，索科尔确信，她们愿意拍一些比迄今为止她们拍过的镜头更为情色的片子，但是他觉得他们在这里做的事情已经超出他能接受的程度，低级得不能再低极了。

公司取名为弗索莱克，索科尔说它听上去像日语，肯定能吸引人，他对这个倒是无所谓。

他终于看到了演讲者。一个非常瘦削、上了年纪的男人站在临时搭起的台子上，情绪激动地讲着自己获判莫须有的罪名，在劳动营度过了十余年。当年宣读判决书的法官，至今仍在判案。他质疑道，由那些曾做过不名誉之事的人来执行司法，有什么公正可言？那些参与了过去的罪恶的人还留在大部分岗位上，我们又能期待社会如何拨乱反正呢？革命并未过去，而是刚刚开始而已，只要社会无法切除自己身上的溃疡，革命就不会结束。

他注意到正在拍摄游行的"小伊文思"。他拍摄的镜头正好与他过去参与过的罪恶相关。他是必须被切除的溃疡之一。他拍得如此完美，竟然获得那些手握外科手术刀的人的赞许。

二

母亲躺在床上，身上穿着衣服，只脱去了鞋子。她没有听见他进来。

"妈妈！"

"谁啊?"

"是我。"

"你,小巴维尔?你这么长时间都去哪儿了?"

"我在工作。"

"你总有事情要做,"她又闭上眼睛,"剩我一个人在这儿。"

"你睡觉了?"

"我?我一秒钟也睡不着。至少有一个月了。也许是一年。我完全不记得上一次睡觉是什么时候了。"

他站在门边。房间里很久没通风了,母亲不喜欢新鲜空气。

"坐下来嘛!"

"你不饿吗?"他问道。

"不饿。有人来过这里,昨天。她给我带了吃的。"

"你吃了什么?"

"不知道,"母亲说,"我不记得了,我已经什么都记不住了。你坐下来嘛。但别坐在那只沙发椅上。"

"为什么?"

"上面有鬼!"

"妈妈,别瞎说。"

"我看见过。"

"那是你做梦吧。"

"不是,就在昨天,那个小伙子,那个专家来看我的时候,他也看见了。他说应该把那只沙发椅扔掉。"

"我坐椅子上吧。"

母亲伸手拿过放在茶几上的木梳,梳着自己稀疏的头发。最近一段时间以来,这几乎是她唯一的消遣了。她的精力的确在一点一滴地流失。她甚至连话也说不全,有时候连最常用的词也想不起来。她搁下梳子,闭上眼睛。

过了一阵子,他还是鼓起勇气,弄到了阿尔宾娜的住址。她搬到一个乡下小镇,在那里的养老院工作。只要他决定找她,就知道在哪儿可以找到她,这让他感到一丝宽慰。然而他并没有开车去找她,也没有给她写信。

接下来他拍摄了在大型兵工厂召开的会议,工作结束后,他意识到这里离那个小镇相当近,而且它就在回程的路上,不需要多跑路。

养老院位于小镇边上的一座巴洛克式城堡内。他可以理所当然地走进去,打听他要找的人,但是他不打算这么做。城堡旁边是一个对外开放的公园,于是他走了进去。

这是个阳光和暖的秋日,老人们坐在长椅上,身着运动服,脚上是格子呢便鞋,晒着太阳。他也找到一只空着的长椅,从口袋里掏出报纸,装作一个人在看报。

他不知道阿尔宾娜是否当班,是否还在这儿工作,他应该向哪位老人打听一下,他们肯定愿意告诉他的。但他没有这么做,只是坐着等待。

这时他看见了她,她在城堡的后门现身,身前推着一只轮椅,轮椅上坐着盖着彩色毯子的老妇人。虽然距离很远,但他一下子就认出了她纤细的身形,她的轮廓消除了他们之间的距离。她走上通向他的小路,她竟然出现在这儿,这就是命运吧?她肯定会说:"是的"。

他手足无措,激动不已,仿佛坐在这儿就是在等待约会似的。

然而她没有走向他,她在一只长椅上坐下,将轮椅停在自己身侧。她朝老妇人俯下身,为她整理一下毯子,似乎对她说了点什么。她离得还是太远,他听不到她的声音。随后她又坐直,凝视着城堡屋顶上方的什么地方,那里正飞过一群乌鸦,她连看也没看一眼他坐的地方。她并没有意识到他在这儿,没有转向能看见他的方向,这难道另有深意吗?她肯定会说:"是的"。

他本可以起身走向她,对她说:"阿丽诺,我忘不了你。"让她知道:"你是我唯一的希望。"

然而他一动不动，仍在等待。他看着她，即便隔着这段距离，他也渐渐看清了她脸的轮廓，她不曾改变的俏丽如初的脸。不时有一两位老人经过她身边，他们显然在和她打招呼，因为她总是点头致意，他确信看到了她的微笑。

他们就这么隔着几十步的距离坐着，也不知过了多久。随后她站起来，将后背转向他，朝他所在的相反方向推走轮椅。

他仍在自己的长椅上等候，然而他知道不会再看见她了，她不会回来了。

"你为什么一直不说话？"母亲的声音没头没脑地响起来。她抓起梳子，在头上来来回回地梳。

"我说点什么好呢？"

"不知道，我怎么知道你要说什么呢？"

"你对什么感兴趣？"

"我对一切都感兴趣，你的一切。"

"我和艾娃分手了。"

"是你在林子里找到的那个女人吗？"

"林子里？"

"你那时候铁了心要从妈妈身边逃走，跑到深山老林里去，在那里遇到了那个德国女人，就把我给忘得一干二净。"

他闷声不响。

"可之后你回来了，开始工作，那些图像叫什么来着？"

"电影吗？"

"对，拍关于那个大人物的影片。"

"总统？"

"对。还拍他身边那群阿谀逢迎的人。他还活着吗？"

"谁？"

"那个人，那个大人物。"

"活着，他已经不是总统了。"

"什么意思？"

"现在总统是另一个人。"

"我不明白，他是总统啊，怎么又不是了呢。如果他不再是总统，你还能干什么？"

他还能干什么？他手边的工作还能让他忙碌一段时间，然后他们就会让他走人，或者他自己离开，到那时他就只能拍洗衣粉、口香糖和猫粮的广告了。这虽然不是他的梦想，但是报酬很高。或许以后他会拍自己的电影，自己真正的电影。

"我会拍电影。"

"我不知道，我不知道你会不会拍，不过只要你开心就好，小巴维尔。你是我的……你到底是我什么人来着？"

"儿子呗。"

"我还以为你是我的义工哩，原来你是我的家里人。不对，那我是你什么人？"

"你是我妈妈。"

"别瞎说，"她笑了，"这可扯远了！"

母亲梳了几下头，接着闭上眼睛。"我想吃点东西，"她说，"我已经几天没吃饭了。"

"我给你做土豆泥。"

"你给我做土豆泥？你不跑去林子里啦？你真好，小巴维尔。我爱你。"

他走进厨房，从储藏室里掏出几只土豆。现在他家里有各式各样的玩意儿，都是拍摄后剩下来的，口香糖啦，各式各样的草筐啦，还有一套不算钝的刀具，拿一把来削土豆那是易如反掌，他把它摆在炉灶旁。他应该回去看一眼母亲的，但是和她对话令他精疲力竭。他宁愿坐在昏暗的厨房里，盯着淡蓝色的炉火。

几天前，罗宾找来他的公寓，他牵着狗，随身背着一只大包，里面是几件精心熨烫的衬衫和他的睡衣。"妈妈让我来的,"小男孩说,"她说你应该用得上。"

"谢谢你。"

阿尔古斯朝他摇尾巴,一跃而起,扑到他胸前,舔他的脸。

"它很想你,"罗宾说,"每天都在等你。"

他点点头。跟狗打交道总比跟人打交道要好,或者说他更善于和它们交流。他不愿意把动物和人相提并论,它们断然不会希望占有人,也不会因为一个人不完美就惩罚他。

小男孩犹豫了一会儿。"你别生妈妈的气,"他说,"她是为了我好,她认为我应该待在爸爸身边。"

"我不会生她的气。"

"你一直待我很好,"男孩说,"真的。要是再也见不着你,我会很难过的。"

"只要你愿意,随时可以来找我。"

"谢谢。但这还是让人不痛快。"

"我们以后一定会再见面的。"他觉得应该再对小男孩说点什么,但他只是问道,"在学校还好吧?"

"还过得去。"他一下子恢复了生气,"学校总是那么无聊,不过现在除了课本上的东西,老师还教给我们一些其他的事。而且我们不必管同志叫同志了!"

"这算是好事吗?"

"要我说,是的。"

他抚了抚他的头发,给了他一把口香糖。小男孩走了。可能他再也见不到他了。

他没有自己的儿子,又失去了这个非亲生的孩子。他周围已经只剩下陌路人和几乎认不出他来的母亲。

他沥干土豆,捣碎后倒上牛奶,然后煎了个鸡蛋,铺到盘子里的土豆泥上。

母亲已经又睡着了，她凹陷的脸颊暗淡灰黄，随着每一次呼吸微微鼓起，同时从干裂的嘴里发出微弱的嘶哑声。

他将盘子放到她床边的小桌子上："吃的来了，妈妈！"

她一动也不动。

他又对她更大声地说了一遍，然后碰了碰她的肩头："妈妈！"

医生不到半小时就赶到了。她给母亲测了脉搏、血压，翻起眼皮检查。接着她坐到小桌子旁边，询问母亲的资料，快速写起来。"我们可以接您母亲入院。这是您的救护车派车单。不过恐怕她的状况不会有太大好转。"

"您的意思是？"

"她八十岁了吧。"

"她现在状态很不好，"他说，"活着对她来说已经只余下痛苦。"

医生离开了。他打电话叫救护车，然后坐到沙发椅上，看着母亲。目前她呼吸平稳，头沉沉地靠在枕头上，别扭地转向一边。他站起来，为母亲捋了捋稀疏的头发，摸摸她的额头。

死亡是什么？

活了太久的人，只有还能感受到活着的意义，才称得上真正活着。人的有生之年可以变短，却无法变长。活着，呼吸并不是最重要的。

当一个人落入一群陌生人中间，被他们像湿土般一层层黏住时，这样的时刻与死无异。

母亲的寂寞忽然重重压在他心头。最近几个月来他和她一起度过的时间少得可怜，即使在他来看她，或是到她公寓过夜的时候，他也没有和她好好相处。此时，他但愿能做些补救，但一如平时他最终下定决心的时候，总是为时已晚。

三

他出发去城堡之前,还去了趟小店。这里现在由私人经营,他选了几个品牌的葡萄酒和巧克力。

到了城堡他才得知,爱丽丝两个月前就从这里搬走了。他应该想到的,既然彼得走了,她不会一个人留在城堡。

幸运的是她只是搬到附近的小镇。她住的公寓属于镇政府,他们的医疗中心一定是需要护士。"现在护士们都逃到境外去了,"新任城堡管理人告诉他,"她们在那边的收入是这里的五倍。"

他到达她住处的时候,已是晚上。和上次去城堡时一样,还没等他按铃,楼上已经有一扇窗户打开了,"是你吗,巴维尔?"她跑出来,拥抱他,凑过脸来让他亲吻。也许见到他,她太开心了。

新公寓很小,布置得极为朴素。

"听说你又工作了?"

"是的。孩子们已经大了。我也需要维持生计。而且我需要这套公寓。"

"你快乐吗?"

"我的工作很充实。目前生活得有滋有味,"她避而不答。她领他走进一个小房间,这里只塞得下沙发床、沙发椅、茶几和嵌入墙体的书架。窗户后面的花箱里盛开着天竺葵。"你呢?还在电视台做事吗?"

"我脱离电视台了,"他说,"我离开了艾娃。我妈妈上个月过世了。"

"很遗憾你失去了妈妈。"

"对她来说也许是好事。"

"一下子发生这么多事,你全都给我讲讲吧,如果你不赶时间的话。"

"不赶时间,我只赶着来这里,见你。"

"我还得陪小家伙上床睡觉,其他孩子已经可以照顾自己了,咱们会有时间叙旧的。"

他很想跟她一起过去,但还是不要妨碍她为好。

架子上摆着几册小书,有《简明医学辞典》《医校教材》。

颅内出血。

濒死呼吸,死亡前短暂的呼吸困难。

还有几本情诗选集。

天竺葵散发着淡淡的清香。

他忽然觉得透不过气来。他起身把窗户完全打开,又将门打开一道缝,看了一眼,她正在浴室里弓着身子为金发小家伙忙前忙后。

她虽然生过三个孩子,仍然有着少女般的玲珑身材。

她注意到他在端详她:"别看我。我披头散发的,穿得邋里邋遢。"

"你怎么穿我都喜欢。"

她笑了,接着把小男孩放到地上,掩上门。

她的第四个孩子,或者说是他的第一个孩子,他的儿子,还没有出生。

茶几上摆着报纸。他翻弄着,但是连标题都无法集中精神看清楚。他意识到手中的纸页在颤抖。他放下报纸,观察了一会儿自己的手指。我要么是喝多了,要么是想到她一个人在这儿,我们将单独相处而心慌意乱。

她总算来了,穿着一身淡蓝色衣服,白色衣领装饰有手工缝制的花边。"这衣领还是从我祖母那里传下来的。"她注意到他在看她的衣领,于是说道。

"我看的不是衣领,我在看你。你几乎没怎么变,在我看来比当年还要好看。"

"谢谢你夸我,不过没有用的,反正我不信你的话。"

孩子们也许已经睡了，或者至少没有精神了。她摆上茶几，在上面放上一碗苹果，然后拿来配菜面包和给他们两人准备的一瓶葡萄酒。她向他微笑着，但是没有说话，他也忽然说不出什么话来。

她终于问道："你妈妈是怎么死的？"

"在睡梦中。她睡过去了，再也没有醒来。脑血管意外。"

"从死亡的方式来讲，她死得很幸福。"

"在墨西哥那边的时候，"他回想起来，"我问过一个印第安人，他多大年纪。他说：他已经快六十五岁了，开始迈向死亡。我不明白他为什么会这样想。他解释说，在他们那儿，每个人讲自己年纪的时候都这么说，毕竟人一出生便开始走向死亡。"他感觉自己的声音听上去不太自然。他抑制不住自己的颤抖。他伸手拿过玻璃杯，给她和自己倒上酒。

"总有一天你会和妈妈再次相聚的。"她说。

"你相信这种说法吗？人死了以后会到哪里去呢？"

"可能跑到这只小苹果里。灵魂是不需要任何空间的。死亡不可能是一切的终点！"她又说。

他想反驳说，一切不仅可能，而且必须终结，就连星辰有一天也会陨灭，也许唯有时间能够永远存在，但他来这里不是为和她争论关于永恒的话题的。

"因为你妈妈一直在照顾你，你有点被宠坏了，知道吗？"她想起以前那段日子。

"她从来没有怎么照顾过我。"他提出抗议。

"有一回你晚上给我打电话，说心脏不舒服。可那时你的心脏不但没什么事，还强壮得很呢。"

"当时母亲去泡温泉了，我一个人感觉很冷清，想让你来找我，于是编出这个心脏难受的幌子。"

"你很快就不再装成病号了。"她笑了。一切都过去太久了。有二十年了。他却无法忘怀。"你呢？"他问，"你从来没有感到过寂寞吗？"

她睁大眼睛。"每个人都有寂寞的时候。不过我挺过来了。我挺幸福的，只要……"她耸了耸肩，"只要我有充裕的时间。我能感受到周围发生的许许多多的事，因为我的工作……而疾病，总是无休无止。不过，现在发生的事情再也不会重演。"

"任何事都不可能重来一次。"

"是啊。但是以前我有时会想，一天和另一天没有什么区别。现在不一样了。"

"你认为现在真的天翻地覆了吗？"

"你不觉得吗？"

"这只是以往战争的翻版吧，就看谁能支持住，谁支持不住，还有谁夺取的资源更多。"

"你还是老样子，巴维尔，总是看到事物不好的那一面。我倒是觉得，现在人们的生活变好了。我不知道你那边怎么样，至少这里是如此。难不成你跟什么人合不来？"

"没有，我只是跟自己不对付。"

"你从来都是这样。"

"有谁能随心所欲地生活呢？"

"你说得对。我也好不到哪儿去。我觉得，我现在的生活状态，虽然对我自己来说没有什么，但肯定已经使孩子们受了影响。"

"这并不是你的错！"

"我不知道。我冥思苦想了很长时间，现在这个状况到底应该怪谁，后来我对自己说，不要评判了，其实这根本就不重要。重要的是事已至此。这是我没有预料到的事情。我觉得，就连彼得也没有料想到。人们常常做出违背本意的事，或是令事情的结局朝着他们并不希望的方向发展。"

"也许他还会回心转意。"

"他不会回头的。就算他愿意，我也已经不想复合了。"

"怎么会弄成这样？"

她耸了耸肩："可能就是最近一段时间吧，他很痛苦，不能做自己想做的事，不能按自己想要的方式生活。也许这是他自己的问题，他有些心神不宁，恨不得把他在乎的一切都毁掉。可能他对我没什么兴趣了，要不就是他爱上了别人。"她站起来，走向窗边。她走去那里是因为需要背对着他，不让他看到她眼里的泪水。

"我没见过比你更有魅力的人。"

"他偶尔会来这里，"或许她没听到他说的话，"来看孩子们。自然他也会对我讲讲最近在做什么。但他从没提到过你。他没告诉我你离职了。"

"我们有几个人都离开了。我们成立了工作室，以后自己拍片。这样我们更自由。"

"你真的会拍自己的电影吗？"

他愣住了。他想先不告诉她，就让她抱着更大的期待吧。然而他还是解释道："目前只是拍广告。"

"广告？你不是说真的吧。"她又走回茶几旁边。他不再谈她的事，而是谈起自己的事情来，她显然放松多了。

"为了拍电影我才这么做，我要拍一部没有任何人指手画脚的电影。我需要资金，拍广告可以赚钱。"

"我不太明白。我原以为到了这种时候，你会……你会做一些了不起的事情。"

"你真这么想？"

"你没有想过吗？"

"几乎每个人都有自己的梦想。说服自己去追逐梦想并不容易，因为你知道，没有人会给你机会，他们既不会让你赢，也不会让你输。"

"你对我说过，你在写一个剧本。"

"是的。"

"什么名字?"

"《等待黑暗,等待光明》。"

"等待黑暗?"她跟着他重复了一遍。

"还有哪。"

"等待光明。你现在在等什么呢?"

"电影应该在当时拍的,结果没拍成,现在做这件事没有意义。"

"既然你写好了剧本,把它拍出来怎么会没有意义呢?"

"我不知道它写得好不好,也不知道你会不会喜欢它。你很可能不喜欢,写得挺疯狂的。"

"我喜欢疯狂的故事。"

"我写东西是为了让自己换一换思路,不去想正在做的事情。这只是一种逃避方式。"

"是啊,"她说,"你总是想尽办法逃避现实。你还记得答应过我,要带我去墨西哥吗?但这个承诺就好像答应带我登月一样难以实现。后来你到了那里,竟然连封信也没给我寄来。"

"我在那边的时候想你来着。"

"谁知道你的话是真是假?"

"我在图拉①附近的大集市上买了绿松石项链,想等以后见面的时候送给你。可后来才知道送不了了。我还一直放在家里呢。"

"你没有送给艾娃?"

"它是给你的。"

"你为什么离开艾娃呢?"她跳过他的表白。

"我们感情变淡已经有很长时间了。她也讨厌我喝酒。"

"这我一点也不奇怪。"

"我喝酒是因为寂寞。"

"你总是对任何事情都能找到理由。"

---

① 墨西哥城市名。

"我们曾一起吃苦。苦日子结束了,至少对她来说是这样,她回到了自己丈夫身边。"

"这是她的福气。"他忽然觉得,她的声音里带着一丝愠怒,或许是嫉妒,这使他振作起来。

"你也让她读过你的剧本吧?"她仓促地问,似乎想尽快结束这个可能使他们破镜重圆的话题。

"没有,我没让任何人读过。我觉得如果让身边的人来读,会认为它里面有太多隐私。"

"隐私?是关于她的故事吗?"

他耸了耸肩。

"还是关于你自己?"

"反正就是私人的事情。"

"可里面总有我的事吧?"

他不吭声。

"谁在等待黑暗,谁又在等待光明?"

"女主角在等待男主角无法给她的东西,还有许多其他的故事。"

"你让我感到紧张了。女主角叫什么名字?"

"这没什么要紧的。她叫阿尔宾娜,"他说,"当然这不是你。我虚构了这个人物。不过我把她写得和你有一点点像。"

"为什么偏偏像我?"

"我认为你猜得出来。"

"我觉得很奇怪。做你们这行的,周围有那么多女人。而我……为什么偏偏是我?或许你是为孩子们写的剧本?说说看,他们也在里面吗?"

"这并不是我们的故事。我对一切都做了改动。"

"这怎么能改呢。"

"在电影里什么都能改。"接着,他轻声说,"里面也写到了孩子们。"

"你不敢一五一十地告诉我你到底想拍一部什么样的电影,我在里面肯定十分凶悍吧?"

"与此相反。"

"'与此相反',什么意思?"

"你会看到,你是留在我身边的最后一个人,对我还很重要。"

"故事现在开始真的有些私密了。"

"所以我来了。"

"你妈妈过世,你和艾娃分了手,你来找我,让我知道我是你身边的最后一个人?"

"是这样。"

"可惜你来得太晚了,巴维尔。我嫁了人,我有三个孩子。"

"我一个孩子也没有,爱丽丝。"

"可你会有的,至少会有一个。"

"你一直还放不下我吧?"

"我早就放下你了。咱们两个都有错。"

"不,我要为你说句话。当时我认为,孩子不在我们的计划之内。你还不到十七岁,而我……我好像有一大堆事赶着要做,没法允许自己享受当父亲的乐趣。现在我才知道,那是我一生中最糟糕的决定。所有其他的事都是源于那件事情。"

"我该说点什么好呢,巴维尔?"

"要是过去可以改变就好了。"

"这是改不了的,巴维尔。人死不能复生。那个孩子在降生之前就被我们杀死了。"

"我真想和你生个孩子,爱丽丝。"

"已经迟了,巴维尔。"

"我也曾这么想过。你还记得咱们上一回在那场大游行中相遇的情形吗?咱们到小酒馆小坐,那里的电视正在播放……"

"我当然记得!"

"你忽然主动吻了我,我感觉……我感觉我们是这么亲密,就像许多年前一样。"

"那是由于当时的氛围,巴维尔,是由于那个时代的关系。我们所有人在那些日子里都很亲近。"

"那个时代已经过去了?"

"那种时代是不会持久的!"

"那么已经来不及了,爱丽丝?"

"我无法和你重新开始。我不知道还能不能和别人一起生活,不过咱们俩是无法重新开始了。你自己说过的,任何事都不可能重来一次!"

"说得对。如果时间倒流,我会做出不一样的决定。"

"你想拥有一个全新的开始?"

他点点头。

"行不通的。我们完全不一样了。你现在会很难过,可能非常难过。我为你感到遗憾,巴维尔。但这不是爱。"她朝他俯下身,抚了抚他的头发。大概她就是这么抚摸自己的孩子的。

四

他们那个名字会让外行人以为是日语的公司,经营已有一年了。公司的经济顾问建议举办一周年招待会,广邀企业家——也就是潜在的客户——出席,多多益善。招待会务必在顶级酒店中举行。经济顾问对他而言也只不过是目前闯入他生活的无数陌生人中的一个。

他没有异议。他不愿插手业务上的事,他对此不感兴趣。他努力做好自己的工作,这也是他最擅长的,此外他还查找档案,观看二战前的老广告片,他觉得这些广告比现在的广告幽默得多。不过他这么做也只是出于习惯,工作无法满足他,更无法令他感到快乐。但不这样的话,他要如何打发时间呢?

他只要多喝一点就会头疼，越来越频繁地感到胸闷。他害怕孤独，然而一个人的时候却越来越多。他生活中无法填补的缺口在与日俱增。他想念母亲，想念阿尔宾娜，甚至想念艾娃，尽管只要他做出决定，随时都可以填上这个缺口。他还可以拿写作剧本当作排遣，可惜再有两三幕他就写完了。他尽量拖延；以后他还能做什么呢？也许只有飙赛车了。

他看了一眼新买的梅赛德斯跑车，为了这辆车他不得不卖掉小木屋里的巴洛克式茶几，反正他也没有时间常去那里。他买汽车的事令他的合伙人大受刺激，索科尔连他的钱也看作是公司的共同财产。索科尔正琢磨在竞拍中买下一间不错的闲置店铺，在那里开一家电子元件批发店。他不仅必须考虑到高昂的保留价格，也得付得起最高投标价，这样才能使其他人自愿退出拍卖，巴维尔怎么就不明白呢？像他这么荒唐地挥霍，他们到哪儿能筹到钱呢？

只是他并不需要批发店，他需要的是新车。

"要它有什么用？"

"用来生活。"

"你什么都不懂，公司要么发展，要么受到压制。"

"我已经被压制了四十八年。"

车子是鲜红色，全自动，转速表能测出三百公里以上的时速。

起码他可以开新车来参加招待会，他尽量到得晚一些。奇怪得很，在这儿遇到的熟人比他预料中的多得多。他记得是在各种会议上认识他们的，当时他们还是部委、通讯社、工厂、人事科、电视台的头头。哈拉玛也在这儿，他目前拥有一个私人广播站，播放他自己不久之前还禁止播放的流行歌曲。巴维尔看到了国民艺术家，他曾拍摄过关于他和孤儿院的影片。那位诗人曾在诗里表达过自己对女人、对祖国和对执政党的感情，现在他则隐姓埋名，为锋利的刀具、调味番茄酱和口香糖撰写广告词。他觉得一个漂亮的红发女人在看他，他迟疑了片刻才想起来她是谁。虽然他不知道她的名字，但是几年前他和她在附近的狂欢派对上发生过关系。不知她和她丈夫是否已经和好？"小伊文思"和摄制组也在这儿，他们是来拍摄走向国际市场的新一代企业家。"小伊文思"现在接手了他的位子，不过若想激怒他还不够资格，因为这个职位是他自己主动放手的。

他没有兴趣触怒任何人。

他从碗里拿起一只小面包，这时他想起在戏剧艺术学院度过的那一晚，礼堂里挤满了人，他打算在地板上躺一躺，一个陌生女孩愿意把自己的毯子让给他，他对学生们的亲近感油然而生，尽管他连他们的名字都不知道，不过有些学生的年纪足可以做他的孩子。最后他们一起用汽车把一捆捆海报运了出去。和他同行的那两个学生叫什么名字来着？他记不住名字，只记得面孔，要是在哪里再碰到他们，他能认出他们的面孔来。他绝对不会在这里遇见他们的，他连想都没有想到要邀请那个希望成为摄影师的男孩过来。况且即使他想到了，不知道他的名字，他也没办法邀请。

他料想不到自己会因为这件事如此烦恼，好像他做错了什么事，这会儿才猛然意识到。

他应该邀请那个男孩的，他那么像他的儿子。当时问清楚他的名字也没有多困难，只不过他不好意思问出口。

他喝完白兰地，去找彼得，邀请函是他发出的。他发现他正在和哈拉玛谈话。

他们真像是一对父子。如果提醒他们注意到这一点，他们会为此而感到羞愧的。

"我不知道你们认识。"当彼得退到一边的时候，他诧异地说。

"我们当然认识，就在几年前他还竭力阻止我做城堡管理人呢。"

"为什么？"

"他从大学时就认识我了，他认为我是个危险分子。"

"现在他能接受你了？"

"为什么不呢？过去的事就让它过去吧，现在他和我的关系就像和你的关系一样。他把你们编辑室的职位拱手让给我,是因为他预料我在电视台待不长。"

"他这么认为?可是没有人能取代你,也不会发生这种事。"

"曾经也没有人能取代你啊。"

"我离职自有我的原因。"

"什么原因?你总说自己在等待自由,"彼得说,"我感觉你在追求比目前做的事情更高的目标。"

"有这个可能,我并没打算一辈子做这行。"

"那么你就别为自己辩解了。怎么决定是你的事。如果我是你,同样也会做出选择的。"

只不过他不是他,他们俩总是南辕北辙。并非总是,但大多时候如此。和爱丽丝的故事他们总算有了相同的结局。他们应该喝一杯的,庆祝至少在某件事情上他们得到了同样的结果。

"就算没有人能取代我,"彼得说,"我可能也待不了多久。那里大部分人我都不认识,他们也不认识我。我太久没有接触社会了。对他们来说我并不善于领导,而只是个被派来为他们联系订单的人。"

"你感觉没有得到承认?"

"不,我觉得孤立无援。"

"那么你会和他联合吗,哈拉玛?"

彼得恢复了一些生气:"绝不会。可能我会再回去做管理人。"

"你会和爱丽丝和好吗?"

"城堡数不胜数。有些城堡甚至被退还给原来的主人,可能我和他们之间更能相互理解。"

"为什么?"

"他们也长期不接触社会。"

他笑了:"你真能开玩笑!"

音乐开始演奏起来,他再去拿一杯酒。他忽然想到,人们全都各易其位。没有任何事物是一成不变的。

"小伊文思"走到他面前。"巴维尔,你不想对着镜头给我们讲讲你们的公司吗?就让我帮老朋友压制一下竞争对手吧。"他极其友善地冲他做了个鬼脸。

"这不太好吧?"他问。

"没关系,你知道的,反正都是工作。我还可以给你提供更多方便,不过那就不只是帮忙了。人们早已习惯了互相帮助。"

"你没必要这么做的。"

"可以这么说,"他承认,"但是就像我常说的,我骨子里就是这么个人。每个人都在努力摆脱别人对他的设定,我认为世界上人人如此。"

也许刚好相反,我们所有人都没有变,他意识到,只有我们周围的世界变了,现在我们正努力将它重塑回原来的面貌。

他又一次注意到那个他认识的红发女人。他十分想知道是谁、出于什么原因请她到这里来的。他向她俯下身去,请她跳舞。她点点头,不甚确定地看着他:"我们在哪里见过吗?"

"纯属偶然,很久之前您对我讲过您丈夫的事,说起过他出差频繁。"

"如今人人都能旅游了。"

"您不再旅行了吗?"

她摇摇头:"我丈夫从政了,现在他在这里的部委工作。"

可能这就是她在这儿的原因。他又问:"外贸部?"

"不是,已经私有化了。不过也算是外贸部。"她笑了,收入倒是没有变化,支票数额一样高得无法想象。她要么和丈夫言归于好,要么变得更现实了。支票肯定现在还是交到她手里。

"你们搬家了吗?"

"没有,我在那里有份维持生计的工作,咱们遇见的时候就有了。"也许她已经想起了他是谁。

"是店铺吗?"

她疑心地看了他一眼："差不多。"她不愿再多说，似乎想集中精力跳舞。

他们刚跳完一支曲子，索科尔就来到他身后，抱歉要将他带走。"我想给你介绍一个小伙子，这个人也认为色情广告会大卖。他有大笔资金，如果我们动手拍片，他愿意投资。"

"你知道我受不了广告，更别说是色情广告。"

"你不必说广告的事，只要和他谈一谈就行。这笔交易看起来相当不错。就算我们不拿他的钱，他也会和其他人合伙的。"

"我不在乎，我不会这么做的。"

"我希望你能和他谈一谈。"

"在这里？"

"这里再合适不过了，大家都不会感到拘束。"

"我不会和他谈的。我没有情绪谈这个，这会白白弄砸你的生意的。"

"你就这么把这件事推给我吗？好，不过我希望，要是我和他谈成了，你能表现得通情达理一些。"他径直走向一个年轻人。他无疑就是那位新的合伙人，耳朵上戴着耳环，身穿紫色西装，黄色头发用发带绑着。他很可能是按摩会所或类似产业的业主。

红发女人显然在等他。她又会和他到某个无人的地方亲热吗？这儿并没有这样的地方，如果要单独相处，他们必须离开，而他还不知道她在这儿有没有男伴。

他已经感到呼吸沉重，脚下的地面开始旋转。

他还是离开的好。他看向那个女人，他还一直不知道她的名字。这时候她去拿酒了。很可能她是单身赴会。他当然可以问问她，但其实他并不需要知道，他不想问，他什么都不想问，他既不期待她的回答，也不期待其他任何人的回答。

如果要走的话，他宁愿一个人，走得越远越好。到一个他谁也不认识的地方，一个陌生人真正是陌生人的地方。或者到一个杳无人烟，只有岩石和飞鸟的地方。

五（电影小说）

弗卡绕过中央的板子，朝出口的方向走去。他经过放饮料的桌子，伸手拿了满满一杯，一饮而尽，接着走向出口。

外面停着用来接送客人的黑色豪华轿车，但是没有一辆是等他的。他沿着停放的车子跑出去，努力不去看它们，而是往上看去，星星在树枝间闪闪发亮。他从城堡警卫身边穿过大门的时候，几乎要狂奔起来。他叫住一辆出租车，本来想去艾娃那里的，然而他忽然想到，她也属于这个由那位意识混乱的老人所掌管的怪异世界。

他回到自己工作室的时候，天已经蒙蒙亮了。他坐到椅子上，盯着自己面前的空气。他看到了老人，看到了担架。

片刻后他才起身，走向电话，拨了号。"是我，"他对艾娃说，"我已经回来了。"

"你从哪儿打的电话？"

"从工作的地方。"

"你为什么没来找我？"

"我不想吵醒你。"

"怎么样，他对你说什么了？"

"什么也没说！他赦免了我。"

"这我本来就知道。"

"不是，"他说，"这什么也算不上，他不知道我是谁。可能他连自己是谁都不知道。"

"不可能！他为什么赦免你？"

"什么都有可能，这是我唯一知道的事，唯一弄明白的事。什么都有可能！"他挂上电话，扯了一下电话线。然后他走向柜子，搬出一只盒子，翻找着照片，直到找到阿尔宾娜的肖像照。

她沉思的面孔露出一丝微笑，她冲着他微笑，好像想对他说些什么，她的眼神充满爱意。可惜她没有给予他宽恕。

片刻之后，他已经开着自己的跑车穿过空无一人的大街，然后开上乡村公路，在小镇的餐馆前面停下来。他点了咖啡和面包卷，但他没有吃面包卷，而是把它带到车上，他急着赶路。他离开这个小镇，开过已变作养老院的巴洛克式城堡，绕过公园、医院和啤酒馆，顺着啤酒馆的墙边掉头，将车子停在街角。他随即下车，走过一栋栋房子，仔细看着住户名牌上的名字，直到找着他要找的那一户。电梯停用了，于是他跑到第三层，在一扇熟悉的门前站住，这是阿尔宾娜公寓的门。他刚想按门铃，忽然注意到门上的警示带。他惊讶地盯着它看了看，接着按响隔壁的门铃。门立刻开了，里面站着个只穿着睡衣的女人，她显然刚才从门镜里观察他来着。

"您是来找她的吧？"她问。

他点点头。

"您是她的朋友？"

"她发生了什么事？"

"您不知道吗？您到现在还没听说？"

"没有。她出了什么事？"

"那个凶手，"她说，"那个在边境打算射杀大巴上的孩子们的混蛋……他杀了她。"女人战战兢兢地说道，"是在夜里出的事。我眼前一直还能看见他们把她抬出去的情形。谁也不知道他为什么要这么做，他是怎么进去的。不过他们早就在追捕他了，还带着警犬。谁都没有料到这儿会发生这种事。他从窗户跳了下去，不过没有摔死。他们用救护车带走了他。"

"她真的死了？"然而他并不期待她的回答，他不想听见她的话，宁愿保留一线希望。他道过谢，向她道了别，沿着楼梯走下去。

已经是白天了，孩子们陆陆续续上学去。

他坐进汽车里，发动车子，又熄了火。他把头抵在方向盘上，肩膀开始一阵阵颤抖起来。

他的跑车又上了路,事实上他不知道自己身在何处,也不知道要去哪里,可能驾驶的根本不是他,而是车子自己在行驶,他则变成了影子。如果现在风刮得更猛烈一些,他也许会被穿透,就像风穿过门窗敞开的公寓时那般。所幸这儿没有风,这儿什么都没有,完全空空荡荡,宽广无垠,只有在白色的幕布中间划出的黑色地平线。

仪表盘上的红色指示灯一闪一闪,地平线终于起了些许涟漪,幕布泛黄,被从镜子般的水面里冒出的草梗所切碎。

车子开上池塘的筑堤,停了下来。

太阳高挂在空中,险峻的山峰上缠绕着一团白雾。

他把所有东西都留在车上,既没有拿本子,也没有拿器械包,他脱下还没来得及换的西装,穿上平时总穿着的黑色旧毛衣。然后他仔细锁好车门,将钥匙扔进水里。

在高高的黄褐色杂草中间,有一条蜿蜒的小路。这些杂草或许是马尾藻的茎。

对面山冈的平地上,几块锯齿状的岩石直刺向天空。这是个陌生的所在。

太阳炙烤着大地。

一群黑色渡鸦从他前面的草丛里飞起来,像是冉冉上升的黑色十字架。

他渐渐接近岩石,没有关系,他不着急,他哪里也不急着去。他擦了一下汗涔涔的额头。他觉得渴了,于是扯下几根草茎,慢慢嚼着。味道太苦,他咧了咧嘴。

他接着朝浅浅的小溪走去,溪水看起来清澈透亮,他喝了一口,顺着小溪继续走。路越来越窄,越来越陡,水声也越来越大,不时有水流落到深潭里的隆隆声。

他在接近山顶的岩石下面发现了水的源头。

他又喝了一口水,然后找到一块平坦的石头,他脱下毛衣,卷成卷，系到脖子上。

他认出了远处山那面的村庄的屋顶，还看到近处火堆里冒出的烟，但完全看不清那是什么地方，他不禁感到满目凄凉。

天宇一片碧蓝，飘着几朵雪白的云彩。他真想用手去捏捏云朵，把它们做成画。

他向上凝视着自己头顶的上方。

太阳依旧炙热。

他身边的淙淙流水从石块上滑过，微风也轻声从岩石一侧擦过。虽然有着这些声响，这里的确静得很，他忽然听到远处有个声音在呼喊他的名字。

他一跃而起，向山下俯下身子。

"是你吗，阿丽？"这时他看见她沿着狭窄的小路跑着，接着停住了，向上看着他。

"我过去找你吧？"他的声音这么轻，她不可能听见他的话，然而她还是听见了，因为她点了点头，张开怀抱。他站在峡谷上方，想象着她是一只鸟，一只黑色的渡鸦，抑或一种更大的飞禽，也许是一只秃鹰，能够轻而易举地飞过岩石地带，张开翅膀，盘旋着飞升至天空深处。

六（尾声）

工作结束，灯光熄灭了。和指定的情人表演做爱场景的女模特穿上衣服。她的身材漂亮，脸也长得很匀称，假如不追究内在的话，她是个不错的女孩。她穿上衣服以后，他看了她一眼，忽然有了些好感。

"我送你回家好吗？"他问道。

"您真是太好了。"

"你可以不用尊称。"

他的新跑车停在外面。他为她打开车门。

"先生，我还从没坐过这种车呢。"

"你不想在哪里停下来吃晚饭吗？"

"如果你请客的话。"

车子驶出去，离晚上还有一大块时间，他很有兴致享受一下兜风的乐趣。

"咱们再开一段怎么样？"

"为什么不呢？既然已经收工，我现在没事了。"

"你带护照了吗？"

"护照？要护照干什么？"

"边境离这儿不远，我们可以到那边转一会儿。"

"这就是你说的再开一段？"

"我只是提个建议。看情况再说。"

"我可是必须回家的。"

"我像你这么大的时候，"他说，他们刚刚开出城区，"特别想到边境那边看一看。"

"这没什么，每个人都想去那里看看的。"听上去她并不明白，他为什么要对她说这件事。

"但那时候是行不通的。"

"我特别喜欢在那边采购，非常值。"

"如果我们能待到明天，你会感到不虚此行的。"

她侧过头，接着倾身向他，亲了他一下。

热空气从打开的车窗里急涌进来。两边的景色消逝得这么快，一个个物体变作模糊的一团。

她把头靠到他肩上，幸福地呼吸着。过了一会儿，她说道："他们原本没考虑过用我，我接这份工作只是因为他们许诺下一回给我一个更重要的角色。我太喜欢演戏了。"

"或许你会成功的。"

"我本来想念书的,但是艺校不接收我,我在那里没有熟人。我爸爸也不是演员。"

"很多大牌演员都没有受过培训。"

"没有人发掘,真的很难出道。"

很可能她将他对她的注意视为一个机会。

随着他们接近边境,公路开始往山上延伸。他开上土路,停下车。"休息一下吧,"他宣布道,"我们走一走好吗?"

"我还是想坐车。"然而她顺从地从车上下来。他脱下西服,穿上总是带在身边的毛衣。他把自己的器材搬出来,然后细心地锁上车门,将钥匙塞进裤子口袋里。

"你要给我拍照?"

他摇了摇头:"我只是不想把任何东西留在车里。"

"我们去哪儿?"

"随便走走吧!"

狭窄的小路一直蜿蜒至山顶。林子里已经暗下来。他搂着她的腰。

"我不喜欢爬山,"她气喘吁吁地说,"咱们要么往回走,要么在这里歇会儿,你说吧。"

他在树林间找到一块草地。他脱下毛衣,为她铺到草地上。

"你喜欢这里吗?"她问。

"我喜欢你。"他说。

"我也喜欢你。"她脱下裙子,把它摆到他的毛衣旁边。当他抱住她的时候,她老练地发出一声呻吟。

夜色渐浓,他已几乎看不清她脸的轮廓。奇怪的是,他甚至不记得她的模样了。她成了个陌生姑娘,这时候如果她挣脱他的怀抱,就会变成另一个女人,他完全认不出来的女人。

他们越过边境的时候,她说:"你看,到了外国了。"

"是啊。"他想告诉她,他长期以来一直生活在陌生人中间。不过她不会明白他的，她也不会对此有什么兴趣。

他们在边境后面的小旅舍吃了晚饭，也在那里住了下来。她喝醉了，一躺下就睡着了。他喝得也有点多，胃里一阵阵难受，每次呼吸都觉得胸口很疼。

他躺在这个陌生女人身旁，睁大眼睛盯着空气，感到十分焦虑。一丝睡意也没有，他肯定自己是睡不着了。他必须做点什么，去一个地方，开始做一件事，或者相反，了结一件事。他下了床，尽管他知道这里没什么地方可躲。他拉开窗帘，望向窗外。被路灯照亮的院子里停满了车。他的红色跑车在灯光下像是换了颜色，但是他还是认出了它，冲它笑了笑。他迅速穿好衣服，还在浴室里喝了一杯水，然后悄悄溜出门去。夜晚的空气很新鲜，他闻到了茉莉花香。无云的夜空中繁星闪烁，霓虹灯广告牌在他身后闪着红光。他身处异国，跨过了那个曾经渴望越过的界线，而且是乘这辆昂贵的跑车，和情人一起来的。现在他至少应该有一点满足感的，但他感受最强烈的是胸口的疼痛和挥之不去的空虚。

他坐进车里。他能听到从不远处的酒吧里传来的爵士吉他声。他发动车子，早上他会回来接这个陌生女人的，他从停车场敞开的大门开了出去。

一群婚礼宾客从敞开的大门拥出来。瘦长的弗卡穿着略旧的黑色西装，阿尔宾娜身穿白色蕾丝边的淡蓝色礼服，贴在他身边。他吻了她，然后极其温柔地将她抱在怀里，跨过他的朋友们拉着的绳子，沿着夹道庆贺的人群，一直走到四轮马车跟前，马车前面套着几对栗色马。参加婚礼的客人们抛出鲜花，戴着大礼帽的马车夫松开缰绳，马车跑了起来。

"你要把我带到哪儿去？"阿尔宾娜一直紧紧地贴着他。

"只要我们在一起，哪里都一样，我们在哪儿，哪儿就是我们的家。"

"上帝啊,"她笑了,"那你总得知道我们住在哪儿吧。"

"我一无所有,"他说,"不过我买了个大帐篷。"

"我们将在里面生活吗?"

"为什么不呢?"

"是啊,为什么不呢?我太期待你的大帐篷了。"

他觉得,用这个做他新剧本的开头相当不错。

只有一小段路就到高速路了,这会儿是深夜时分,路上几乎空空荡荡。他在陌生的路上疾驰,马车跑得愈快,他便感到愈加轻松。

他忽然看到前面有一个巨大的帐篷,直接立在路中央,在探照灯的灯光下,他认出红白相间的条纹帐篷布。他前面的马发出焦躁的嘶鸣。他略微收紧缰绳,此时坐在他身边的新娘在灯光下已经不是身着蓝衣,而是一身白色了。"是你吗,阿丽?"

他的新娘朝他靠过来,抱住他,给了他一个绵长的吻。

幸好他们的住处十分宽敞。马儿穿过帐篷,当然没有停下来,它们疾驰着,一路绝尘而去。

他突然感到不安,伸出右手摸摸身畔,但是他的手指什么也没有碰到。他的新娘不见了,也许是被气流卷走了,而且这种地方也是会让人消失无踪的。

再也没有什么能让他分神了,他几乎可以从地面上浮起来,飞离自己的生活,看起来完全陌生的生活。

生活是什么?

究竟哪一种生活才是我的,哪一种是陌生人的?

一九九三年

"蓝色东欧"译丛（部分书目）

第一辑

- 《石头城纪事》（小说）
  【阿尔巴尼亚】伊斯梅尔·卡达莱 著

- 《错宴》（小说）
  【阿尔巴尼亚】伊斯梅尔·卡达莱 著

- 《谁带回了杜伦迪娜》（小说）
  【阿尔巴尼亚】伊斯梅尔·卡达莱 著

- 《石头世界》（小说）
  【波兰】塔杜施·博罗夫斯基 著

- 《权力之图的绘制者》（小说）
  【罗马尼亚】加布里埃尔·基富 著

- 《罗马尼亚当代抒情诗选》（诗歌）
  【罗马尼亚】卢齐安·布拉加等 著

第二辑

- 《我的疯狂世纪》（传记）
  【捷克】伊凡·克里玛 著

- 《我的金饭碗》（小说）
  【捷克】伊凡·克里玛 著

- 《一日情人》（小说）
  【捷克】伊凡·克里玛 著

- 《终极亲密》（小说）
  【捷克】伊凡·克里玛 著

- 《等待黑暗，等待光明》（小说）
  【捷克】伊凡·克里玛 著

- 《没有圣人，没有天使》（小说）
  【捷克】伊凡·克里玛 著

- 《花园里的野蛮人》（散文）
  【波兰】兹比格涅夫·赫贝特 著

- 《带马嚼子的静物画》（散文）
  【波兰】兹比格涅夫·赫贝特 著

- 《海上迷宫》（散文）
  【波兰】兹比格涅夫·赫贝特 著

- 《父辈书》（小说）
  【匈牙利】瓦莫什·米克罗什 著

第三辑

- 《乌尔罗地》（散文）
  【波兰】切斯瓦夫·米沃什 著

- 《路边狗》（散文）
  【波兰】切斯瓦夫·米沃什 著

- 《第二空间——米沃什诗选》（诗歌）
  【波兰】切斯瓦夫·米沃什 著

- 《无止境——扎加耶夫斯基诗选》（诗歌）
  【波兰】亚当·扎加耶夫斯基 著

- 《捍卫热情》（散文）
  【波兰】亚当·扎加耶夫斯基 著

- 《索拉里斯星》（小说）
  【波兰】斯塔尼斯瓦夫·莱姆 著

- 《遗忘的梦境——查特·盖佐短篇小说精选》（小说）
  【匈牙利】查特·盖佐 著

- 《流星——卡雷尔·恰佩克哲学小说三部曲》（小说）
  【捷克】卡雷尔·恰佩克 著

- 《神殿的基石——布拉加箴言录》（箴言）
  【罗马尼亚】卢齐安·布拉加 著

- 《十亿个流浪汉，或者虚无——托马斯·萨拉蒙诗选》（诗歌）
  【斯洛文尼亚】托马斯·萨拉蒙 著

·部分书名为暂定，以出版时为准·